ro
ro
ro

Albrecht Selge, geboren 1975 in Heidelberg, aufgewachsen in Westberlin, studierte Germanistik und Philosophie in Berlin und Wien. Er lebt als freier Autor mit seiner Frau und zwei Kindern im Berliner Bezirk Moabit. «Wach» ist sein erster Roman; er wurde 2011 als «bestes literarisches Debüt des Jahres» mit dem Klaus-Michael-Kühne-Preis ausgezeichnet.

«Ein schönes, stilles, oft auch komisches Buch.»
(Süddeutsche Zeitung)

«Die neue Entdeckung der Langsamkeit: Der Berliner Schriftsteller Albrecht Selge legt mit ‹Wach› ein Romandebüt vor, das die Stadt zur Heldin macht. Ein subtil komponiertes Adagio für kleine Besetzung.»
(Frankfurter Allgemeine Zeitung)

«Albrecht Selges Debüt ‹Wach› ist ein mal scheues, mal wortmutiges Buch über einen eigenwilligen Streuner, der uns verführt, ihn zu begleiten beim Erforschen all der unbegreiflichen Bewegungen im öffentlichen Raum.» (Stern)

«Ein bemerkenswertes Debüt.» (Neon)

ALBRECHT SELGE

wach

Roman

Rowohlt Taschenbuch Verlag

Der Autor dankt dem Berliner Senat und dem Literarischen Colloquium Berlin für die Unterstützung bei der Arbeit an diesem Buch.

Veröffentlicht im Rowohlt Taschenbuch Verlag,
Reinbek bei Hamburg, Januar 2013

Lektorat Katja Sämann
Umschlaggestaltung any.way, Walter Hellmann,
nach einem Entwurf von ANZINGER WÜSCHNER RASP, München
Satz aus der Dante MT PostScript
Druck und Bindung C. H. Beck, Nördlingen
Printed in Germany
ISBN 978 3 499 25600 4

für Ositha

Ach, erinnert sich August, hört die beiden Mädchen das Wörtchen flüstern, wieder und wieder, als wollten sie es wiegen. Es verträgt sich nicht mit der schweren Luft im Schandfleck, mit Zigarettenqualm und Stimmengewirr, die August in sich eindringen spürt. An seinem Tisch quetscht sich der Stammgast vorbei, ein ausgemergelter Alter mit Schlapphut und hängendem Auge, im Gefolge sein auf drei Beinen hinkender Hund. August sieht ihnen nach, der Hund schlängelt sich geschickt um die Bierpfützen, die sein Herr in schweren Stiefeln achtlos durchwatet hat. *Hier Nix Latte macchiato*, steht an die Wand geschrieben, auf den Tischen liegen Flugzettel, die Stimmen der Gäste gehen durcheinander, sie haben den Raum für sich, an sechs Tagen läuft hier krachende Musik, bis Mittwochmitternacht, am siebten Tag, dem Stillen Donnerstag, bleibt die Anlage aus. August tastet in der Innentasche seines Jacketts nach der Krawatte, die er versteckt hat, zwei Hemdknöpfe sind geöffnet, so fällt er weniger auf; seine Schuhe sind staubig, er ist nach der Arbeit stundenlang herumgelaufen, bevor der Regenguss kam und er, fast zu Hause, hier gelandet ist. Der Schandfleck hat sich im verfallenen Haus eingenistet, hinter Bröckelputz und dichtem Efeu: die letzte Bruchbude in der frisch herausgeputzten Straße, eine rissige Elefantenhaut in einer langen Reihe von pastellfarbenen Fassaden. Susanne hasst den Schandfleck, selbst der Efeu ist hier schäbig und halb tot, hat sie einmal gesagt, achte auf seine kranke Farbe, vielleicht ist er vergiftet vom Ost- oder Vorkriegsputz, in dem er noch wurzelt, oder vom Qualm, der rausdringt, und drin erst mal, das Pack, die Köter, wie kannst du nur. Susanne hat eine Abneigung gegen alles, was übrig geblieben und nicht erneuert ist; du denn etwa nicht, hat sie ihn einmal gefragt, hast du lieber Parkett in der Wohnung oder Ratten? Parkett. August hat gehofft, er würde sich wohlfühlen im Schandfleck, wo Zeit und Luft stillstehen. Aber jetzt findet er, hier zu sein ist nur verlockend, solang man nicht hier ist, der Stillstand ist bloß stickig, er fühlt sich bedrängt von Gerede und Rauch. Er würde gern was mit sich machen, sich schwerelos vielleicht, oder wenigstens den Kopf leer; da plötzlich eine Erinnerung

an eine Reise im vergangenen Winter: statt Rauch Schwaden von nächtlichem Nebel, dunkelweiße Wiesen, ins Schwarze abfallend, Landschaft unter Schnee, gegen alle Geräusche gepolstert, erleuchtete Fenster wie im Raum schwebende Vierecke. Im Gasthaus angekommen, zogen die Eltern sich auf ihre Zimmer zurück. August und seine Schwester gingen in die Stube, wo nur noch wenige Leute saßen, ein Fenster stand schon offen, Winternebel und Tabakrauch hingen in der Luft, ohne sich zu vermischen, der Rauch auf dem Nebel wie Öl auf Wasser. Der Wirt, Schnurrbart und Fransen im Nacken, brachte ihnen zwei Gläser Bier und ein drittes für sich und setzte sich zu ihnen. Er sei gern, hatte seine Frau morgens beim Frühstück erzählt, etwas zu gern, hatte mitgeklungen, sein eigener Gast. Natürlich, legte er gleich los, kenne er die Tante, die heute neunzig werde, oder gestern neunzig geworden sei, müsse man ja jetzt schon sagen, wie er alle hier kenne, das Dorf sei nicht groß, der Odenwald sei insgesamt nicht groß, nicht so groß wie die Stadt jedenfalls, zumindest was die Zahl der Menschen angehe, denn in der Stadt seien die Menschen zwar dichter beieinander als auf dem Land, aber gleichzeitig weiter voneinander weg. Sie sprachen über Familienfeiern, über Festlichkeiten und Trauerfälle; Feiern und Trauern sind wie Yin und Yang oder das Plus und Minus einer Batterie, sagte der Wirt und fuhr mit der Handfläche übers Bierglas, und alles hängt mit der Zeit zusammen. Ich hatte einen Schulfreund, der war auch so ein Fall, der mit der Zeit zusammenhing. Hier im Odenwald sind die Straßen nachts kohlrabenschwarz, und mein Schulfreund ist gegen einen Baum gefahren. Das Auto war eine einzige Sauerei, man konnte ihn mit letzter Mühe rausschälen, aber niemand gab ihm den Hauch einer Chance, ins Krankenhaus brachten sie ihn nur, weil man das eben so macht.

Und was keiner erwartete: Die Ärzte haben ihm das Leben gerettet. Er hat sich erholt und alles wieder neu gelernt, laufen, sprechen, schließlich hat er sogar wieder angefangen zu schreinern, was, das stellt ihr aus der Stadt euch nicht vor, keine einfache Arbeit ist. Das heißt, so ganz der Alte ist er eben doch nicht wieder geworden, er hat sich immer bewegt, als ob er bloß wen nachmachen würde, und alles, was er gemacht hat, hat er gemacht wie unter Vorbehalt. Aber er war wieder zurück in seinem alten Leben, bei der Frau, den Kindern, den Freunden, saß am Abend auch oft hier im Gasthaus. Bis er eines Tages vom Dach gefallen ist. Er wollte eine schadhafte Stelle ausbessern und ist dabei gestolpert, ein kleiner Fehltritt, aber leider kopfüber, er hat sich den Hals gebrochen. Man sollte nun meinen, und das ist ja auch das Wahrscheinlichste, dass er nach seinem Unfall eben doch nicht ganz wiederhergestellt war, an seiner Langsamkeit hatte man es ja sehen können, irgendwo im Gehirn war ein klitzekleiner Schaden geblieben oder zwei Synapsen schlecht verlötet oder was, und da hat es eben nicht schnell genug geschaltet, und er ist vom Dach gefallen. Aber genauso muss einem doch der Verdacht kommen, auch wenn er sicher nicht zutrifft, aber doch der Verdacht, dass der Fehler nicht darin bestanden hat, dass er vom Dach gestürzt ist, sondern dass der eigentliche Fehler schon vorher passiert war, als er aus dem Autowrack noch einmal lebendig rausgekommen ist, denn seine Zeit war abgelaufen, nur durch ein Versehen bekam er eine Zusatzfrist, bis der Fehler nach einer Weile behoben worden ist und er doch seinen Weg hat gehen müssen.

Über diese Geschichte ist August immer noch unsicher. Was für eine fadenscheinige Story, hat, als sie auf ihre Zimmer hochgingen, seine Schwester geflüstert, erinnert er sich, und leise nachgeschoben: Und die Fäden hat der Wirt in der Hand, nicht die Parzen, mein Junge, wenn du diese Geschichte schluckst, dann schluckst du eine Parze mit Rotzbremse und Nackenspoiler. Der Stammgast hängt am Tresen, er ist jünger, als man denkt, nur ist er vertrocknet, braun wie der Efeu vor der Tür; der Dreibeinige liegt schlafend auf dem Boden. Zur Tür herein kommt ein Mann im nassen Sommermantel, er steht unschlüssig da, guckt sich im Raum um, dann geht er wieder hinaus. August blickt ihm durchs schlierige Fenster nach, der Mann (wirkt verwirrt) geht nach rechts, taucht gleich wieder auf, umkurvt eine kleine Pfütze (wie eckig er sich bewegt, anders als der amputierte Hund), geht ab nach links. Der Regen hat aufgehört, es ist wieder warm, drüben vorm Weinladen wird degustiert, im milden Licht von Gründerzeitlaternen liegt der vergitterte Eingang der historischen Markthalle, jetzt Qualitätssupermarkt.

Halb gibt August seiner Schwester recht, halb nicht; nur hat er, falls er die Geschichte nicht abtun will, keine Ahnung, was er mit ihr anfangen soll. Hier im Schandfleck fühlt er sich von irgendeiner Ahnung weiter entfernt denn je. Wenn man den Kopf einmal ganz frei von allem machen könnte, für einen Moment nur, alle Schubladen der Erinnerung fest zugeschoben, nichts denken und nichts wahrnehmen, abgeschottet von allen Eindrücken: ein leeres Gefäß sein. Er schließt die Augen und versucht, sich herauszuheben aus dem Raum, der ihn umgibt, aus Gerüchen und Geräuschen. Aber das Gegenteil passiert: Indem er über das Gemurmel hinweghören will, hört er erst hinein, oder es fließt in ihn wie in einen offenen Behälter, im zuvor formlosen Lärm bilden sich Wörter, Satzfetzen, es zieht ihn in die Gespräche der Tischnachbarn: am Samstag meine ganze Wohnung geputzt einen halben Tag lang eigentlich mal wieder was von Theresa gehört scheitert alle Diskurstheorie halb zwei angefangen und bis elf weitergeputzt so nötig war's was vermag Podiumsdiskussionsphilosophie gegen Private Equity et alii früher war Theresa öfter hier aber seit sie rübergezogen und immer wieder die Machtfrage Märtyrerposen und nichts als die Machtfrage Morrisseys abgenutzte Märtyrerposen saurer Wein Hedgefonds Investmentfonds der Wein im Schandfleck war immer schon sauer seine Zölibatposen ausschwärmende Heuschrecken war so eine Besonderheit von Theresa ein totes Pferd oder ausgekauter Kaugummi dagegen Barthes! denn ein Pasolini ist und wird Morrissey nicht sein nichts Befreienderes als einen halben Tag zu putzen bis zum Umkippen das Scheißbezirksamt Theresa, und schließlich bimmelt hinter Augusts Rücken ein Handy, Präludium

C-Dur, und August bemerkt, dass er schon die ganze Zeit den Aschenbecher auf der Tischplatte hin und her schiebt, voll kalter Asche, nicht von ihm, und er wünscht sich wüstes Getöse oder vollkommene Stille, steht auf und geht hinaus in die – wenn man aus dem Schandfleck kommt –

stille Mainacht. Nur August trägt seinen Staub in die saubere Luft, aber er geht schon leichter. Auf einer Seite das Haus, in dem er wohnt, etwas weiter mündet die Straße in die große Verkehrsader, wo die Trams abfahren; auf der anderen Seite führt sie zum Fluss mit dem neuen Uferweg, Spazierstrecke der Anwohner, von denen vor zwanzig Jahren noch keiner hier gewohnt hat; ihre Wagen parken vor Weinladen, Kaffee-Rösterei, Pasticceria, Schokoladengeschäft. August geht weder rechts noch links, sondern auf ungefähr, in kleine Seitenstraßen und auf Umwege; obwohl es schon spät ist, will er noch etwas gehen, seit einiger Zeit hat er ein immer stärkeres Bedürfnis rumzugehen. In den Mittagspausen begleitet er nur noch selten die Kollegen zu den Lokalen im Untergeschoss, oft verlässt er das Center und streift durch die umliegenden Straßen. Und in den letzten Tagen und Wochen geht er auch abends, nach der Arbeit, immer öfter und immer länger rum, spaziert durch zufällige Straßen, auf unerwarteten Wegen, über absichtslose Grundstücke. Am liebsten geht er in die Richtungen, wo die Pastellfarben verschwinden und die Häuser grau und die Gehwege uneben und löchrig werden. Er geht jetzt so viel rum, spekuliert er, weil Susanne nicht mehr in der Stadt ist und er deshalb abends nicht mehr zu ihr oder mit ihr ausgeht, oder er geht, weil der Sommer beginnt und er sich im LustschlösschenCenter unwohl fühlt, oder aber er fühlt sich dort unwohl, weil er geht; rumgehen ist für ihn kein Mittel zur Ablenkung, sondern ein ablenkender Zweck, ein Zweck für sich, der mit jedem Schritt klarer und einleuchtender wird. Und was hat es mit seiner Schlaflosigkeit auf sich? Wer weiß, wenn er nachts rumgeht, statt zu schlafen, geht er vielleicht nicht bloß deshalb, weil er nicht schlafen kann, sondern weil er gar nicht schlafen will: Sein Gehen wäre dann keine Flucht vor der Schlaflosigkeit, sondern vor dem Schlaf, den er zunehmend fürchtet, diesen Zwillingsbruder, er will sein Bewusstsein an keiner Pforte abgeben und in niemands, den er nicht kennt, Stirnflügel oder Mohnstängelhände geraten, in keinem Füllhorn der Stille versinken; er will wach sein, schauen, nachdenken: rumgehen.

Das Wasser aus dem Wolkenbruch ist überall verdunstet, als hätte es gar nicht geregnet, aber die Luft ist noch spürbar frei von Pollen, August atmet tief ein. Hunger spürt er kaum mehr. In den nächsten Tagen soll es heiß und trocken werden. Er will zu einem nahen Park gehen, dort wird es noch Feuchtigkeit geben. Eine Zeit lang trifft er keinen Menschen, nur ein großer Leiterwagen mit Tageszeitungen steht vor einer offenen Haustür, aus der Licht fällt. Dann belebt es sich, August kommt auf eine Kneipenstraße, Touristen und Nachtschwärmer füllen die Leere, sie erhellen die dunkle Stadt, Fußgänger in lachenden Gruppen, untergehakte Mädchen, ein Nachtbus steht an der Ampel, zwischen jungen Leuten sitzt eine ältere Frau, den Blick auf die Lehne vor sich gerichtet, traurig oder bloß müde: Während die anderen nach Hause oder auf die nächste Party fahren, ist sie vielleicht auf dem Weg zu einer Arbeit vor der Morgendämmerung, wird ein noch schlafendes Büro putzen oder eine eben leer gewordene Diskothek.

Etwas abseits erreicht August den Park. Ein Bauzaun versperrt den Zugang zur Hauptallee, jetzt wird auch dieser Park erneuert. August bleibt draußen auf dem ungepflasterten Weg zwischen Park und Straße. Hier und da sind noch Pfützen, und unter Augusts Füßen liegt eine klebrige weiße Decke, festgeklatschte Pollen, wie eine matschige Schneedecke, Schnee im Vorsommer, und wie im Winter riecht August in den Schnee hinein, aber er riecht nicht nach Schnee, er hört hinein, aber er klingt nicht nach Schnee, kein Wunder, er taut ja schon und dämpft kein Geräusch mehr. Auf der Pollendecke bilden die Pfützen ihre Formen, zwischen Kuhlen sind Wasserketten entstanden, dann eine Miniatur von Binnenmeer, zum Gebüsch hin ein abschüssiger Landstrich, der schon wieder ganz trocken ist. Beim Hinabschauen bemerkt August an seiner Hosennaht einen heraushängenden Faden, er wickelt ihn um den Zeigefinger und reißt ihn ab. Als er ihn wegwerfen will, sieht er, dass der im Abfallkorb hängende Müllsack halbhoch mit Regenwasser gefüllt ist. Er legt den Faden auf die Wasseroberfläche und fragt sich, wie schnell er wohl untergehen wird. So ins Wasser vertieft, hört er hinter sich leise Schritte, gleichmäßiges Atmen, das reißt ihn raus, wie einer, der Abfälle durchstöbert, will er nicht wirken. Er schlendert weiter und lässt den Läufer an sich herankommen; er kennt den älteren Mann im weißen Trainingsanzug schon, das Wort Jogger scheint unpassend für ihn, besser wäre Dauerläufer; dieser Dauerläufer läuft nachts am Parkrand entlang, eine vertraute Begegnung für alle, die manchmal zur selben Zeit unterwegs sind. Warum läuft er in der Nacht? Läuft er nach spätem Feierabend (ein Kellner, ein Busfahrer)? Vor frühem Arbeitsbeginn (Bäcker, Arbeiter)? Oder ist er ein nachtsüchtiger Rentner? Als August überholt wird, beschließt er, sich Ort und Zeit einzuprägen. Am Wegrand steht ein Briefkasten, auf den jemand geschrieben hat:

Augusts Armbanduhr zeigt zwei Uhr achtunddreißig; demnächst will er noch einmal kommen und überprüfen, ob der Dauerläufer wieder um zwei Uhr achtunddreißig an diesem Briefkasten vorbeiläuft. August sieht ihm nach, die Bewegung des Läufers wirkt so gleichmäßig, als liefe er nicht nur nachts, sondern in einem fort, rund um die Uhr in einer einzigen gleichförmigen Bewegung. So, denkt August, würde auch er gern gehen; aber nur vielleicht; vielleicht möchte er auch anders gehen, rum: stehen bleiben und schauen zwischendurch – aber dabei doch in vollkommenem, nie unterbrochenem Gehen: wenn das ginge.

Der Dauerläufer biegt ab, sodass er weiter am Rand des Parks entlanglaufen kann. Als August zur Ecke kommt, sieht er etwas entfernt einige Autos stehen, mit stumm kreisenden Blaulichtern; ein Polizist spannt rot-weißes Absperrband zwischen Bäumen, ein anderer hält eine Handvoll Schaulustiger zurück. August wundert sich, wie unverhohlen diese Leute glotzen, keiner verbirgt seine Neugier, sie kommen August wie Tiere vor, ihr Glotzen ein Fressen; er schaut ja auch gern, aber doch nicht so, er will kein Schaulustiger sein, deshalb betrachtet er lieber Pollen auf dem Boden, Fahrgäste in Bussen, Gekritzel auf Briefkästen. Der Dauerläufer hat die ganze Szenerie nicht beachtet, aber anders als August, makellos: Er ist auf die Fahrbahn ausgewichen und vorbeigelaufen, als kenne er keine Versuchung, schaulustig stehen zu bleiben.

Je näher August der Absperrung kommt, desto stärker wird der Geruch von feuchter Erde. Am Wegrand stehen reglose Bagger und Bauwagen, daneben sind Männer an einem Erdhügel zugange, im Licht eines Scheinwerfers räumen sie mit Schaufeln und Händen abgebrochene Äste und entwurzeltes Gebüsch beiseite. Da fällt August auf, was er gerade macht: Er hat die Glotzer angeglotzt, um sich über sie zu erheben, und tut es ihnen jetzt gleich. Er zieht sich weg von der Schaulust und geht nach Hause.

Die Stille der nächtlichen Wohnung: auf dem terrakottagefliesten Südbalkon Oliven- und Zitronenbäumchen in der Dunkelheit, Einbauküche mit Induktionsherd und Kaffeevollautomat, Bad mit Fußbodenheizung, ruhiges Schlafzimmer, großes Wohnzimmer. August inspiziert seine Räume: hochwertig saniert (wer mag hier vor der Erneuerung gelebt haben?), neues Klötzchenparkett, weiße Wände, etwas spärlich eingerichtet, wie dünnbesiedeltes Land: kratzerloses Ledersofa, Regal mit alphabetisch geordneten Büchern, kleiner Fernseher, große Musikanlage, sehr viele CDs, das Blüthner-Klavier mit eingestaubten Noten darauf (Chopin, Schubert, Debussy) und der angebrochenen Packung Baldriandragees, muffiger Geschmack, und nutzlos, wie all die guten Ratschläge: kein Alkohol mehr, stattdessen dunkle Schokolade, vor dem Zubettgehen Rooibos-Tee, warme Socken, onanieren; oder ein paar Schritte an der frischen Luft. Dieses Mittel ist ihm ausgeufert. Er ist schon immer spät zu Bett gegangen, zu Studentenzeiten hat er nachts stundenlang Musik gehört, Sonaten und Streichquartette von Beethoven und Schubert, Lieder von Strauss, Mahler, Berg, auch Bachkantaten, Ligeti, Zahlenstücke und Vogelgesänge von Messiaen; doch dann hat er, um seine Arbeitsfähigkeit besorgt, Susannes Rat aus London befolgt und ist am Abend um den Block gegangen, um besser einzuschlafen; bald hat er angefangen, morgens früher aufzustehen, um vor der Arbeit einen Spaziergang zu machen; die Gänge sind länger geworden und länger, erst abends, dann morgens, und die Zeit dazwischen immer kürzer.

Und jetzt? Musik hören, vier letzte Lieder? Freundlich die gestirnte Nacht wie ein müdes Kind empfangen ... er sitzt auf der Ledercouch, die nackten Füße auf dem Parkett, auf dem Tischchen der Bildband *Warenhäuser*, die monatliche Rechnung der Putzfrau: *den gesamten Betrag bis zum 31.05. auf unser Konto. Vielen Dank für Ihren Auftrag, wir sind weiterhin interessiert, Ihnen optimale Qualität in unserer Arbeit zu bieten*, die jährliche Post vom Kinderdorf in Bangladesch (die Patenschaft hat er schon während des Studiums übernommen, später den Betrag erhöht, was sind drei achtundzwanzig am Tag). Er ist zu müde, um ins Bett zu gehen, er kann sich nicht vom Sofa erheben. Diese Trägheit befällt ihn hier immer wieder, kaum ist er durch die Tür getreten, werden seine Schritte schwer, will er die Beine heben, hängen sie am Boden fest, will er vom Sofa aufstehen, hängt er in bodenloser Tiefe. Er fühlt sich in seinen eigenen Wänden wie gelähmt, er glaubt, dass in seiner Wohnung die Schwerkraft stärker ist als draußen, vielleicht lebt er in einer Schwerkraftverstärkungswohnung. An der Wand flattert ein Insekt auf und ab, auch das Tier, kommt August vor, wird immer und immer wieder hinuntergezogen. Vor dem Fenster wird der Morgen sichtbar. Er könnte noch ein bisschen Musik hören; eigentlich sollte er sich unbedingt hinlegen, zwei Stunden schlafen, ehe er ins Büro geht (er wird heute die Bauleiterin vom Trevibrunnen treffen), wenigstens dösen, denkt er, etwas dösen, aber er bleibt im Sofa sitzen und betrachtet die Buchrücken im Regal:

Ein weißes Buch.
Ein blaues Buch.
Ein schwarzes Buch.
Ein blaues Buch. (Wieder ein blaues, tatsächlich.)
Ein weißes Buch.
Ein gelbes Buch.
Ein schwarzes Buch.
Ein rotes Buch.
Ein grünes Buch.
Ein grünes Buch.
Ein weißes Buch.
Ein gelbes Buch.
Ein hellblaues Buch.
Ein dunkelrotes Buch.
Ein weißliches Buch, leicht vergilbt.
Ein glänzend blaues Buch, strahlend gelbe Schrift.
Ein breitschultriges blaues Buch.

Eine Reihe gleicher Buchrücken in einer Kassette, sanft gewölbt, eine dunkelblaue Wellenreihe, je länger man sie ansieht, desto mehr ähnelt sie dem Meer am Abend, mit weißen Buchstaben wie mit Schaumkronen betupft, unmerkliche Abweichungen nur in der Strichlänge, sonst in ihrer Bewegung vollkommen gleichförmig; ein graues Buch, das über alle hinausragt, wie eine Laterne, auch sie kaum sichtbar in Bewegung, eine lange schwarze Reihe, cinige mattweiße und graue Körper, ein purpurrot leuchtender ein Buch scheint zu schwitzen eins zu atmen eins vor Anspannung zu zittern

zu zittern

wie August gern einmal zittern würde. Er blinzelt und fühlt sich eingespannt in sein Leben, aber falsch, es zieht ihn nicht in alle Richtungen, er ist eher in die Erschlaffung vertäut wie auf ein Streckbett. Er möchte einmal zittern von Streckung, aber er ist mutlos vor den unsinnigen Ausdrücken und verkehrten Bildern, die ihm einfallen, wenn er an sein Leben denkt. Nun hat er eben die Bücher angestarrt, und jetzt ist das vorbei, und er wünscht sich, es ginge einmal anders; aber bliebe jeder Augenblick des Lebens stehen, müsste man wahnsinnig werden, der Kopf zerspränge in tausend Scherben, oder er würde vom Fortschrittsunterdruck implodieren wie eine Backpflaume oder kosmische Schildkröte, denn ein Moment könnte ja nur ewig bleiben, wenn man selbst ewig unverändert bliebe: Das wäre das Ende. Und doch kommt es August wie eine Art Grundwunder oder Grundübel vor und zutiefst unglaubwürdig, dass das Leben überhaupt anders sein kann als gleichzeitig.

Vielleicht aus diesem Grund sucht August in letzter Zeit nach möglichen Erlebnissen. Bei der Arbeit hält er manchmal heimlich den Atem an. Einmal hat er es geschafft, im Büro, umgeben von Kollegen und Topfpflanzen, aus seinem Innersten einen Anflug von Erstickungsangst aufsteigen zu spüren, das war schön. Jetzt legt er sich bäuchlings aufs Sofa und dreht den Kopf zur Seite, presst das Gesicht in die Lehne und das Ohr in die Sitzfläche, die Haut klebt am Leder, und wie er da liegt, spürt er sein Herz pochen. Die Unregelmäßigkeit erschreckt ihn, kann das vom Schlafmangel kommen? Aber noch mehr staunt er darüber, dass sein Herz all die Jahre weiter und immer weiter geschlagen hat, unbeachtet, und ohne dass man es je hätte anstoßen müssen. Er rappelt sich auf, stellt sich ans Fenster, geht dann, statt es zu öffnen, zum Thermostat und dreht am Knöpfchen, erst auf Innentemperatur, dann auf Außentemperatur, und was für ein Zufall, zweimal steht *23.3 °C* da, seltene Harmonie von innen und außen, worauf weist das hin?

Er isst eine halbe Banane, duscht, zieht frische Wäsche an und ein sauberes Hemd, bürstet sorgfältig seinen Anzug. Obwohl es noch früh ist, macht er sich auf den Weg zur Arbeit. Als er die Wohnungstür hinter sich zuzieht, erinnert er sich an zwei Erlebnisse aus den vergangenen Wochen; immer an der Wohnungstür fallen ihm diese beiden Vorfälle ein, immer gemeinsam oder wenigstens dicht beieinander, sodass auch der erste, der sich nicht in der Wohnung zutrug, sondern unter freiem Himmel, mit der Tür verbunden ist: August spaziert gern auf Friedhöfen, zwischen den Bäumen horcht er Vogelstimmen nach, oder er geht zwischen alten Grabsteinen und frischen Erdhügeln umher und liest Namen und Daten. Am meisten interessieren ihn die Gräber, an denen etwas nicht stimmt. Nichts ist natürlich so falsch wie das Grab eines Kindes; August rechnet manchmal nach, wie alt das Kind heute wäre, vielleicht am Grab eines Jungen, der jetzt, wie er, Mitte dreißig wäre, wäre nicht mit fünf schon alles abgebrochen. Aber es gibt auch die rätselhaften Unstimmigkeiten, Spuren veränderter oder fehlgeschlagener Lebenspläne: etwa wenn auf einem Grabstein neben dem Namen des Toten noch ein zweiter steht, ein Frauenname, nur mit Geburtsdatum, ein Tag 1870 oder 80, und darunter ein Kreuz, wo das Sterbedatum hätte stehen sollen – aber da steht nichts, nur der Tag der Geburt, ein Anfang ohne Ende, dabei kann die Frau nicht mehr leben, sie muss also irgendwo anders liegen, was mag da passiert sein? Liegt sie bei einem anderen, späte Liebe, oder ist sie in einem Keller verschüttet worden, hat sie sich irgendwo in die Welt oder Luft aufgelöst? Das Grab, an das er sich an der Tür erinnert, war nicht so auffällig, im Gegenteil, diese Frau hatte ein ordentliches Alter, als sie in den zwanziger Jahren starb. Auf der schmiedeeisernen Tafel, umrahmt von verrosteten Blätterranken, stand:

Wer treu gewirkt,
Bis ihm die Kraft gebricht,
Und liebend stirbt,
Ach, den vergißt man nicht.

Vor dem Grab standen zwei Mädchen, mit Zahnspangen und schwarzblätterndem Nagellack, in ihrem Flüstern und noch in ihrem halb unterdrückten Lachen lag Respekt vor dem Ort. Aber der Drang zu lachen war stärker: Besonders das *gewirkt* hatte es den beiden Mädchen angetan, die eine wisperte es vor, *treu gewirkt*, und die andere hauchte: *Ach*, und wieder mussten sie lachen.

Das zweite Erlebnis hängt dagegen direkt mit der Wohnungstür zusammen. Sie schließt nicht leicht, man muss sie kräftig zudrücken, damit das Schloss einschnappt. Als August an einem Morgen die Tür öffnete, um zur Arbeit zu gehen, merkte er, dass sie nicht eingerastet war. Offenbar war sie die ganze Nacht, während er geschlafen hatte, unverschlossen gewesen. Vom Treppenhaus aus war das wohl nicht zu sehen, aber wenn jemand leicht gedrückt hätte, wäre die Tür aufgegangen. Eine schöne, sanfte Bewegung müsste das sein, dieses vorsichtige Aufdrücken; August zieht die Tür langsam zu, sodass sie nicht einschnappt, und drückt sie wieder auf, aber er drückt immer zu zaghaft oder zu fest, es gelingt ihm nie wie in der Vorstellung, wenn er in der Wirklichkeit die Wohnung verlässt und sich auf den Weg zur Arbeit macht.

Den einen Tag nimmt er die Straßenbahn. Menschen auf dem Arbeitsweg: das Gegenteil von rumgehen, der möglichst kurze und notwendig üble Weg von A nach O. August versucht, ihn zu verdrehen, indem er Fahrgäste beobachtet oder zum Fenster hinausschaut. Unterwegs kommt die Tram an einem Altersheim vorbei, einem großen Haus mit Garten, von Fahrt zu Fahrt hat August sich ein Bild zusammengesetzt: im Glasvorbau ein Gummibaum mit hängenden breiten Blättern, eingestaubt wahrscheinlich, und neben der Pflanze, den Raum bis auf einen schmalen Durchgang ausfüllend, ein Korbstuhl mit einer bewegungslosen alten Frau; auch im Sommer eine Wolldecke auf den Beinen, sitzt sie immer schon da und schaut auf die Straße, mit keiner Regung verratend, ob sie etwas wahrnimmt. Sie ist in ihrem Rumsitzen von morgens an der Welt abhandengekommen. Wird sie außer August noch jemandem fehlen, wenn sie ganz verschwunden sein wird? Nur aus Versehen noch in der Zeit, für die sie und die für sie keine Verwendung mehr hat, ist sie reine Vergangenheit; oder schon ganz aufgegangen im Wird-gewesen-sein, vollendete Zukunft. Im Deutschen muss man sich die Wörter zusammenkleben, das Lateinische hatte eine echte Form dafür, das muss einen Grund haben. Er war nicht gut in Latein, ihm haben Begabung und tieferes Interesse gefehlt, im Gegensatz zu seiner Schwester, die schon als Teenager mit Gespenstern gesprochen und sich in alte Überlieferungen hineingewühlt, später alte Sprachen studiert hat und heute befristet angestellt ist in der Vergangenheit, in einer Universitätsstadt, bedrängt von Papierkram, Sprechstunden, Betriebsrauschen. August dagegen: Betriebswirtschaft abgespult, nur gelegentlich eine Vorlesung der Kunstgeschichte oder Musikwissenschaft, alles in allem vielleicht ein Semester Verzögerung, sechs Monate Musik sind vertretbare null Komma sieben Prozent eines durchschnittlich langen Lebens, außerdem hat er in einer Mahlervorlesung Susanne kennengelernt (in einer Mahlervorlesung eine BWL-Kommilitonin kennenzulernen); dann war er noch ein halbes Jahr in Aix, daran denkt er gern, auch wenn er für sein Französisch kaum Verwendung hat, und in Aix hat er, Susanne hat das unterstützt, nach krisenresistenten Branchen Ausschau gehalten, dann entsprechende Praktika, später Center-Manager-Akademie, zwei Jahre bei einem kleinen Center, und schließlich, schon in der Bauphase, zum LustschlösschenCenter.

Während die Straßenbahn an einer Ampel wartet, guckt er sich im Wagen um. Ein Schuljunge steht eingeklemmt zwischen den Hüften der Fahrgäste. Ein weitsichtiger Linkshänder macht Unterstreichungen in einem Manuskript. Der Mann vor August liest die

Angebote in einer Zeitungsbeilage, unten das Logo: LustschlösschenCenter – Bequemheit *erleben*. August schaut zum Fenster hinaus. Aus einer Haustür treten ein Kleinkind im rosa Kleid und eine Frau. Die Frau guckt prüfend zum Himmel, holt ein Hütchen hervor und setzt es dem Kind auf den Kopf. Sofort reißt das Kind das Hütchen vom Kopf und wirft es auf den Boden. Die Mutter bückt sich und setzt es dem Kind wieder auf. Diesmal nimmt das Kind es hin; dafür breitet es die Arme aus, wirft sich der Mutter mit Wucht in die Beine und hält sie umklammert. Die Mutter nimmt das Kind auf den Arm und trägt es fort.

Als die Bahn wieder losfährt, schaut August auf die Armbanduhr, die ihm sein Vater vor Jahren geschenkt hat; aber er ist ja ohnehin viel zu früh dran. Auch die junge Frau neben ihm sieht nach der Zeit, auf dem Display ihres Handys steht ein römisches Zifferblatt. An der Tür lehnt ein Südländer mit Dreitagebart und Künstlerhut, unter dem Jackett aus braunem Cord eine Weste, an der das goldene Kettchen einer Taschenuhr baumelt. Das gefällt August: die Zeit, wenn schon, statt ans Handgelenk zu binden, in die Tasche zu stecken. Während nur wenige Gedanken durch seinen Kopf gehuscht sind, ist er durch zahllose Straßenzüge gefahren, entlang an Mietskasernen, Plattenbauten, Gründerzeithäusern, an ewig sich wiederholenden Baulücken, Brachen, Erschließungsgeländen, schließlich, mit fernem Blick in die Fußgängerzone der Schlösschenfreiheit, vorbei an Müllhof und Multiplex – da hat sich das riesige silbrig graue Oval der Mall aller Aussichten bemächtigt, die Tramtüren öffnen sich, und August steigt aus.

Den andern Tag, in letzter Zeit immer häufiger, geht er zu Fuß. Die Morgen sind noch leicht, erst später wird es drückend. So kann August auf seinem langen Weg unbeschwert die Strecke umfärben, immer wieder, er macht sich ein Spiel daraus. Er gliedert den Weg nicht nach markanten Gebäuden und vielbefahrenen Kreuzungen, sondern orientiert sich an kleinen Knöpfen im Asphalt: in den Boden eingelassenen Plättchen, die wie ein dichtes Netz auf der Stadt liegen. Er geht, ohne aufzuschauen, von Punkt zu Punkt, die Plättchen liegen nah beieinander, es muss Abertausende geben, winzige oder etwas größere Kreise, selten auch Quadrate, aus Kupfer, Messing, Aluminium, in Fugen, Beton, zwischen Pflastersteinen, in versteckten Ecken und – noch verborgener – mitten auf der Fahrbahn, mal steht *VERM.PUNKT* darauf, mal *MESSPUNKT*, öfter sind sie von rosa Farbkreisen umgeben, aufgesprüht von Landvermessern, die gelegentlich von weitem zu sehen sind. Täuschungen kommen auch vor, zwischen Pflastersteinen festgetretene Kronkorken etwa oder Centmünzen. August hangelt sich von Messpunkt zu Messpunkt. Er stellt sich vor, eines Nachts gingen alle Lichter der Stadt aus, es gäbe keine Laternen mehr und keine hellen Fenster, keine Autoscheinwerfer und keine bunten Reklamen, und nun fingen all die Punkte im Boden zu leuchten an, ganz matt: Eine neue Stadt wäre geboren. Oder er überlegt, ob sich, durch Kälte, Hitze, Trockenheit, Nässe, der Asphalt der Fahrbahnen vielleicht ständig ein wenig verzieht und die Gehwegplatten immerzu leicht verschieben, um Bruchteile von Millimetern nur, und doch, die Vermessungspunkte würden mitwandern. Wenn nun die scheinbar starren Punkte tatsächlich wanderten, statt unbeweglich zu sein, was würde daraus für sein eigenes Leben folgen?

Der Wind, vorher kaum zu spüren, ist stärker geworden. Breit sitzt es auf Häuserblöcken, vom Morgen glänzt sein roter Bauch, zu seinen Füßen kniet die große Stadt. Niemand kommt zu Fuß zur Mall. Die Menschen werden in Trams und U-Bahnen gebracht und gelangen von der Haltestelle oder dem Bahnsteig ohne Umweg in die gläsernen Drehtüren; oder sie fahren auf breiten Rampen in die Unterwelt hinab, sieben Parkebenen in verschiedenen Farben, und von dort mit Aufzügen nach oben; denn statistisch, weiß August (obwohl er nie mit dem Auto kommt), ist die Tiefgaragenzufahrt der Haupteingang zur Mall.

Vor den verschlossenen Drehtüren wartet eine große Gruppe junger Männer, einige trinken Kaffee aus Pappbechern. Sie wollen zum Ankermieter Elektronik, heute kommt eine neue Spielkonsole auf den Markt. Beim letzten Verkaufsstart hat der Elektronikmarkt Punkt null Uhr eins geöffnet, da ist die Sache außer Kontrolle geraten, es gab Tumulte, einen Polizeieinsatz, Verletzte, einem Polizisten wurde ein Ohrläppchen abgebissen: ein Albtraum fürs Management, ähnlich dem Pestilenziösen Donnerstag (nein, ganz so schlimm nicht); deshalb geht man heute auf Nummer sicher, es wird erst um acht geöffnet, damit diejenigen woanders hingehen, die so lange nicht warten können. Die Männer sind, wenn nicht Zuhörer, so doch Gesellschaft für den Prediger, eine verworrene Gestalt: kein Penner, sondern eine der alterslosen Figuren, die, jedem bekannt, die Stadt bevölkern, in Bibliotheken, Mensas, Gratiskonzerten. Der Prediger ist morgens immer schon da, er folgt einem anderen Rhythmus als den Geschäftszeiten, erscheint nicht zur Öffnung, sondern zum Sonnenaufgang: spät im Winter, im Sommer in aller Frühe. Er stellt sich auf die Rasenfläche neben dem Eingang; dabei lebt er mit der Sonne und gegen sie, ist es kalt, stellt er sich in den Schatten, ist es heiß, ins pralle Licht. Am Anfang hat das Center-Management ihn verscheuchen lassen, doch er ist immer wiedergekommen, und irgendwann hat man ihn zu dulden begonnen, wie ein unansehnliches, aber auch nicht mehr störendes Möbelstück. Betreten allerdings darf der Prediger das Center nicht, darin kann sich das Management keine Nachgiebigkeit erlauben. Die Besucher gehen an der murmelnden Gestalt vorbei, manchmal flüstert einer dem anderen zu: Der Zausel ist immer hier. Der Prediger spricht die ganze Zeit von Gott, nicht wie ein Wasserfall, eher wie ein Bächlein, das im Tageslauf austrocknet, munter sprudelnd am Morgen, gegen Abend dann stockender, mit heiser werdender Stimme; zwischendurch stößt er leise lateinische Rufe aus, in der Art von Kehrversen: Laudate dominus, murmelt er, laudate dominus, alpha et est o, und schwingt sich bisweilen aus seiner ranzigen Trance zu Höhen auf: Vae tacentibis te de, quoniam loquacis mutis sunt!

August geht an den Wartenden und dem Prediger vorbei zu einer kleinen Seitentür, die er mit einer Chipkarte öffnet. Durch ein schmales, trotz weißen Anstrichs düsteres Treppenhaus (die eckige Wendeltreppe nennen es die Angestellten) gelangt August zum Büro im zweiten Stock, oberhalb der Ladenpassagen. Alle Schreibtische sind noch leer, still stehen Fotos darauf, kleine Stofftiere und Glücksbringer, die auf die Angestellten warten; die unberührten Ablagen und der einsame Wasserspender tragen eine Art Zauber in sich. August legt seine Tasche ab. Er hat noch Zeit und will hinuntergehen, um in den Gängen zwischen den verschlossenen Geschäften herumzuspazieren.

Als er den Büroraum verlässt, bemerkt er, dass die Tür zum Chefzimmer offen steht. Drinnen steht der Center-Manager, ein Mann namens Xerxes, und schaut zum Fenster hinaus. Er scheint ihn zunächst nicht zu bemerken, erst als August ein zweites Mal klopft, etwas lauter, dreht er sich um: ein gedrungener Mann mit rundem Kopf, auf dem kurz, aber dicht das angegraute Haar steht; er wirkt wie hineingegossen in den dunklen Maßanzug, die randlose Brille, die glänzenden Kalbslederschuhe; und doch sieht August ihn immer im nächsten Augenblick platzen, so überspannt wirken Rumpf, Hände, Kopf. Heute früh steht in Xerxes' Augenwinkel eine Träne. Statt den Gruß zu erwidern, weist er wortlos aufs Fenster. August tritt zu ihm. Unten warten noch immer die Männer auf die Öffnung des Centers, neben ihnen macht der Prediger einige Schritte, um vom Schatten in die Sonne zu treten, es wird heiß werden heute.

«Eben war ich noch glücklich, und jetzt weine ich», beginnt Xerxes mit der ihm eigenen leisen Nachdrücklichkeit. «Sehen Sie, Herr Kreutzer, da unten stehen Männer ohne Zahl, muskulöse Männer, ihre Arme sind die stärksten, ihre Nacken die dicksten, ihre Fitness die höchste, was sage ich: die allerhöchste ... *und von all diesen Menschen wird in hundert Jahren keiner mehr leben*. Denken Sie das, Herr Kreutzer, *denken* Sie das!» August nickt. Nachdem sie eine Weile nebeneinandergestanden und in die Tiefe geschaut haben,

durchbricht Xerxes, wie es seine Art ist, mit lautem Händeklatschen die Stille: «Aber jetzt auf an die Arbeit! Nutzen wir unseren Vorsprung gegenüber den Langschläfern! Was haben Sie heute vor, Herr Kreutzer? Ja, ich weiß schon, Trevibrunnen, Frau Avenarius, gut. Sie denken natürlich ans Editorial? Und – binden Sie Ihre Krawatte männlicher!»

Mit dieser Ermahnung ist August entlassen, überrascht, dass seine Krawatte nachlässig gebunden sein soll, denn in diesen Dingen ist er sorgfältig; wenn er aus der Wohnung geht, spätestens wenn er das Büro betritt, legt er einen Hebel in sich um, es ist wie ein inneres Aufrichten, eine geschmeidige Versteifung von Rücken und Blick zum Zweck der Berufstätigkeit. Der Spiegel zeigt August, dass sein doppelter Windsor heute tatsächlich vermurkst ist. Aber es beunruhigt ihn nicht, dass Xerxes ihn ermahnt hat, an Xerxes' Wohlwollen für ihn besteht kein Zweifel, er sagt Wir, kennt Augusts Tagesplanung. Mit routinierten Bewegungen bindet August seine Krawatte neu, er weiß, dass eine en passant erteilte Rüge von Xerxes ein Vertrauensbeweis ist. Denn Xerxes ist ein Meister der persönlichen Ansprache, er kennt nicht nur die Mitarbeiter im Center-Management, sondern auch jede Verkäuferin, jede Reinigungskraft, jeden Sicherheitsmann, und jeder spürt, dass er, gerade er, wahrgenommen wird; aber eben nach einem feinen System von Abstufungen, das ihm seinen Rang zuweist. Xerxes' Anfälle von wilder Schwermut haben seinem Ansehen nicht geschadet, die meisten Angestellten kennen sie bloß vom Hörensagen, denn die Erregungen treten nur vor der Arbeit und nach der Arbeit auf, sehr früh also und sehr spät, denn Xerxes' Arbeitstag scheint endlos; sichtbar werden sie höchstens in der Mittagspause (wenn er eine macht). Einige behaupten, die Anfälle seien zum ersten Mal nach dem Pestilenziösen Donnerstag aufgetreten. Jedenfalls scheint diese vorhersagbare Unberechenbarkeit Xerxes' Autorität sogar zu steigern, sie verleiht ihm die Aura des überdimensional Empfindsamen, einer Gefühlskraft, die über Menschenmaß hinausgeht. Auch innerhalb der Künstliche-Paradiese-Gruppe gilt er offenbar viel, er gehört sogar zum Vorstand der Stiftung Vitale Stadt; im Büroklatsch wird er seit langem für höchste Posten gehandelt, es rumort ja im Untergrund, Entwicklungen werden erwartet, Entscheidungen, Investments, Expansion.

Manchmal stecken Xerxes' Momente August für kurze Zeit an, so auch an diesem Morgen. Als er nach unten in den Boulevard Istiklal Caddesi kommt, liest er statt Media-Markt *Medea-Markt.* Im Boulevard Oxford Street liegen in den Schaufenstern des Buchladens aktuelle Ratgeber und Lebenshilfen, *Wirf deine Tränen ins Meer* und *Wenn mein Herz ein Fass wäre, dann hätte meine Liebe keinen Boden.* August überlegt, mal wieder ein Buch zu lesen (er hört lieber Musik), und verscheucht den Anflug von Trübsal mit dem Gedanken an den kleinen Laden im Gastro-Walk, wo Manon Lescaut Crêpes verkauft, da freut er sich auf die Mittagspause.

Seine Schritte hallen im noch unbelebten Raum. Jetzt ist die Leere zwischen Nacht und Tag. Die Putzkräfte sind fortgegangen, die Kunden noch nicht da, die Verkäufer tröpfeln durch Hintertüren in die Geschäfte. Wie Morgentau im Gras liegt in den Gängen das Zitrusaroma, das die Reinigungskolonne hinterlassen hat; erst nachher, wenn die Menschen hereinströmen, werden andere Gerüche den Raum erfüllen, nicht Schweiß natürlich und Ausdünstungen, sondern, versprüht aus Hunderten winziger Öffnungen in der Decke, der Duft von Maiglöckchen; später im Jahr wird es nach Wiesenkräutern riechen, dann nach Moosen und Tannen. Nur in diesen saisonalen Gerüchen sind die Jahreszeiten anwesend, denn Temperatur, Luftdruck, Feuchtigkeit verändern sich nie, in den Gängen der Mall steht die Zeit still, ein ewiger Frühlingstag, ein Frühling ohne Heuschnupfen, nie vergehender Beginn.

August kommt zum Mittelpunkt des Centers, dem Großen Marktplatz. Von hier aus laufen die sieben Gänge der Mall sternförmig auseinander, die Boulevards Istiklal Caddesi, Kärntner Straße, Via Condotti, Champs-Élysées, La Rambla, Oxford Street, 5th Avenue: zum Flanieren einladende Straßen, in denen sieben Weltstädte authentisch erlebbar werden. Jetzt noch ruhend, führen Rolltreppen und gläserne Aufzüge vom Großen Marktplatz ins Untergeschoss, zu den Lebensmittlern im Gastro-Walk, und ins Obergeschoss, zu Panorama-Cafés und Kinderbetreuung, Sportstudio und Erlebnisbad, Multiplex, Entertainment-Center, Arztpraxen. Die Mitte des Großen Marktplatzes ist mit Bauzäunen abgesperrt, aus dem aufgerissenen Boden ragen, wie Tentakel eines einbetonierten Tintenfischs, große, verplombte Wasserrohre hervor: Hier wird bald die neueste Attraktion stehen, der Trevibrunnen im Maßstab eins zu eins, sechsundzwanzig Meter hoch und zwanzig Meter breit, einschließlich der brunnenseitigen Fassade des Palazzo Poli; an die Stelle des restlichen Palastes wird ein einfacher Pavillon treten, Info-Polis, die Zentrale Besucherinformation. Was hält mich zusammen, fragt sich August.

Meine Haut, fällt ihm ein, als er wieder im leeren Büro sitzt, vor dem dunklen Bildschirm, er schiebt Anzugärmel und Hemd hoch und betrachtet seine Haut: noch glatt, ein wenig trocken, kaum sichtbare Schüppchen, helle Härchen; dieser Zusammenhalt kommt ihm dubios vor, er wundert sich, dass nicht immerzu Menschen die Haut platzt wie eine zu voll gestopfte Einkaufstüte. Er legt die Hand auf die Brust und spürt nach seinem Herzschlag: pocht, unruhig. Er ist wach und dabei müde auf eine Art, dass weder Kaffee noch kalte Duschen helfen, er befindet sich in einer Grundmüdigkeit, die ihn nicht gähnen, aber an Herz und Haut zweifeln lässt. Er schaltet seinen Computer an und nimmt zwei Airmen-Beans aus der Packung, das Geheimnis südamerikanischer Piloten, nach stundenlangen Einsätzen unglaublich hohe Leistungsfähigkeit, Bohnen aus Kaffee und Guarana, gerösteter Samen brasilianischer Lianen, bereits die Inkas, nach neuesten Erkenntnissen überarbeitet, edelste Pastillen zuckerfrei mit Süßungsmittel* und Guarana-Extrakt, zahnfreundlich, kalorienreduziert: Hier beginnt das Abenteuer deines Lebens. (*Kann b. übermäß. Verzehr abführend wirken.) Das Logo der Mall schwebt über den Bildschirm: Bequemheit *erleben*, und als sein Desktop erscheint, kommen August die Verknüpfungssymbole heillos fremd vor, eine Sekunde lang kann er sich nicht vorstellen, dass man eine gesuchte Verknüpfung jemals finden könnte.

Dokumentvorlage Editorial:

LustschlösschenCenter *Aktuell* – Monat
Editorial
Headline
Liebe Leserin, lieber Leser,
Text
Herzlichst, Xerxes

August blättert in der letzten Ausgabe, die vor ihm auf dem Tisch liegt, sechzehn Seiten Werbung, die monatlich den Zeitungen der Region beiliegen, auf Seite eins steht der schlanke Kasten mit Foto von Xerxes und dem Mai-Editorial. Er schreibt immer zwei Wochen im Voraus für den nächsten Monat, am Anfang hat er Xerxes' Style-Guide benutzt, mittlerweile schüttelt er den Sound aus dem Ärmel. Er lässt die Dokumentvorlage offen und schaut seine E-Mails durch: versaute Großmütter, finanzielle Chancen in Nigeria, russische Kasinos – jeder Arbeitstag beginnt mit dem flüchtigen Blick in einen Abgrund. Ein Bekannter bietet August eine frei gewordene Karte an für Brahms und Rääts (ein Este), ein anderer schickt einen witzigen Link. Susanne berichtet hastig, wie es in London läuft, und von einem Konzertbesuch (sie hat wenig Zeit, aber dafür nimmt sie sich Zeit). August sollte darüber nachdenken, was er tun wird, wenn Susanne Klarheit hat über ihren Status in der Bank; und kauft eine CD mit Liedern von Webern und einige Packungen Ritalin und Modafinil. Dann wechselt er auf eine Nachrichtenseite. Kapstadt versucht, eine Pavianplage in den Griff zu bekommen, den Touristen wird das Füttern der Tiere in Parks und Straßen verboten. Diskussion über eine sozialpolitische Reform, ein Vertreter der Regierung ist dafür, seine Argumente überzeugen August, er nickt beim Lesen zustimmend, ein Oppositionspolitiker ist dagegen, auch seine Argumente leuchten August ein (so geht es ihm immer mit der Politik, er kann allem zustimmen, wenn er die Argumente hört; der Widerspruch ist ihm klar, aber er kann ihn nicht auflösen). Ein Bischof sagt, der kirchliche Grundwasserspiegel sei im Sinken begriffen. Bei den Polizeimeldungen stockt August: In der vergangenen Nacht wurde in einem Park im Stadtzentrum eine mumifizierte Frauenleiche gefunden. Die Grünanlage werde derzeit umgestaltet, und an einer eingezäunten Abraumhalde aus Pflanzenresten und Erde habe am Abend der Hund eines Frührentners angeschlagen. Die Frau scheine bereits seit mehreren Jahren tot zu sein, Herkunft und Todesursache unbekannt, mehr könne die Polizei erst sagen, wenn der Leichnam gerichtsmedizinisch untersucht sei. Trotzdem setzt August sofort voraus, dass die Frau eine Prostituierte aus Osteuropa war und erwürgt worden ist. Er hat keine Lust, weitere Nachrichten zu lesen. Aus Langeweile sucht er nach seinem eigenen Namen. Was bleibt von mir? Hundertneunzig Treffer bei Google. August Kreutzer hat auf dem und dem Gymnasium die Schulbank gedrückt, erfahren Sie mehr über ihn auf seiner Stayfriends-Seite. Diplomarbeiten: Der Begriff des Erlebnisses in der Einzelhandelslandschaft des 21. Jahrhunderts / August Kreutzer. Lustschlösschen Center, Bequemheit *erleben*, ein Unternehmen der Künstliche-Paradiese-Gruppe: August Kreutzer, Junior Center Manager. Dann aber unerwartet: www.parkplatzsexxx.com, flachwixxxer, Dirk-XXXL, und dazwischen der Name august kreutzer. Wieso steht der da? Das ist nicht der einzige Treffer: www.schmuddelfikk.com, www.lutschschlampen.com, www.analdemuetigung.com. August schaut sich um, ob schon jemand (gar Xerxes) das Büro betreten hat, dann öffnet er eine Seite. Grelle Blink- und Laufschrift auf schwarzem Untergrund, wirres Design, august kreutzer unterhält sich mit Dick und DIGGLER und nadja18 über Toilettensex und entwirft Szenen wie: Eine fette Magierin verhext ihn mit NS und KV und tritt ihn mit ihren Pumps in die Gosse, dass seine Rippen knacken; oder: Er quält Frauen mit Fotzlappen wie Rhabarberblättern, will ihnen an die Gurgel, bis sie quietschn und krepiern vor Geilheit. August tun die Augen weh, er schließt die Seite wieder. Er dreht sich auf seinem Stuhl langsam hin und her, die Sache hat ihn in einem dünnhäutigen Moment erwischt. Eine Weile spinnt er vor sich hin, stellt sich vor, kein anderer als er, dessen erstes Ich davon allerdings nichts wisse, habe die Frau ermordet und im Park verscharrt; denn woher sonst als aus seinem dunklen Parallelbewusstsein hätte er wissen können, dass sie eine erwürgte Prostituierte aus Osteuropa war; oder aber, er habe nichts zu tun mit alldem, sondern sei in eine Falle gelockt worden, und da man nun sogar nachweisen kann, dass er von seinem Bürorechner aus Schmuddelseiten besucht hat, werde niemand ihm glauben und er schuldlos als Mörder überführt. Er fragt sich, welcher Kranke seinen Namen auf solchen Seiten benutzt. Am Ende einer von den Kollegen?

Kurz vor acht kommen die ersten. Da ist August schon bei der Arbeit, er hat umgeschaltet, sich aufgerichtet, Blick und Rücken versteift, noch eine Koffeintablette eingeworfen. Und trotzdem, zwar macht er seine Arbeit wie immer, ist professionell, aber reserviert, proaktiv mit stillem Vorbehalt. Das wachste Drittel des Tages verbringt man also in einer Zufalls- bis Zwangsgemeinschaft, tagaus, tagein im Dauerstudium der Kollegen, mit der Zeit kennt man ihre Gewohnheiten und Rituale, die Kollegen sind nichts als Schatten von Eigenschaften: Eine isst jeden Vormittag zwischen zehn und halb elf mit Käse belegten Pumpernickel, indem sie das Brot gegen den Uhrzeigersinn, in Spiralen der Mitte sich nähernd, beknabbert. Ein anderer schüttelt vor dem Trinken die mit Leitungswasser gefüllte Plastikflasche, als gäbe es darin etwas zu mischen. Ein Dritter holt mittags eine Fernsehzeitschrift aus der Tasche und macht mit dem Füller Anstreichungen. Einige lesen morgens beim Bahnfahren die Wettervorhersage in der Zeitung, andere hören sie im Autoradio, sie prüfen tagsüber auf Internetseiten die Aussichten und tauschen sich in Gesprächen darüber aus; dabei halten sie sich kaum je im Freien auf. Und nach der Arbeit werden Zerstreuungen kommen und Entspannung, aber August graut vor der Entspannung, der Entspannung von der Zerrüttung, die Entspannung zerreißt ihn. Andere haben sich kleine Ventile geschaffen, ein Mann zerschneidet Papier, eine Frau klatscht den benutzten Teebeutel gegen die Wand des Spülbeckens, als wolle sie ein gefangenes Fischlein töten. Es ist übrigens, kein Zweifel, eine gute Bürogemeinschaft. An der Wand hängt die Urkunde vom Great Place To Work-Award. Die Räume sind klimatisiert, zwanzig Grad sind effizienzoptimal, manche Kollegen tragen bei fünfunddreißig Grad Außentemperatur Strickjacken, einige Frauen haben immer Schnupfen.

Mittags betritt August den Raum der Ruhe. Leise Wellnessmusik empfängt ihn (früher lief hier keine Musik, aber davon ist man abgekommen, die Ruhenden ertragen die vegetativen Geräusche nicht). Auf einer Liege döst der Vermietungsmanager mit Schlafbrille über den Augen. Auf einer anderen liegt eine Verkäuferin und liest *Krieg und Frieden*. Auf einem Tischchen liegen von Xerxes verfasste Broschüren aus, *Die Kunst des Power-Nappings*. August findet keine Ruhe, bleibt nur kurz.

Vor dem Abstieg ins Untergeschoss will er draußen frische Luft schnappen. Die Gänge der Mall sind jetzt mit Menschen gefüllt. Auf der Galerie, im Panorama-Café Ponte dei Sospiri sitzen Rentnerinnen mit großen Eisbechern, Schulschwänzerinnen fahren die Rolltreppen auf und ab, man bummelt, geht spazieren, guckt in Schaufenster, Frauen schieben Kinderwagen umher; am Abend werden Mütter mit größeren Kindern atemlos hereinhetzen, a woman's place is in the mall, zwei von drei Kunden sind weiblich. Die Mall am Mittag eines Werktags ist eine Welt in Schieflage, wie die männerlose Welt nach einem großen Krieg, denkt August. Nur am Elektronikgeschäft geht es anders zu, die Tore des Geschäftes sind verriegelt, davor stehen Sicherheitsleute in schwarzen Uniformen und halten das Männergedrängel in Schach. August bleibt stehen und sieht zu, wie das Tor sich im Minutentakt öffnet und die Männer gruppenweise einlässt, zu hohen Stapeln mit Konsolen. Ein Stück weiter, vor einer Luxusboutique im Boulevard Via Condotti, bemerkt er eine bekannte Kaufsüchtige, eine Frau in mittleren Jahren, die anfallsweise Tüten Exklusives kauft.

Am Ausgang trifft er Xerxes, der, halb versteckt hinter einer Zypresse, das Kreisen der Drehtür beobachtet. Mit einer Kopfbewegung ruft er August zu sich und sagt: «Das Grauenerregende ist ja, dass die Menschen, wenn sie hier hinausgehen, älter *sind*, als sie beim Hereinkommen *waren*. Denken Sie das! Wer das feinste Sensorium hätte, könnte den Tag über hier stehen und die Menschen beim zweiten Vorbeigehen fahler und gebeugter sehen als beim ersten Vorbeigehen.

Spuken Ihnen auch manchmal diese Mittagspausenapokalypsen durch den Kopf? Wir sind uns ähnlich, Herr Kreutzer … gerade jetzt sehe ich eine Rolltreppe vor mir, vollbesetzt mit Menschen, sie alle stehen (die Menschen brechen ja hier ständig das Gesetz: rechts stehen, links gehen), und da, plötzlich! ruckelt die Rolltreppe, und ruckelt, und zuckt – und *steht still*, und mit ihr diese trägen Menschen, reglos und zu Säulen erstarrt wie Niobe oder Frau Lot oder Gott weiß welche dämlichen Weiber, die Hände schwer auf den Laufbändern, die nicht mehr laufen, und schließlich beginnen die Menschen zu zerbröckeln, und die Rolltreppe, die nicht mehr rollt, nur mehr *eine Diagonale im leeren Raum* ist, knirscht und ächzt auf die Tiefe hin … *denken* Sie das, Herr Kreutzer, und sehen Sie sich hier das Drehen der Tür an, wie das Hamsterrad des Ixion …

Aber jetzt auf in die Pause! Stellen wir unsere Arbeitskraft wieder her!»

Als August draußen in der Sonne steht, denkt er sich Xerxes als Pianisten, der in vollkommener Technik Fugen von Bach spielt, auf einem haarsträubend untemperierten Klavier. In Augusts Nähe, am Ufer des Kundenstroms, stehen Raucher, manchmal werfen sie Blicke zum Prediger, der in der Mittagssonne steht, laudate domino, in seinem Gesicht sitzt eine Wespe, doch er redet weiter, alpha id est o, er bemerkt die Wespe nicht, oder er hat keine Angst, sie könnte in seinen Mund geraten. August wird heiß, er will nicht schwitzen und geht wieder hinein in die Frühlingsfrische; wie ein umgedrehter Schlafwandler kommt er sich vor, ist dauermüde, Ziehen in den Gliedern, er ist wie unter einem Schleier.

Am Eingang des Buchladens steht eine sehr magere Frau und blättert in *Dein Kummer verpufft im Olivenhain*; eine Verkäuferin stellt Historienromane ins Schaufenster, *Die Marketenderin von Norderstedt, Die Trommlerin von Calanda, Die Gegenpäpstin*. August rollt in den Gastro-Walk hinab. Jeden Tag stellt sich das Mittagspausenproblem neu. Manche Angestellte essen mitgebrachte Brote oder Früchte, andere gehen in eins der Panorama-Cafés; die meisten begeben sich grüppchenweise ins Untergeschoss, wo die Lebensmittelläden und Restaurants liegen. Hier sind die Kulturen bunt gemischt, zwischen Pinien, Palmen und Bambus gibt es Goldbrasse aus der Ägäis, Esterházytorte, Manhattan-Muffins, Escargots à la bourguignonne, westafrikanische Banana Fritters, Kanton-Ente mit Mangosoße. Das Divertimento, ein überlaufener Italiener, ist immer konsensfähig, Gruppen mit Frauenmehrheit gehen gern zu Caribbean-Thai Fusion Food ins Jamaika / Bangkok, hungrige Männergruppen entscheiden sich fürs Schlaraffia, wo man durch eine üppige Büfettlandschaft spaziert. August hängen alle Lokale zum Hals heraus. Außerdem hat es gestern im Divertimento eine unangenehme Szene gegeben: Die Unterhaltung war harmlos, jemand streifte im Plauderton ein politisches Thema, irgendeine Reform, da kam es zu einer unerwarteten Eruption, ein Mann vom Accounting ereiferte sich über das Thema und beharrte auf seiner Meinung, obwohl niemand ihm antwortete oder gar widersprach. Seine Empörung war geradezu körperlich spürbar. Diese Hingabe löste Beklommenheit aus, man stocherte in Gemüse-Piccata, Spargelrisotto, Putensaltimbocca, horchte auf die Hintergrundmusik (*La donna è mobile*), allen war die engagierte Rede peinlich; mehrere Versuche, das Thema zu wechseln, scheiterten an der Beharrlichkeit des wütenden Kollegen. Dabei war der Mann nie zuvor als Fanatiker aufgefallen. Alle atmeten auf, als die Pause zu Ende war.

Heute will August im Supermarkt eine Banane und ein Joghurt kaufen und zum Nachtisch bei Manon Lescaut einen Crêpe essen. Auf dem Weg zum Supermarkt überlegt er schon, welche Geschichte er heute mit ihr tauschen will. Da liest er: *ich liebe es*®. Hinter der Scheibe sitzen zwei Security-Männer und essen Pommes frites. Vor einigen Tagen hat August seine Schwester angerufen, um Pläne für den siebzigsten Geburtstag ihres Vaters zu besprechen; es sind noch vier Monate, aber seine Schwester will immer alles so früh wie möglich regeln. Doch bevor er aufs Thema Geburtstag kommen konnte, erzählte sie in einem Ton, als wäre sie eben überfallen worden: Ich bin gestern früh über den Marktplatz zum Institut gegangen, da habe ich im Schaufenster eines Schnellrestaurants lesen müssen: ich liebe es, und ich habe mich sehr darüber aufgeregt, und zugleich habe ich mich darüber aufgeregt, wie läppisch und unsinnig es ist, dass ich mich darüber aufrege; aber bitte, mein Junge, was schwingt nicht alles im Wort Liebe mit: das Höchste des Menschen, der Eros, der nach Platon die ganze Welt beseelt und antreibt, die Agape des Matthäus-Evangeliums und der Paulusbriefe; und nun – Eros und Agape halbseiden gemacht von Werbedemagogen, einer Beziehung ausgeliefert zu einer so primitiven Form von Nahrungsaufnahme: Das ist Blasphemie, im Grunde, eine Schande, und zwar nicht einmal wegen der Anmaßung, sondern wegen des schrecklichen Wahrheitsgehalts, denn die Verbindung von Liebe und Bulette zeigt ja, wie weit – ich sage: *wie weit* der Mensch unter seinen Möglichkeiten bleiben kann. August hat die ganze Zeit über nichts gesagt; er musste daran denken, dass seine Schwester schon als Schülerin in ein gestörtes Verhältnis zum Essen getreten ist. Aber er ist ja selbst Vegetarier (außer Fisch), ist das auch eine Verhältnisstörung? Im Zentrum seiner Wahrnehmung steht jetzt das ®, seltsam, dass seine Schwester sich nicht darein verbissen hat. Ihre Aufregung erinnert August an den Ausbruch des Kollegen im Divertimento. Dabei beneidet er seine Schwester um die Ordnung, in die ihre Bildung die Welt bringt. Der Preis für diese Ordnung ist allerdings die Entgeisterung, und möglicherweise wird die Kluft zwischen Bildung und Welt irgendwann so groß, dass die Schwester endgültig durchdreht. Aber er versteht seine Schwester, sowohl ihre Aufregung als auch die Scham über die Aufregung. Er lenkt sich ab, indem er nach unbestimmten Eindrücken Ausschau hält: Da liegt ein zerschlagenes Glas Gurken auf den Fliesen, der Branntweinessig ist bis unter die Regale gelaufen, Scherben, Gurken, Senfsaat bilden Felsenriffe und Inseln, der Dill hängt wie angeschwemmtes Seegras am Strand.

An der Kasse sind die Wartenden von den Regalen für die Willensschwachen eingekeilt, in der Greifzone Quengelware für die Kinder, in der Sichtzone Schnaps und Tabak. Während August Banane, Joghurt und Acqua Naturale aufs Band legt, nörgelt hinter ihm eine Kundin, die Schlange sei zu lang. Sofort wird sie von einem Mann zurechtgewiesen. Diesen Zurechtweiser kennt August, er gehört zur Mall wie der Prediger und die Kaufsüchtige, er spaziert durch die großen Ankerläden und Supermärkte, und immer wenn sich jemand beschwert, weil er warten muss oder etwas ausverkauft ist, hält der Zurechtweiser ihm prompt, mit herabsetzendem Kopfschütteln, entgegen: Nun drehen Sie nicht gleich durch, oder: Ist das etwa ein Weltuntergang? Und immer passiert dasselbe, die Stimmung wendet sich sofort gegen den Nörgler. August hat Mitleid mit der bloßgestellten Kundin, die Zurechtweisung beraubt sie der Chance, sich nach einer kurzen Aufwallung von Ärger wieder zu beruhigen; die Zurechtweisung legt sie auf den Ärger fest, der sonst vielleicht gleich verflogen wäre. Tatsächlich kann die Kundin jetzt nicht mehr zurück, sie schimpft weiter, aber verzagt und ohne Resonanz; der Zurechtweiser hat wieder einen Triumph errungen. Die Kassiererin,

Ayse Bulan, hält sich aus allem raus. Als sie Augusts Einkäufe über den Piepser zieht, bewundert er die feinen Miniaturmalereien auf ihren Fingernägeln.

Die Banane ist von makelloser Beschaffenheit, nicht zu hart und nicht zu weich, und nicht grün und nicht braun, sondern von mustergültigem Gelb; August isst sie im Gehen. Den Joghurt löffelt er auf dem Sockel eines Obelisken sitzend. Auf dem Weg zum Crêpe-Stand trinkt er das stille Wasser und versucht, gegen den Viervierteltakt der Beschallung anzugehen. Seine Schritte legen einen Dreivierteltakt darüber, Eins und Eins treffen sich, dann wird die Vier der Musik zur Eins seines Gehens, die Drei zur Eins, die Zwei zur Eins, und das nächste Zusammentreffen von Eins und Eins kann August nichts mehr anhaben, er ist nur ein synkopischer Zufall, und schon beginnt der Rhythmus von neuem, als Ostinato der Hintergrundmusik.

Als August fast am Stand ist, winkt ihm die Crêpe-Bäckerin entgegen, die Augen zusammengekniffen, um ihn scharf zu stellen. Ihr kleiner Stand ist beschirmt von einer gestreiften Markise, staffiert mit bretonischem Fischernetz und Fototapeten von blühenden Lavendelfeldern und dem nächtlichen Saint-Germain. Heißen Sie wirklich Manon Lescaut?, hat August die Verkäuferin gefragt, als er zum ersten Mal einen Crêpe dort gegessen und das Namensschild an ihrem Kleid gesehen hat. Ja, hat sie geantwortet. Mittlerweile weiß August, dass sie Manja heißt und aus Russland stammt; alle Verkäuferinnen der Kette bekommen französische

Namen, und Manja hat, als sie eingestellt wurde, den Regionalleiter gefragt, ob er mit Manon Lescaut einverstanden wäre, worauf dieser mit den Achseln zuckte und sagte, warum nicht. Manjas Bewegungen haben es August angetan: Behutsam lässt sie den Schieber über die heiße Platte kreisen, sodass der Teig in weiche Wellchen schwappt und endlich in einen einzigen wunderbaren Ring einfließt. Der Crêpe selbst kann die Verheißung seines Entstehens nie erfüllen; dafür serviert Manja Crêpe für Crêpe Häppchen aus ihrer Vergangenheit, sodass August sich ein Lebensgerüst hat zusammenfügen können: Ihr CV sei ein pêle-mêle, hat sie erzählt, sie habe historisch danebenstudiert, sowjetische Ingenieurswissenschaften, jetzt könne sie lauter Geräte bauen, warten, reparieren, die es nicht mehr gibt. In Deutschland ist sie zweimal Mutter geworden und hat ihr Glück mit Handtaschen probiert, die sie aus Plastiktüten und leeren Verpackungen zusammennähte; *yuu sui en* hieß ihre Marke, Garten des zusammenfließenden Wassers, denn Wasser hat keine Form, es nimmt die Gestalt jeglichen Gefäßes an, und so ist sie mit ihrem Material umgegangen; so ist aber auch sie das Material ihres eigenen Lebens, die Väter ihrer Kinder haben sich dünngemacht, der Handtaschenverkauf war ein Fiasko, jetzt sitzt sie abends zu Hause und denkt, Harmonie ist es, in Gefäße zu fließen, und hört, wenn die Kinder endlich schlafen, nächtelang Musik, vor allem solche, die August befremdlich findet, nämlich Opern, Carmen, Walküre, Tosca, mit Kopfhörer und geschlossenen Augen. Wenn ich Musik höre, sagt sie, die Traviata zum Beispiel, die unglaublich schöne Aufnahme von Carlos Kleiber, da spukt es am Anfang, während der Ouvertüre, da *spuckt* es noch in meinen Kopf rein: Schreib auf: Milch Würstchen Tomaten! – aber ein paar Takte später ist das alles verstummt. Und manchmal, denn das hat sie gelernt, als sie ein sowjetisches Kind war, spielt sie Geige, in der Küche zwischen Kühlschrank und Spüle, bei geschlossener Tür und mit Dämpfer, um die Kinder nicht zu wecken. Am Tag dann, an ihrem Stand, trägt sie Figaro oder Tristan noch in sich, dove sono i bei momenti, sink hernieder, Nacht der Liebe, und sobald ein Crêpe mit Zucker und Zimt bestellt wird oder eine Galette mit Speck oder Fisch, fließt die Musik in vollkommenem Gleichmaß über ihre Hände in Teigschieber und Crêpe; und wenn ein Kunde, wie August, dafür empfänglich ist, beglückt ihn das.

«Wir zwei Schlaflosen!», begrüßt Manja ihn, während sie eine Kelle Teig auf die heiße Platte gießt. «Pit hat sich heute Nacht in Trance gehustet, und als er endlich wieder eingeschlafen war, hab ich kein Auge mehr zugetan. Wenn man dann wachliegt und dem Zeiger zuguckt beim Fortschreiten … Weißt du, dass ich manchmal aufsteh mitten in der Nacht und lass die Uhren alle, alle stehn? Und du, August? Rückertlieder gehört, durch die halbe Stadt gestiefelt?» Statt zu antworten, fragt August, was Manja meine, ob man seinen Kopf wohl einmal ganz leer machen könne? Ihr

Kopf, sagt Manja, sei oft leerer, als ihr lieb sei, und früher oder später werde jeder Kopf ganz leer sein, das sei aber nichts Gutes; sie bestreicht den Crêpe mit Konfitüre und fragt August nach seiner Arbeit, und August erzählt vom Treffen mit Gundel G. Avenarius: In ein paar Tagen beginne die Arbeit, in sieben Wochen werde der Trevibrunnen eröffnet, er plane zurzeit das Rahmenprogramm. «Ich werde kommen», sagt Manja. Sie hält sichtlich schon ihre Erzählung bereit, bei ihren Treffen tauschen die beiden immer Geschichten. Während August den Crêpe mit Messer und Gabel in kleine Stücke schneidet, beginnt Manja:

«Einmal habe ich einen Nazi geheilt. Ich musste das tun, als Enkelin von Rotarmisten war es meine Pflicht. Außerdem wohnte er direkt über mir, und es ist unangenehm, ständig Nazischritte über dem Kopf zu hören, Nazis tapsen ja fürchterlich. Dass der da oben hauste, hab ich leider erst festgestellt, als ich in dieses Haus – in dem ich längst nicht mehr lebe – schon eingezogen war. Als ich den Mann im Treppenhaus sah, wusste ich gleich Bescheid: Er trug Militärstiefel, hatte eine geraspelte Rübe und guckte grimmig. Was sollte ich tun? Ich bin in ein Haustiergeschäft gegangen und hab einen Hamster gekauft, der noch so klein war, dass er in eine Streichholzschachtel passte. Am nächsten Morgen bin ich, leise, leise, die Treppe hinauf und hab die Streichholzschachtel mit dem Hamster vor die Nazitür gestellt. Spätabends bin ich, noch heimlicher, noch leiser, wieder raufgegangen: Die Schachtel war weg. Ich hab im Hof die Mülltonnen durchwühlt und in alle Ecken und Winkel gelugt, ob irgendwo ein kleiner Hamster mit gebrochenem Genick läge. Aber nichts. Natürlich musste ich hoffen, dass er den Hamster nicht durchs Klo gespült hatte. Aber schon bald habe ich gewusst, dass er das nicht getan hatte. Denn in den nächsten Wochen habe ich ihn mir bei jedem Zusammentreffen genau angesehen – und sieh da, auf einmal trug er Halbschuhe. Und als noch etwas Zeit vergangen war, fiel mir auf, dass aus seinem Kopf Haare sprossen, ganz kurz und weich, wie bei einem Neugeborenen. Und schließlich, eines Tages, hat er mich im Vorübergehen angelächelt, ganz schüchtern.» «Die Regierung sollte also», sagt August, «allen Nazis Hamster schenken, um ihnen Verantwortung und Sanftmut beizubringen.» «Du lieber August, eine Geschichte ist kein Weltrettungsplan. Ich weiß ja nicht, ob es bei allen Nazis funktionieren würde. Außerdem muss man das Risiko bedenken.» «Für die Hamster?» «Für die Regierung. Wenn mein Hamster ermordet worden wäre, hätte ich es mit meinem Gewissen ausmachen müssen (das wär mir gelungen), aber wenn ein Hamster aus dem Regierungsprogramm zu Tode käme, würde es gewaltigen Ärger geben, die Regierung müsste zurücktreten und Neuwahlen zustimmen, und die Opposition würde einen Hamsterwahlkampf führen.

Und jetzt erzähl deine Geschichte.»

«Ich bin in der Straßenbahn gefahren, da saß wenige Plätze von mir ein ziegenbärtiger Mann, auf dem

Schoß ein Baby, das erst ein paar Wochen alt war, noch ganz zerknittert; der Mann hat es festgehalten, seine Hand hat den ganzen Bauch des Babys bedeckt. In einem fort hat der Mann mit dem Baby gesprochen und dabei von sich selbst immer in der dritten Person: Willst du nicht mal den Papa ansehen? Willst du dem Papa noch was erzählen? Was erzählst du dem Papa? Der Papa fährt mit dir ins Grüne. – Mir gegenüber saß ein Mann mit einem törichten Gesicht. Bevor er ausgestiegen ist, hat er sich zu mir gebeugt und leise, als wären wir miteinander verschworen, geflüstert: Da muss sich wohl einer einreden, dass wirklich er der Papa ist … Diese Gehässigkeit hat mir gar nicht gefallen. Dabei hatte ich selbst einen ähnlichen Gedanken gehabt, nur war er ganz anders: Der ziegenbärtige Mann, dachte ich nämlich, sagt es wirklich sich selbst vor, und zwar, um sich von dem zu überzeugen, was ihm unglaubhaft erscheint: dass er, eben noch Kind, sich in einen Vater verwandelt hat.» «Das ist eine schöne Geschichte», sagt Manja, «nur dass es keine Geschichte ist, sondern, wie immer bei dir, ein Gedanke. Aber egal, ich nehme auch Gedanken statt Geschichten. Trotzdem würde ich gern irgendwann eine richtige Geschichte von dir hören. Um dich zu inspirieren, müssen wir mal in die Oper gehen. – Übrigens hat Salome gefragt, ob du sie mal wieder vom Hort abholst.»

Da kommt, auf Pfennigabsätzen eilend, Peggy Fleck herbei, Xerxes' persönliche Assistentin. Sie bringt ihrem Chef manchmal zum Ende der Mittagspause

Crêpe Suzette ins Büro, die flambierten quarts de plaisir beflügeln ihn beim Rücksturz in die Arbeit. August will nicht später an seinen Platz zurückkehren als Xerxes, deshalb verabschiedet er sich von Manja. Während er hochgeht, wünscht er sich, die Erinnerung an seinen Besuch würde Manja so über den Arbeitstag tragen, wie sie ihn trägt: In der Mittagspause rumzugehen löst die Verschnürung seines Herzens für einige Zeit. Doch im Lauf des Nachmittags kehrt sie zurück und schneidet tiefer ein als zuvor. Heute verschleppt sein Schritt schon, bevor er das Büro erreicht, auf der Rolltreppe eilt Peggy lächelnd an ihm vorbei, das bläulich züngelnde Flämmchen mit ausgestreckten Armen vor sich hertragend, um nicht Feuer zu fangen.

Von dieser Nachmittagsparalyse erholt August sich bis zum Feierabend nicht mehr. Er spürt, wie die Langeweile der Büroarbeit den Tag verfliegen lässt; effizient erledigt er, was zu tun ist, und begrübelt nebenher die Frage, was der Zeitverflüchtigung besser entgegenwirken könnte: die stets ähnlichen Tage einander immer weiter anzugleichen, bis sie ein einziger werden, stehendes Jetzt am Horizont der Bürozeit; oder den trüben Blick zu schärfen fürs Unwesentliche und Abseitige, für die winzigen Unregelmäßigkeiten und Abweichungen, so als schlüpfte man in Bläschen, die im Stillstand der Zeit unbeirrt dahintreiben. Plötzlich ist sich August nicht mehr sicher, ob er im Fließen der Zeit den Stillstand oder in ihrem Stillstand ihr Fließen sucht. Am Ende des Tages fühlt er sich zerfasert durch die nervöse Eintönigkeit seiner Arbeit, die Stunden vor dem Bildschirm haben Genickstarre und Augendrücken hinterlassen; und alle Versteifung wird sich erst lösen, wenn er wieder losgeht.

Eine nächtliche Straße, ein verwilderter Bauzaun, wie ein Vorhang, der sich nicht mehr heben wird: Dahinter liegt der ehemalige Schlachthof, der einmal zu den größten der Welt gehört hat, jetzt eine weitläufige Landschaft aus Gras und Sträuchern, überwachsene Gleise enden am Zaun, verstreute Backsteinruinen, ein großes Schild kündigt Townhouses an, *ein Traum in Grün*. Noch hat kein Bau begonnen. Aufs trockene Gras fällt das gelbe Licht der Straßenlaternen, matt wie alle Beleuchtung in dieser zur Dunkelheit neigenden Stadt. In einem fernen Gebäude flackert es, ein Scheinwerfer oder Lagerfeuer, in den Fenstern bewegen sich Schatten, vielleicht eine Party. Was müssen das für Hallen gewesen sein, nüchterne Kathedralen, erhabene Kliniken: Rinderhalle, Kälberhalle, Schweinehalle, Lämmerhalle, innen taghell und außen aus rotem Klinker. August versucht, aus dem Grasland Echos von Geräuschen zu locken, wie muss das geklungen haben, er versucht Bilder heraufzurufen, die Ankunft von Viehwaggons, das Treiben über den Hof, Tierhälften an Haken, der abgeklappte Kopf eines Kalbs; vergeblich, die Landschaft bleibt tot, in der Stadt gibt es kein Schlachten mehr, nur noch Fleisch, körperloses Fleisch, Grillwürstchen und Bio-Heidschnucke. Er ist ja bloß aus Gewohnheit Vegetarier. Das nächtliche Rumgehen macht hungrig, wo könnte man in dieser Gegend was zu essen bekommen? Die Townhousepläne könnte er sich mal ansehen.

Er geht auf der leeren Fahrbahn, balanciert auf der Straßenmarkierung. Nachts gehört die ganze Straße dem Fußgänger, es gibt keinen Unterschied zwischen Gehweg und Fahrweg. Er schließt die Augen, nun ist das letzte Licht gelöscht, kann er da die Gerade halten? Er muss seinem Richtungssinn vertrauen. Zum Glück hört er ein heranrasendes Auto schon von weitem, als Fußgänger muss man vorsichtig sein.

Im Gehweg liegt eine verlassene Baugrube voll Wasser, darin schwimmt halbzerfallenes Laub eines vergangenen Herbstes, ertrunkene Pollen. Pollen kleben auch an einem Hundehaufen. So gebannt, machen sie August keine Sorgen, ohnehin ist die Birkenblüte überstanden, er schnieft nur noch wenig. Am Wegrand, auf Scherben gebettet, abgelagerter Müll, ein Sofa mit aufgeschlitztem Polster, ein Fernseher, eine Autobatterie, Schnapsfläschchen und Plastikfolien, eine Socke. Die Abfalldecke zieht sich bis ins Gebüsch, aus dem die Stimme eines Singvogels dringt, flach schnarrend und dabei so laut, wie August es noch nie gehört hat. Vielleicht ist der Vogel in diesem zerstruppten Gebüsch allein, schon immer allein gewesen, und hat im Lauf der einsamen Jahre erst allmählich, mit wachsendem Entsetzen, bemerkt, dass weit und breit kein anderes Singvogelgebüsch ist, nur eine Durchfahrtsstraße und eine grenzenlose Graslandschaft, und so hat er begonnen, immer lauter zu singen, und lauter, in der Hoffnung, irgendwann werde sein Gesang bis zu möglichen Gebüschen außerhalb seines Sichtfelds reichen; nur ist über dem langen Schreien seine Stimme hässlich geworden. Die Mietskasernen auf der anderen Straßenseite, nur noch zur Hälfte bewohnt, manche schon ganz vernagelt, warten auf ihren Rückbau. In den Häuserlücken spannen sich Schnüre mit Dreieckswimpeln, abwechselnd blau und silbern, vom Luftzug der Sommernacht sanft bewegt, über Gebrauchtwagenarealen, die so tun, als werde aller Fortgang sie nicht betreffen; und August hat das Gefühl, sie haben recht damit, und sie werden auch dann noch recht gehabt haben, wenn sie längst verschwunden sind.

Und warum ist diese Stadt so dunkel? Sie ist ja überall mangelhaft beleuchtet. Und leer, sie hat weniger Einwohner als vor achtzig Jahren, gleichzeitig hat sie sich ausgedehnt, ihr Wachstum ist eine fortschreitende Ausdünnung, Mexiko-Stadt hat auf derselben Fläche sechsmal so viele Menschen. In den letzten Jahren soll die Bevölkerung wieder gewachsen sein, August kann's nicht sehen. In den großen Wohnungen leben kaum Menschen, abends kommt aus wenigen Fenstern Licht, aus einem von vier, schätzt August; die Häuser erscheinen ihm wie leere Regale (schön, auf ihre Weise).

Eine Art rumzugehen ist, an einer, noch halbbekannten, Ecke loszulaufen, zweimal abzubiegen, dreimal, da meint man noch zu wissen, wo man gleich rauskommen wird, und ist schon in eine unbekannte Gegend geraten, und dann geht man weiter und weiß nicht mehr, wo was liegt, und freut sich, dass es das alles gibt und alles schon gegeben hat, als man noch nicht hier gewesen ist, und jetzt ist man endlich, endlich hier. Eine andere Art ist, auf bekannten Wegen zu gehen, sich übers Vertraute zu freuen und nach dem zu suchen, was man bisher übersehen hat, und auf das zu achten, was immer wechselt: Passanten, Tiere, bewegliche Dinge.

Am schönen neuen Uferweg, nah seiner Wohnung, ist August oft sonntagmorgens unterwegs. Schwäne putzen sich im flachen Wasser in der Morgensonne. Ein Angler zieht eben einen Fisch aus dem Wasser, ein zappelndes Rotauge, er nimmt den Fisch in die Hand und haut ihm mit einem Hämmerchen auf den Kopf, das Rotauge zuckt nicht mehr und wird in einen Eimer geworfen, zu anderen toten Rotaugen. Heimtropfende Nachtschwärmer machen den eben Aufgestandenen Platz: Hundebesitzern und Joggerinnen, bald auch Erwachsenen mit kleinen Kindern, auf dem Weg zum Bäcker oder Spielplatz; ein Vater und seine Tochter bestimmen mit einem Buch Pflanzen, Sonntag früh, halb acht.

Nachts ist der Weg ganz anders. Das Gras verbirgt ein Grüppchen Feiernder, helles Lachen und die

Glut eines Grills leuchten in der Dunkelheit. Ein Stück weiter spielen zwei Schatten in fast völliger Finsternis mit einem strahlend gelben Ball Tischtennis, beim Näherkommen erkennt August ältere Frauen, vielleicht ein lesbisches Paar. Diese nächtlichen Tischtennisspielerinnen sind ihm sofort sympathisch; sonst kommen ihm Nachtschwärmer oft wie unbefugte Besucher vor, im Gegensatz zu Schicht- und Nachtarbeitern; manchmal allerdings sieht er nächtliche Spaziergänger an, meint auch einen versteckten Blick zurückzubekommen (ansprechen würde man sich nie) und spürt, das ist einer, der auch nicht schlafen kann: wahrhaft berechtigt, sich rumzutreiben.

Eine Bahntrasse verläuft quer über den Fluss, eine lange Reihe erleuchteter Fenster zieht vorüber, verfliegendes Geratter. Nicht mehr Flüsse gliedern die Stadt, nicht mehr Bäche und Kanäle, sondern Gleisstränge und Eisenbahnringe; die Stadt liegt an keinem Fluss mehr, sondern an der Stadtbahntrasse. An ihrem Pfeiler, auf einer Uferbank, bemerkt August einen Haufen aus dicken Bündeln, Kleidern und Tüten. Allmählich erkennt er einen schlafenden Menschen darin, einen trotz der Wärme dick eingemummelten Mann, der sein Lager am Fluss hat. Jeden Morgen wacht der Mann auf, denkt August, und sieht aufs Wasser hinaus und weiß sich umgeben von den Dingen, die er besitzt: ein paar Tüten, ein großer Rucksack, ein Einkaufswagen.

In der Straßenbahn sitzend, marode vom nächtlichen Rumgehen, denkt August, es ist abwegig, dass es die Welt gibt, aber mehr noch, dass er Teil von ihr ist. Trotzdem macht er sich Sorgen, die Welt könnte, wenn er die Augen schließt oder zur Seite schaut, plötzlich verschwunden sein. Später, beim Mittagessen im Jamaika / Bangkok, verhält er sich still und beachtet die plaudernde Peggy nicht, sondern lässt seine Blicke unauffällig über die Essenden schweifen. Zwei verschnupfte Sachbearbeiterinnen kauen asynchron. Der Vermietungsmanager beißt lange auf einem zähen Stück Fleisch herum, August wartet gespannt darauf, dass er es runterschluckt. Als es endlich so weit ist, ist August von dem Vorgang halb befremdet, halb beglückt, er findet den schluckenden Vermietungsmanager bizarr und zugleich rührend. Eine Praktikantin bewegt mit ihren Händen Messer und Gabel und scheint sich gar nicht darüber zu wundern.

LustschlösschenCenter *Aktuell* – Juni
Editorial

Entdecken Sie die Lust der Juno!

Liebe Leserin, lieber Leser,
unvergleichliche Schönheit des Monats, den die Alten Brachet nannten, *Brachmonat*: Dreißig Tage zählt der sechste Monat, als einziger Monat größer zwei ist die Zahl seiner Tage durch seine Position im Jahreslauf teilbar. Heute nen-

nen wir ihn nach *Juno*, weiblicher Entsprechung des Genius, Schutzgeist der Frauen.
Faszinierende Warenwelten erwarten Sie. Auf zwei von zahllosen Juni-Highlights möchte ich Sie persönlich aufmerksam machen:
«Besteck neu erleben» – das können Sie während der Internationalen Besteck-Wochen in den *Französischen Kochkunst-Passagen.* «Zeitgemäße Besteck-Philosophie liegt in der Verbindung von puristischem und sinnlichem Flair, konform zum aktuell gültigen Wohn-Ambiente.»
Und wie wär's mit einem Lust-Bummel im Gastro-Walk? In der Confiserie *Dolce Vita* erwartet Sie in der neueröffneten *Orientalischen Naschkammer* ein Gaumenkitzel der besonderen Art.
PreisClou des Monats® in unseren Verbrauchermärkten: grüner Spargel aus dynamischem Anbau und Grillkohle aus Premium-Buchenholz.
Ceterum censeo: Unterhaltungs-Elektronik war noch nie so günstig wie heute.
Herzlichst, Xerxes

Auf einmal bemerkt er, dass der Mann mit dem Didgeridoo barfuß ist. Seine Füße sind furchtbar schmutzig. August schaut seine eigenen glänzenden Lederschuhe an, beim Gedanken, hier barfuß zu sein, ekelt es ihn. Zugleich erinnert er sich an die Indianerbücher seiner Kindheit, ein Blackfoot in der U-Bahn, denkt er und spürt alle Traurigkeit von Indianergeschichten; vielleicht stellt der Blackfoot sich vor, die Pfeile aus seinem Köcher zu nehmen und, einen nach dem anderen, die Fahrgäste zu töten, die seine Erde zerstört haben, Häuser und Straßen darauf gebaut und Schächte und Tunnel hineingegraben; wie fremd und allein er ist, barfuß in der U-Bahn, August kann sich in diesem Moment keine stärkere Verneinung der Stadt vorstellen. Treten Sie kürzer, hat Xerxes gesagt, bauen Sie Überstunden ab, und August hat am frühen Nachmittag das Büro verlassen. Es war fast ein Rausschmiss, August kommt immer früh und arbeitet oft, erhitzt von Commitment, bis tief in die Nacht, wenn Multiplex und Entertainment-Center schon geschlossen sind und nur noch Xerxes da ist, der nie zu gehen scheint. Sicher könnte August öfter halbe und ganze Tage wegbleiben, aber das tut er nicht, aus Scheu vor dem Leben, das so beginnen könnte, als Stadtstreicher ohne Rückkehrmöglichkeit. Doch heute genießt er es, er fährt mit der U-Bahn in eine Zufallsrichtung und kehrt an einem unbekannten Bahnhof an die Oberfläche zurück: ein angenehmer Sommertag, nicht heiß, der Himmel freundlich bedeckt.

Er geht durch kaum belebte Straßen, es ist, als gälte die Verkehrsberuhigung hier auch für Fußgänger. Stumme Trinker sitzen auf einer Bank, nur aus Bäumen und Büschen dringt unangemessen lautes Spatzentschilpen. August spürt, wie im Gehen seine Starre sich löst, die verkrampften Muskeln und verkeilten Gelenke sich lockern. Dabei verwirrt ihn die werktägliche

Stadt, er kommt sich ausgesetzt vor in freie Natur, in einen Wildwuchs aus fehlender und fehlgeschlagener Planung. Er hört etwas wie das Pochen eines Spechts, biegt um die Ecke: Pflaster wird ausgebessert, ein Arbeiter kniet auf Polstern und klopft mit einem Gummihammer Steine in den Boden. Dass das heute noch so gemacht wird, denkt August, und dass es überhaupt für wert erachtet wird, einen so abgelegenen Gehweg auszubessern; da hat er das Gefühl, in unerschütterbarer Ordnung zu leben, und er empfindet tiefes Vertrauen zur Stadtverwaltung.

Zwischen ruhigen Straßen stößt er auf eine große Markthalle, eine backsteingotische Kathedrale. Vor ihrem Portal stehen drei alte Frauen mit halbleeren Einkaufsnetzen; sie schlagen die Zeit tot, denkt August und stellt sich vor, wie die drei mit den Netzen nach der Zeit dreschen. «Sagt der Arzt, ich bin kerngesund», sagt eine von den Frauen, «no-ho», machen die zwei anderen, und eine fragt: «Aber die Blutwerte, wie sind die Blutwerte?» August geht in die Markthalle hinein. Nicht Farben, Gerüche, Stimmengewirr liegen in der Luft, sondern kratzender Tabakrauch, die Halle ist halb verwaist, zwischen Obst & Gemüse, Wildtheke und Frischen Fisch haben sich Trödelstände und Trinkbuden geschoben, in einer Ecke verschanzt sich ein Discounter; und doch, wenn August an die Markthalle in seiner Straße denkt, das aufgefrischte Gemäuer mit dem Qualitätssupermarkt, ist ihm die heruntergekommene Halle hier lieber. Er kauft sich am Obststand einen Pfirsich. Der Verkäufer spricht mit aufwärtslaufendem Verkäufersingsang: «Einen Pfirsich, bitte *schön.*» August reicht ihm einen Zwanzigeuroschein, der Verkäufer singsangt: «Wohl dem, der *hat.*»

Vor der Markthalle fährt ein Radfahrer langsam an August vorbei, dabei macht er einen unnötig weiten Bogen, als wolle er ausdrücklich seine Rücksichtnahme zeigen. An der Straßenecke steht der Lastwagen einer Brauerei, ein dürrer Mann lädt Kästen aus. August bewundert, wie er die schweren Behälter wuchtet, und fragt sich, ob ein so dürrer Mann wohl selbst Bier trinkt; er stellt sich einen Abstinenzler als Bierpacker vor und sieht seinen eigenen Schatten auf dem Verdeck des Wagens: angebissenen Pfirsich in der Hand, Rücken etwas krumm, eine Bürosilhouette, immerhin schlank. Es juckt ihn, zu hampeln und Schattenspiele zu machen, aber er will den Packer nicht erschrecken. Nein, eigentlich sorgt er sich nicht um den Packer, sondern er will nicht bemerkt werden. Der Laster versperrt die Sicht auf die Fahrbahn, August muss den Hals recken, um zu sehen, ob ein Auto kommt; gar nicht bemerkt zu werden, von einem Auto zumal, als Fußgänger, wäre auch wieder übel. Als er die Straße überquert hat, kommt ihm eine ältere Frau mit Kopftuch entgegen, im langen dunklen Mantel, mit einer Hand zieht sie einen vollgepackten Einkaufstrolley hinter sich her, damit könnte man die Zeit an die Wand schmettern, die andere Hand hält sie auf Augenhöhe, als wollte sie auch ihr Gesicht verhüllen; nein, sie hält ein Handy vor die Augen, mit dem Daumen drückt sie die Tasten. August, den sie nicht bemerkt, weicht ihr aus.

Etwas weiter kommt er auf eine große Straße, wo fast nur Ausländer unterwegs sind, Türken und Araber, einige Afrikaner, auch slawische Sprachfetzen hört er. Er fühlt sich bedroht. An einer Kreuzung steht ein Schaukasten des Quartiersmanagements, darin heißt die Gegend *Vorranggebiet Zukunftssicherung*. Am Rinnstein, zwischen geparkten Autos, ungerührt vom Verkehr, hüpfen Spatzen und picken verschüttete Asia-Nudeln auf; da landen Nebelkrähen und verscheuchen die Spatzen. Eine Menschenschlange ragt in den Gehweg, vor der Sparkasse, warum? Heute ist der einunddreißigste Mai, August vermutet, dass am letzten Tag des Monats die Überweisungen vom Arbeitsamt kommen. Er bemerkt, dass er hungrig ist, und schaut sich im Gehen die Imbissläden und Lokale an. Vor einem riesigen, menschenleeren Restaurant steht ein wartender Inder; ob er Sinn hat für die Magie, die in der Spannung zwischen der belebten Straße und dem leeren Gastraum liegt? In einem Helal-Imbiss kauft August Falafelbällchen und zuckrigen Fruchtsaft, beim Essen betrachtet er die Fotos von Hähnchensandwichs an den Wänden.

Als er weitergeht, fallen ihm die Mundhöhlen der Passanten auf, es gibt hier viele Zahnlücken, schiefe und dunkle Gebisse, bei den Ausländern, aber mehr noch bei den verbliebenen Einheimischen. Ein dünner, geschorener Mann, dem etwas Gehetztes und zugleich Bedrohliches im Blick liegt, die Wirkung einer Droge wahrscheinlich, zeigt beim grundlosen Lachen eine Reihe schwarzer, fauliger Stummel; der Mann ist jung und wirkt alt, August wendet den Blick ab, er fürchtet, der unberechenbar wirkende Mann könnte sich beobachtet und attackiert fühlen. Vor einem türkischen Fischgeschäft steht ein Kundenstopper mit dem ausgeblichenen Plakat *Endlich wieder Matjeszeit!* Ein Gemüseladen wirbt mit dem Schild *Wir sind besser mit Frische*. August bleibt vor den Auslagen stehen: Die satten Farben sind weit in den Gehweg gerückt. Zwei Stare lassen sich auf den Kirschen nieder, der Verkäufer jagt sie weg, dreimal, viermal. Da spricht von der Seite ein Türke oder Araber August an, ein behäbiger Mann im mittleren Alter, mit sanfter Stimme: «Entschuldigen Sie, könnten Sie mir vielleicht», und August senkt gleich den Kopf und geht, mit der Andeutung eines Kopfschüttelns, weiter, bleibt gleich darauf, unverhältnismäßig aufgewühlt, stehen und schaut zurück. Der Mann wendet sich jetzt an eine junge Frau mit Kopftuch und Kinderwagen, an noch eine, beide spricht er auf Deutsch an, bemerkt August, fast gerührt, und überlegt, umzukehren und dem Mann etwas Kleingeld zu geben, und geht weiter. Es sind auffällig viele Männer unterwegs, mehr junge als alte, und das am Dienstagnachmittag; scheppernde Melismen aus Handys begleiten ihr Herumstreunen. August schlendert an Dönerbuden und Drogeriediscountern, Handygeschäften und Solarien vorbei, die Straße ist ein Konsumdebakel. Zwischen zwei Häusern klafft eine Baulücke, auf der ein Billigkaufhaus ein großes weißes Zelt errichtet hat; Werbetafeln auf dem Gehweg kündigen an: *Aktionen!*, und August stellt sich vor, dass ein Artist im Verkaufszelt Kunststücke vorführt, auf einem Einrad zwischen Warenstapeln herumfährt und Schwerter schluckt. Die Tür eines Friseurladens steht offen, drinnen sitzt ein dicker Junge, dem mit einer surrenden Maschine der Hinterkopf und die Seiten rasiert werden, sodass ihm nur eine Art Armeebürste auf dem Schädeldach bleibt. Er hätte, denkt August an der nächsten Ampel, Lust gehabt, dem Bettler etwas Unerwartetes zu geben, etwas Maßloses, sein Blackberry oder seine Kreditkarte. Ein Kinderwagen kommt ihm entgegen, in dem ein Junge hockt, der dafür zu groß ist, er hat die Beine spitz angewinkelt, seine Knie ragen in die Luft wie Rammböcke oder Hörner. «Der sitzt wie eine Banane», wird August von einer alten Frau angesprochen, sie hat, denkt August, beobachtet, wie ich das Kind beobachte, «ein Kind sollte nicht wie eine Banane sitzen», sagt die Frau und geht, ohne auf Antwort zu warten, kopfschüttelnd weiter.

August biegt in eine Seitenstraße ab, in der unsanierte Gründerzeithäuser stehen, notdürftig verputzt, wie voller Schorf; dichte Baumkronen dimmen das Tageslicht, Zweige und Blätter drücken sich gegen die Fenster. Hier, in der Peripherie der billigen Einkaufsstraße, verändern sich die Geschäfte, ein Trödelhändler ist da, ein *Polski Sklep*, sogar ein Bioladen und ein Spielwarengeschäft mit vollen Schaufenstern: pechschwarze Fahnen und gekreuzte Knochen, rosa Prinzessinnenköfferchen und Schminksets, Holzspielzeug, Ritterfiguren, Baumaschinen, dazwischen das Buch *Was ist was: Zeit*. Ein Geschäft mit Zeitungen, Getränken und Konserven nennt sich *Tante-Emine-Laden*, das geht August zu Herzen: Mit der Geschäftsform verschwindet auch der Begriff, nur eine Weile wird er noch bewahrt von einer türkischen Frau, wie lange wird es ihren Laden geben? Etwas Weißes leuchtet die Straße herauf, faltenloses Strahlen: eine weite Tunika, ein breiter Kapuzenkragen, und darüber die zerknitterten Gesichtszüge eines alten Mannes; obwohl in lose Stoffe gehüllt, erscheint sein Körper muskulös. Der Mann geht auf besondere Art, leichtfüßig, als sei für ihn die Schwerkraft ein wenig reduziert. August sieht, wohin der Mönch gehört: Auf der anderen Straßenseite verläuft, der Markthalle ähnlich, eine rote Backsteinfassade mit einem Portal, über dem *Dominikanerkloster St. Paulus* steht. Im Weitergehen fallen August die Namen der Straßen auf, die sich hier kreuzen, Wiclefstraße, Bugenhagenstraße, Agricolastraße, Waldenserstraße (zu Schulzeiten hat er wohl von Waldensern gehört, aber er kann sich nicht entsinnen, wer sie waren). Von der Waldenserstraße geht erst die Melanchthonstraße, dann die Zwinglistraße ab, da begreift August, dass alle diese Namen mit Reformation zu tun haben. Es wird so sein: Vor über hundert

Jahren ist das Dominikanerkloster mit Reformationsnamen eingekesselt worden, eine Schmalspurkonfessionsfehde; damals schon von gestern, ist diese Konstellation heute doppelter Bote von Vergangenheit. Da sieht August das *Café Waldenser Bosporus e. V.*, an dessen Glastür ein Zettel klebt: *Zutritt nur für Mitglieder*. Im kalten Licht von Neonröhren sitzen Männer, sie trinken Tee aus kleinen Gläsern und spielen Karten oder Backgammon: Hier also, denkt August, sind die älteren Männer, die auf der Straße gefehlt haben. Später, in der Hussitenstraße, kommt ihm eine Schar Kinder entgegen, in schwankenden Zweierreihen, Hand in Hand. Vorneweg läuft eine Erzieherin, am Ende des Zuges geht ein Südländer mit langen schwarzen Haaren, auch er hält ein Kind an der Hand, einen Jungen im rot-blauen Fußballtrikot mit dem Schriftzug *Unicef* auf der Brust. Dieser Junge ist die ungerade Zahl, denkt August. Er hat einen kurzen, runden Kopf und schräge Lidachsen, in seinem Gesicht liegt etwas, das August zum Lächeln bringt. Das Kindergesicht reagiert darauf wie in Zeitlupe, als ob es ihn durch ein umgedrehtes Fernglas wahrnähme, in weiter Entfernung, oder durch einen für andere unsichtbaren Schleier; doch umso wärmer, umso freier ist das verspätete Lachen, das es August schließlich zurückgibt. Er hätte den freien Nachmittag nutzen können, um Pit und Salome abzuholen, denkt er, während er der Kindergruppe nachsieht; das Trikot des Jungen trägt die Nummer 10 und darüber den Namen *Kenaninho*.

Früher hätte man ihn, was man heute nicht mehr soll, mongoloid genannt, und August erinnert sich: Als er vierzehn oder fünfzehn war, hat er mit seinen Freunden jeden Tag nach der Schule Fußball gespielt, oft bis tief in den Nachmittag, und einmal ist ein gleichaltriger Mongoloider gekommen und wollte mitspielen; sie ließen ihn, er war etwas langsam, alles lief etwas verzögert, aber sie richteten sich nach ihm, zehn Jungen pendelten sich auf den Rhythmus des elften ein, und sie nannten ihn immer Mongo: Mongo lauf, greif an Mongo, bravo Mongo, es machte ihm nichts aus, er lief und lachte und sie lachten auch; wäre ein Erwachsener dabei gewesen, hätte er sie vielleicht ermahnt, sich nicht über den Jungen lustig zu machen, dabei war es unschuldig und schön. Erst jetzt fällt August auf, wie viele mongoloide Kinder man in den Ausländervierteln sieht. Er fragt sich nach dem Grund, liegt es an Armut oder schlechter medizinischer Versorgung, etwa an muslimischen Genen? Dann fällt ihm ein, es muss umgekehrt sein: Nicht hier sind es so viele, es sind dort so wenige, die Mongos kommen in den anderen Vierteln nicht mehr zur Welt; und etwas beschleunigt geht er weiter.

Wach im Bett liegend, starrt August die Schlafzimmerdecke an. Er ist nicht verzweifelt, er denkt bloß: Ich habe einfach vergessen, wie das geht – einschlafen. Eine Weile lauscht er nach jedem Geräusch, das hereindringt, einem vorbeiknatternden Moped, entfernten

Stöckelschritten, dem Wind in den Blättern der Kastanie. Als er aus den Wänden ein leises Knirschen vernimmt, setzt er sich auf und schaltet das Licht an, man sollte nie länger als fünfzehn Minuten liegen bleiben, wenn man wach ist. Er nimmt die Zeitung vom Nachttisch und liest von einem Herzspezialisten, der Truckfahrer geworden ist, um noch etwas zu sehen von der Welt; die französischen Autobahnen, wird er zitiert, seien hervorragend, das galizische Bergland beeindruckend. Könnte man auch, fragt sich August, französische Autobahnen beeindruckend und das galizische Bergland hervorragend nennen? Ein ukrainischer Milliardär, der einen englischen Fußballclub gekauft hat, sagt im Interview: Ich will den Standard von Exzellenz neu definieren. August steht auf, überlegt, eine neue CD zu hören, Marienleben von Hindemith, und schaltet den Fernseher ein. Es läuft die Wiederholung einer Talkshow, der Manager eines Fußballvereins sagt: Wie ja alle wissen, wurde mir dieser Abstrich an der Nase gemacht. Auf dem nächsten Sender steht ein abgesetzter Diktator vor Gericht. August hat Mitleid mit dem Mann, einem älteren, nicht unsympathischen Herrn. Er achtet auf die Nase des abgesetzten Diktators, es ist die vergrößerte, grobporig gewordene Nase des fortgeschrittenen Alters; dann berührt er seine eigene Nase, die ein wenig kalt ist, und schaltet mit der freien Hand weiter. Nun ist er in eine Wissenschaftssendung geraten, auf einem abstrakten Kopfquerschnitt blinken bestimmte Gehirnregionen rot, gelb und blau, und eine Stimme erklärt, bei vielen Menschen seien die Schlaf-Wach-Zyklen einem zirkadianen Rhythmus unterworfen, und bei den meisten betrage dieser zirkadiane Rhythmus mehr als vierundzwanzig Stunden, darum blieben sie abends gern länger auf und fänden morgens nur schwer aus dem Bett; vereinfacht gesagt, habe die innere Uhr vieler Körper fünfundzwanzig Stunden, die innere Uhr weniger anderer nur dreiundzwanzig. August fällt ein, dass er eine zirkadiane Küchenuhr hat. Er schaltet den Fernseher aus und geht in die Küche, um sie anzuschauen. Die Uhr steht auf dem Kühlschrank zwischen leeren Direktsaftflaschen. August hat sie schon ziemlich lange besessen, bevor ihm aufgefallen ist, dass sie pro fünf Minuten sechs Striche hat, eine Stunde also in zweiundsiebzig Einheiten unterteilt ist. Er nennt diese zweiundsiebzigminütige Stunde Küchenuhrstunde und spinnt, ein Tag dauere nur zwanzig Küchenuhrstunden; würde er vierundzwanzig Küchenuhrstunden dauern, dann fiele die vierte oder fünfte Stunde an einem Tag in die Morgendämmerung, am nächsten in den Vormittag, dann in die Mittagszeit und so fort. Ob seine Schlaflosigkeit damit zusammenhängen könnte, dass sein Körper im Takt der Küchenuhr läuft? Da ist auch wieder das Schwerkraftphänomen. Hängt die Bewegungsschwere in der Wohnung mit der zirkadianen Küchenzeit zusammen? Aus der Schwerfälligkeit der Zeit ergibt sich paradoxerweise ein Zeitverlust, denn August merkt, die Zeit geht nicht dann verloren, wenn sie besonders schnell läuft, sondern dann, wenn sie zäh fließt: Nicht im Flug, sondern in der Gerinnung löst sie sich auf.

Um sich abzulenken, will er aufräumen, er ordnet sein neues französisches Besteck in Schubladen ein und holt einen Karton mit alten Unterlagen vom Küchenschrank. Neben nutzlosen Bedienungsanleitungen findet er die Rechnung für einen Kühlschrank, den er am sechsundzwanzigsten Mai vor vierzehn Jahren gekauft hat. Die Rechnung versetzt ihn in seine damalige Küche zurück, die abgeranzte Studentenbude, sein unfertiges Leben, die Kühlschrankrechnung wird zu einem magischen Papier, und die Küche von damals, in der er nichts mit sich anzufangen wusste, erscheint ihm als ein zauberhafter Ort, nach dem zu sehnen sich lohnt. Zugleich muss er an seine Eltern denken, die sich in tausend vergangenheitsbehafteten Dingen eingerumpelt haben; und so schmeißt er die alte Kühlschrankrechnung, mit einem Haufen anderer überflüssig gewordener Zettel und Belege, ins Altpapier. Dabei weiß er, dass ihm das schon am nächsten Tag leidtun wird.

Am Sonntag, wieder, ins selbe Ausländerviertel. Heute knallt die Sonne. Am Himmel ein Hubschrauber, August ist die ganze Nacht irgendwo rumgelaufen, jetzt dröhnt ihm der Kopf, von Mittagshitze und Müdigkeit, so schummrig und flattrig ist ihm, bis in die Fingerspitzen, betäubt bis kribbelnd, kann er sich nicht vorstellen, dass er je wieder schlafen könnte, in *der* Nervosität; der schrille Sound der Grillen im vertrockneten Gras einer Brache, grell, als wären es Betriebsgeräusche der glühenden Sonne, und im Gras Glitzern und Funkeln, wie im Winter Schneekristalle, von tausend Glasscherben. August spürt am Oberschenkel die Hosentasche kleben, in der Münzen stecken, jetzt hat er immer Kleingeld griffbereit. Aber heute spricht ihn niemand an, und August geht auch ganz anders als neulich, schwirrt wie ein verängstigter Vogel von Schatten zu Schatten, sucht Schutz unter Baumkronen und hinter geparkten Lastwagen. Im hitzebedingten Zickzackkurs nimmt er wenig wahr, nur eine allgemeine Gereiztheit, als könnte immer irgendwo was explodieren, selbst die Kanaldeckel flirren. In der Verkehrsberuhigung rasen Autos auf Huppel zu, bremsen scharf, holpern drüber, starten mit heulendem Motor durch bis zur nächsten scharfen Bremsung dreißig Meter weiter. Ein Mann sitzt mit rotem Kopf in der prallen Sonne und trinkt. Junge Ausländer bevölkern den Sonntagmittag, in einer Art großem Brüten: Einer steht rum, posiert ohne Zuschauer, ein paar hängen auf Bänken und wippen unaufhörlich mit den Beinen, einer streut die Schalen geknackter Sonnenblumenkerne um sich, August denkt, er hat einen Ring aus Tröpfchen seiner Angst um sich gezogen. Eine andere Gruppe geht vorüber, mit vor Gehemmtheit ausladenden Schritten. Es ist ein Jammertal von Männlichkeit, eine öde Vitalitätsvortäuschung: hölzern nachgespieltes Leben, detailreich und übercodiert, zugleich in jeder Nuance stockend und undeutlich.

An einer großen Kreuzung steht das Gras im Bordstein geknickt, Wespen sitzen auf einer zertretenen Kirsche, der Asphalt scheint zu dampfen, August sieht schon die Fahrbahnmarkierungen schmelzen, da beginnen plötzlich alle Ampeln zu blinken, ein dunkelgelbes Szintillieren, und weiße Motorräder mit grünen Männern rauschen heran und stellen sich quer, sodass sie eine Gasse bilden, Passanten verdichten sich, an Fenstern erscheinen Beobachter, und dann kommen noch mehr Motorräder und eine lange Limousine mit dunklen Scheiben, weitere schwarze Wagen und ein Kleinbus mit Arabern in Businessanzügen und Dishdashs, um ihre Hälse baumeln Akkreditierungsmarken, einer hat einen schwarz-rot-goldenen Schal umgelegt, weitere Motorräder beschließen die eilige Karawane, und am Ende setzen sich auch die ersten Motorräder wieder in Gang und ziehen davon; die Autos fahren zögerlich an, Fußgänger laufen los, die Ampeln springen um, und allmählich fließt der Verkehr ineinander, als wäre nie etwas gewesen, vorbei die wilde Jagd. Nur an einer Ecke steht noch ein kleiner Junge mit Roller und blickt in die Richtung, in der schon längst nichts mehr ist. Dem Jungen scheint auch die Hitze weniger auszumachen als den Erwachsenen. August merkt, dass er selbst in der Sonne steht, sieht sich um und geht in ein Internetcafé. Drinnen ist es so heiß wie draußen, die Ventilatoren wirbeln die stickige Luft nur im Kreis. August kauft einen isotonischen Durstlöscher und sucht sich einen Platz. Neben ihm sitzt eine dunkelhäutige Frau mit Kopfhörer an einem Sprachlernprogramm. August bekommt statt hundertneunzig diesmal vierhundert Treffer: august kreutzer tummelt sich auf www.spannerforum.com oder auf www.hassausbruch.tk, verflucht Ausländer, nennt eine Politikerin *Fettes Hängebauch Schwein*. August denkt, er müsste sich vielleicht mal was überlegen.

Im guten Viertel ist es immer zwei, drei Grad kühler, und der Himmel hat mehr Sterne als in den inneren Bezirken: Dort hellt ihn das Licht von Fenstern, Laternen, Autos auf, hier ist die Dunkelheit der Stadt fast ungestört. Nur in einem Fenster brennt noch oder schon Licht, wer da wohl nicht schlafen kann oder mag? Der Schimmer der Straßenbeleuchtung liegt matt auf leerem Kopfsteinpflaster, an den Laternenköpfen flirren Hunderte Tierchen, August wundert sich über das unsinnige Massensterben. Die Villenstraße zieht sich am Wald entlang, aus den Fenstern wird man ins Schwarze hinaussehen können. Wie Ungetüme stehen zwischen den Villen klobige Wohnhäuser für Botschaftsangehörige der Golfstaaten, ungelenke Halbrundarchitektur mit behaupteten Terrassen. Vor einer beflaggten Residenz wacht ein Polizist. August beobachtet ihn eine Weile; wie langweilig muss diese Arbeit sein: Minute für Minute dem Ende der Schicht entgegenwippen und dabei hoffen, dass die Zeit nicht endgültig stehenbleibt. Aber Augusts Polizistenobservation aus dem Dunkeln müsste verdächtig wirken, wenn jemand wiederum ihn observierte, er will also am Polizisten vorbeischlendern und ihn beiläufig grüßen, doch sofort ergreift der Polizist die Gelegenheit zum Gespräch und erzählt: Wenn die Hitze selbst nachts kaum nachlasse, sei regloses Herumstehen das Beste. Er arbeite immer von sechs bis sechs, vom Morgen bis zum Abend oder vom Abend bis zum Morgen, im Sommer wie im Winter (im Winter gehe er aber auf und ab), das gefalle ihm, man sei sein eigener Herr und die Zeit fließe so gleichmäßig, «da macht man seine Beobachtungen. Heute hab ich einen sehr kleinen Marienkäfer gesehen, der war übersät gewesen mit schwarzen Punkten, und vor allem war er nicht rot gewesen, sondern gelb. Da hab ich mich gefragt, ob das ein alter Marienkäfer ist. Meinen Sie, Marienkäfer ergelben, so wie Menschen ergrauen?» August hat keine Ahnung: «Vielleicht», sagt er. «Man sieht hier alle möglichen Tiere», fährt der Wachpolizist fort, «dazu ist man nah an der Natur. Meine Frau ist Kassiererin, in einem Supermarkt, das wär nichts für mich. Hier kann man nachdenken.» «Worüber denken Sie nach?», fragt August und erschrickt dabei, ob die Frage wohl zu weit geht. «Worüber man halt so nachdenkt», antwortet der Wachpolizist: «Das, was in einem ist, und das, was über einem ist. Sehr weit kommt man nicht. Früher hatten wir auch Schätze versteckt und so was (in der Tagesschicht natürlich), dann waren die Kinder am Ende der Schnitzeljagd hier angekommen, und wir hatten die silberne Kiste aus dem Wachhäuschen geholt. Heute sind Kindergeburtstage anders, meine Enkel feiern in Kindercafés. Und wir dürfen es ohnehin nicht mehr machen, seit man sich vor den Bombenlegern fürchtet. Eigentlich sollte ich auch mit Ihnen nicht so lange reden.»

August schlendert Häuserfassaden entlang. Viele Gebäude sind weit zurückgesetzt, sodass man sie von der Straße aus kaum sehen kann. Hier und da erinnern angeleuchtete Gedenktafeln an exilierte oder ermordete Schriftsteller und Schauspieler; eine Platte für Lion Feuchtwanger ist im Gehweg versenkt (die Regerstraße hieß früher Mahlerstraße), auf öffentlichem Grund, vielleicht will der heutige Hauseigentümer den Namen seines Vorgängers nicht an der Fassade haben. Im Garten bellt ein unsichtbarer Hund, rennt hinter Zaun und Hecke mit, sein Bellen fliegt durch die Nacht, es verfolgt August noch, als er schon weit weg ist. Durch die vornehmen Straßen geht August mit den Händen auf dem Rücken: eine untergegangene Form des Gehens, denkt er sich, eine pastorale Form, Ausdruck von Ruhe und Selbstbeherrschung, einer Entspannung, der es nicht einfiele, Grenzen aufzulösen. Aber etwas beunruhigt ihn. Es hat mit den Autos zu tun, die hier parken; zunächst meint er, es wären die kleinen roten Punkte der Alarmanlagen, die in den Autos blinken, jeder einzelne gleichmäßig, aber zueinander nie synchron, ein stummes, schräges Konzert. Aber das ist es nicht. Es ist die Übergewichtigkeit der Autos, hier stehen keine Limousinen, wie man sie schon immer kannte, lang und breit, gebaut zum abgeschiedenen Fahren, sondern erhöhte und gepanzerte Geländewagen: als rüsteten die Eigentümer sich für etwas, was kommen könnte. Aber ähnliche Autos stehen ja auch in der Innenstadt, auch in Augusts Straße. Er bekommt Lust, in den stockfinsteren Wald zu gehen. Bevor er es sich überlegen kann, sieht er auf der Straße etwas Großes, Dickes, Dunkles nahen. Der ungefüge Klops bewegt sich, als gehöre die nächtliche Straße nur seiner formlosen Masse. Wie in einem dunklen Kanal schiebt er sich die Fahrbahn entlang, es ist, als wichen Autos, Bäume, Häuserwände vor seinem schweren Gleiten zurück. August steht lange wie angewurzelt, ehe er sich besinnt und vorsichtig hinter ein Auto tritt. Eine Hand flach auf der Motorhaube, beobachtet er das Herankommende, denkt, er müsste sich fürchten; aber er fürchtet sich nicht, er steht wie mit dem Auto verbunden da, und seine Augen folgen dem stillen, herrschaftlichen Vorübergehen des Wildschweins.

Bei Tagesanbruch geht es sich leicht. Eine Frau steht vor ihrem Auto und raucht; als sie einsteigt und wegfährt, bleibt der Rauch unbewegt in der Luft stehen. Dem frühmorgendlichen Lieferverkehr ausweichend, biegt August auf den Uferweg ein. Aus dem Wasser ragen die Hälse von Bierflaschen, sacht schaukelnd. Rund um die Abfallkörbe liegt Müll, August ärgert sich über die Achtlosigkeit der Leute; erst als er eine Krähe über den Weg schreiten sieht, begreift er seinen Irrtum. Am Böschungszaun glänzen Spinnennetze im Morgenlicht, eine Bachstelze trippelt im Gras, ein Eisvogel schwirrt übers Wasser. August kommt zur Bahntrasse, der Obdachlose auf der Uferbank ist ihm mittlerweile vertraut, obwohl er ja nur seinen Hinterkopf kennt. Heute sitzt auf dem schlafenden Bündel ein gelber Farbtupfer: ein leuchtender Zitronenfalter. Passt der denn hierher? Er steigt auf und flattert, setzt sich wieder, tänzelt in der Luft um den schlafenden Obdachlosen, kreist um seinen Kopf, lässt sich nieder, ein nicht endendes Spiel des Friedens.

LustschlösschenCenter *Aktuell* – Juli

Editorial

Treffen wir uns am Trevibrunnen!

Liebe Leserin, lieber Leser,

Heu und Herrschaft, Patrizier und Agrarier: Was wir heute nach dem Cäsarengeschlecht der Julier nennen, hieß einst Heumonat, *Heuert*. Glückliche und schreckliche Zeit, in der weltliche und geistliche Herrschaft sich unter der dreifach gekrönten Tiara vereinigten! Authentisch erlebbar wird sie am 19. Juli im LustschlösschenCenter, wenn wir die originalgetreue Nachbildung des Trevibrunnens feierlich einweihen – ein Event, den *Sie* nicht verpassen dürfen.

Passend zu diesem Anlass bietet die Confiserie *Dolce Vita*, soeben von der renommierten Zeitschrift *Feinschlecker* als eine der fünf besten Con-

fiserien Deutschlands ausgezeichnet, eine neue Attraktion: Tauchen Sie ein in die *Marzipan-Welt*.
Ebenfalls wieder preisgekrönt: die Gold-Juwelerie *Nova Persia*. Schmuck in Qualitätsvollendung – ein Geschenk der Liebe.
PreisClou des Monats® in unseren Verbrauchermärkten: zuckersüße Multi-Beeren aus der Region und extra-geräumige Planschbecken – Badespaß pur für Groß und Klein unter dem Kuss von Sonne und Hundsstern!
Ceterum censeo: Unterhaltungs-Elektronik war noch nie so günstig wie heute.
Herzlichst, Xerxes

In unbekannten Gegenden geht August gern in Geschäfte und öffentliche Gebäude (er nimmt jetzt öfter den Nachmittag frei). Als er eine Leihbücherei betritt, kommt mit ihm eine Frau herein und wendet sich an den Bibliothekar: Ob er hier in der Nähe ein Ballhaus kenne? Sie habe nämlich vor dreißig Jahren, als Studentin, in diesem Viertel gewohnt und sei damals öfter in diesem Ballhaus gewesen, von dem sie nicht mal mehr den Namen wisse. Der Bibliothekar kennt es nicht, auch von den Umstehenden kann niemand weiterhelfen. «Vielleicht gibt es das Ballhaus ja gar nicht mehr», sagt die Frau und verabschiedet sich. Auch August verlässt die Bücherei. Er hätte Lust, mit der Frau das Ballhaus zu suchen, aber sich einem fremden

Erinnerungsspaziergang anzuschließen erscheint ihm unpassend, darum schlägt er eine andere Richtung ein. Würde er das Ballhaus entdecken, denkt er, dann fände er die Frau kaum wieder, sie wird ja in einem anderen Viertel leben, wahrscheinlich in einer anderen Stadt, sonst wäre sie schon viel früher zurückgekehrt.

Es gefällt August, auf seinen Streunereien nach Orten zu suchen, wo sich Zeiten ineinanderschieben, er phantasiert sich Vergangenheiten ins Jetzt: vor einer Designerboutique den Kramladen, der hier gewesen ist, an einer Straßenecke die Passanten, die hier gegangen sind. Dann füllen sich Gehwege, Hauseingänge, Ladengeschäfte und Wohnungsfenster mit zahllosen Schatten; nichts Drückendes ist an ihnen, sie bewegen sich luftig in der Gegenwart; aber die jetzigen Menschen wirken unecht, sie sind alle nur zukünftige Schatten. Er mag auch die kleinen Bilder, in denen die Zeiten sichtbar übereinanderliegen, ein leerstehendes Ladenlokal etwa, über dem man noch die Umrisse der abgenommenen Buchstaben erkennt, *Bäckerei* oder *Fleischerei* oder *Buchladen*, in der Bruthitze scheint es, als schwitze das Haus seine Erinnerungen aus. Oder er sieht über den Fenstern eines Kellerlokals, in dem heute eine Tapas-Bar ist, den säuberlich nachgezogenen Schriftzug *Restauration* – ein schönes altmodisches Wort für eine Gaststätte, und auch wenn nie etwas wiederhergestellt oder wiedereingesetzt wird, ist er dem Betreiber dankbar für die Bewahrung der alten Buchstaben. Ohnehin gefallen ihm Souterrainräume mit ihren vom Gehweg durchgeschnittenen Fenstern: als hätte sich, wie ums Pantheon, im Lauf der Zeit das Bodenniveau gehoben. Irgendwo ist eine *Destillation* als *Coffee-Bar* überschrieben. Daneben sogar Vierschichtenleerstand, eben jetzt (1) schimmern zwei Vergangenheitsschichten (2 und 3) und eine Zukunftsschicht (4) durch: Der Laden für Gastronomiebedarf scheint erst seit kurzem geräumt zu sein, an den Scheiben kleben noch die Buchstaben des aufgelösten Sortiments, *Espressomaschinen, Zapfanlagen, Fritteusen*, und mitten auf dem Glas prangt ein dickes %. Das Ladenschild an der Fassade ist bereits entfernt, darunter ist ein altes Schild in Siebziger-Jahre-Braun zum Vorschein gekommen, das einen kindischen, fröhlich trompetenden Elefanten zeigt, neben der umständlichen Schrift:

Erfahrung und Forschung
METZELER
lattoflex
richtig liegen | besser schlafen

Und im ausgeweideten Geschäftsraum ist der Boden mit Pappen und Plastikfolien bedeckt, eine Leiter und ein Farbeimer stehen im Raum und in der Ecke ein neuer Tresen, der eine Cocktailbar, ein Shisha-Lokal, einen Imbiss ankündigt.

Andere mehrfache Vergangenheit: Der große Gewerbehof mit Medienfirmen, Architekturbüros, Anwaltskanzleien ist einmal, sagt eine Infotafel, städtischer Pferdebahnhof gewesen. In der makellosen Herrichtung der Höfe ist, durch seine überdeutliche Abwesenheit, der jahrzehntelange Verfall noch zu spüren. August würde gern auch hinter diese verschwundene Verfallszeit gelangen und versucht, sich Gerüche und Geräusche von fünfhundert Pferden zu vergegenwärtigen. Vor den Türen, zwischen geparkten Autos, stehen rauchende Angestellte, und August fällt ein, dass der Pferdebahnhof schon vor hundert Jahren ein nostalgischer Ort gewesen sein muss, als er sich mit der Elektrifizierung der Straßenbahn über Nacht in etwas von gestern verwandelt hatte.

Aber am liebsten sind ihm solche Spuren: letzte Schuppen auf Hinterhöfen, wo einmal Handwerksbetriebe gesessen haben, oder bloß deren Silhouetten an fensterlosen Hauswänden, Linien, Geraden, Diagonalen; oder in einem Billigsupermarkt der leicht abschüssige Boden, der August ein Rätsel ist, bis er sich im Aufwärtsgehen an die auffällige Front des Gebäudes mit Säulen und Torbogen erinnert und begreift, der Supermarkt muss einmal ein Kino gewesen sein; oder Namen wie Heidestraße, Gesundbrunnen, Koloniestraße, wo heute der Autoverkehr durchbraust: vorstädtische Vergangenheit, von der nichts als eine Bezeichnung geblieben ist (da muss er ans Lustschlösschen denken). An einer baumlosen Waldstraße entdeckt August, erschlagen von der Nachmittagshitze, eine Tanzschule auf einem Hof: Aufgebrezelte Mädchen trainieren in einem großen Saal eine Simultanchoreographie, und August denkt, was jetzt *Society Dance House* heißt, könnte das verschwundene Ballhaus sein.

Auf der Stadt liegen zahllose Netze. Manche knüpft August selbst aus dem, was er auf den Gehwegen vorfindet: Kiefernzapfen, zu Flecken getretenen Kaugummis, Hundehaufen in all ihren Farben und Formen (die August daran erinnern, dass in seiner Kindheit der Hundekot immer weiß war, vielleicht weil die Hunde damals mehr Knochen oder Knochenmehl bekamen; sodass die heutige Stadt ihm manchmal wie eine einzige Abwesenheit von bleichen Hundehaufen erscheint). Ebenso gern spürt er den Spuren nach, die Aufmerksamkeit suchende Unbekannte für ihn gestreut haben. Graffiti und Tags gefallen ihm, wenn sie tote Orte beleben, und er freut sich, bestimmte Signaturen immer wieder zu entdecken. Besonders gern sieht er Tags, die missglückt und damit aus der Monotonie ihrer Wiederholungen herausgehoben sind. Einmal findet er auf einer grünen Halbkugel am Straßenrand einen aufgesprühten Namenszug, der vertraut und zugleich fremd ist, denn die Farbe ist zerlaufen, und so erinnert die Schrift an durch Regen oder Tränen verwischte Schminke: Der Sprayer hat durch sein Ungeschick einen Glascontainer in ein trauriges Ding verwandelt, einen weinenden Pierrot.

Andere Spuren sind beunruhigender, man spürt die Verhedderung ihres Urhebers in einen Wahn. An

Laternenmasten, Kleidercontainern, Stromkästen und Bauzäunen kleben gewellte DIN-A4-Zettel, auf denen in dick unterstrichenen Buchstaben steht:

Fleisch bedeutet Gewalt und Tod!!!

oder

Milch ist harmlos?
Oder doch miese Ausbeutung???

Die Hysterie der Satzzeichen gibt der rhetorischen Frage etwas Bedrohliches, der passierende Leser sollte sich in Acht nehmen; und wenn er direkt angesprochen wird:

Verzichten Sie auf Produkte des Todes und der Ausbeutung!

sollte ihn die Höflichkeitsform nicht beruhigen, im Gegenteil, ein siezender Befehl verheißt nichts Gutes.

Wie nach Kothaufen, Taggings und Wahnzetteln ließe sich die Stadt auch nach ihren Verbrechen vermessen. Im Gehen und Stehen stolpert man über kleine Messingplatten, die vor Häusern in den Boden eingelassen sind; auf jeder steht ein Name, ein Geburtstag, ein Todestag, oft auch nur das Datum der Verschleppung. Auf einem Stein vor einer Haustür liest August einen Namen und zwei Daten: Das Kind ist bloß vier geworden. August würde ihm gern etwas schenken, Musik und Luft und Vögel, und nach einer Weile sagt er: «Komm, Theodor, wir spazieren ein Stück», und reicht die Hand hinab, er muss sich ein wenig bücken, so klein ist das Kind noch, und spaziert los, einige Passanten sehen ihn, einen seltsamen Mann, misstrauisch oder belustigt an, und kommt schließlich in einen Park, an dessen Ende ein belebter Spielplatz zu sehen ist, da öffnet er die Hand und lässt seinen Begleiter vorauslaufen.

August begibt sich ins Zentrum. Die Spuren der Zeit, erfasst und verzeichnet, sind dichtgedrängt, denn die Stadt ist jung und hat eilig nachgeholt, was andere Städte in Jahrhunderten durchmachen, Aufstieg und Fall, Fieber und Agonie, selbst das Hindämmern hat hier nur kurz gedauert, alles, das Außergewöhnliche und das Durchschnittliche, war verstimmt und ohne Maß; heute ist sie eine normale große Stadt (nur die Centerdichte ist ungewöhnlich hoch). Die abendliche U-Bahn ist stickig, sie hat die Hitze des Tages in sich aufgesogen. Die Fahrgäste halten den Atem flach. Wenn einer aufsteht, bleibt etwas von ihm am Sitz kleben. Manche lesen Zeitungen, andere blättern in Reiseführern. Zwei junge Italienerinnen unterhalten sich, bis ein bettelnder Mittzwanziger, der auf Krücken durch die Reihen gehumpelt ist, bei ihnen stehen bleibt und fragt: «Siete Italiane?» Sie wollen ihn zuerst abwimmeln, dann kramt eine der Frauen ihr Portemonnaie hervor und zeigt dem Mann das leere Münzenfach. «Ma ti faccio una sigaretta», sagt sie und legt losen Tabak in ein Papierchen. Der Mann wartet, auf seine Krücke gestützt, doch als der Zug in den Bahnhof einfährt, sagt er: «Considera di avermi dato una sigaretta», und humpelt zur Tür.

Auch August steigt aus. Im Menschenstrom zur Rolltreppe bleibt er stehen, weil eine neue Szene ihn festhält: Ein junger Mann stellt eine leergetrunkene Bierflasche neben den Mülleimer, und sogleich kommt ein verwachsener Mann angeschlurft, ein Gnom mit borstigen Haaren, nimmt die Flasche, kippt die letzten Tropfen in den Mülleimer und steckt die Flasche in eine große Tüte. Das Klirren der gesammelten Flaschen begleitet sein Wegschlurfen. August bewundert die Umsicht des Trinkers und das Timing des Gnoms, den nur die Pfandflasche, nicht der Alkohol interessiert: zwei schweigende Staffelläufer, die, an der Peripherie des Großkommerzes, den Wert der kleinen Waren erhalten. Am Fahrscheinautomaten versucht eine Punkerin mit Totenkopf-Ohrring, Touristen ein abgestempeltes Ticket anzudrehen; die Touristen zögern, die Punkerin beharrt, fast wütend: «Es gilt noch eine Stunde. It's guilty, it's guilty!» August stellt sich vor, die Punkerin ärgert sich nicht nur über die entgehende Einnahme, sondern eine Art höherer Schmerz wühlt sie auf: über das Stocken der Warenzirkulation, sinnloses Ersterben von Wert.

Wie überall in der Stadt, herrscht auch auf der großen Einkaufsstraße keine Hektik, sondern die typische Langsamkeit des Verkehrs, die notorische Ruhe der breiten Wege, zähes Dahinfließen der Fußgängermasse. Über der Straße liegt der Geruch von Seife, neben dem U-Bahn-Ausgang liegt ein Laden für ökologische Kosmetik. Auf dem Gehsteig stehen junge Verkäuferinnen, nur mit Schürzen und High-Heels bekleidet; eine der Nackten hält ein Schild hoch:

Bei uns gibt es keine überflüssigen Verpackungen!

Die Passanten fuchteln mit Digitalkameras und Fotohandys. Ein Japaner gluckst, als könnte es ihn gleich zerreißen. Eine Frau sagt zu ihrem Begleiter: «Die Blonde da, hoffentlich hat die sich gut eingecremt.» Der Begleiter sagt «Aua» und kichert; eine Miniatur von Scherz, denkt August, ein fast abstrakter Witz. Dabei versucht er, den Atem wie in der U-Bahn flach zu halten, um den Seifengeruch nicht in sich hineinzulassen.

Dieser zentralen Einkaufsstraße kann das Wachstum der Shoppingcenter nichts anhaben. Viele Geschäfte haben bis Mitternacht geöffnet, deshalb ist auch jetzt noch viel los. August guckt in die gleichartigen Schaufenster; unvorstellbar, dass es einmal Flaneure gab, die sich vor Schaufenstern und Auslagen die Augen aus dem Kopf gucken konnten. Er betritt ein Kulturkaufhaus und geht zur Klassik. Eine Japanerin steht lächelnd vor dem endlosen Mozartregal. August hört ins Lied von der Erde hinein, mit Kathleen Ferrier: *Ich wandle nach der Heimat, meiner Stätte. Ich werde niemals in die Ferne schweifen.* Zwei andere Ferrier-Aufnahmen vom Lied von der Erde besitzt er schon. Er liebt natürlich Kathleen Ferrier, aber fast noch mehr den dumpfen Klang der alten Aufnahme; auch wenn das Rauschen fast ausgelöscht ist, liegt über der sumpfigen Musik etwas wie laute Luft, ein Grundgeräusch der Ferne. Allerdings ist das Kulturkaufhaus zu gut ausgeleuchtet für Mahler.

Als er, in der Hand die Tüte mit acht neuen CDs, wieder auf die Straße tritt, ist es immer noch hell, immer noch steht die Sonne über den Häusern, heute ist ja der längste Tag des Jahres, unvorstellbar, dass es je wieder dunkel werden könnte. Auf der Werbetafel einer Schuhfirma steht *imagination walks*. Ein grober Mann, der Anthony Quinn ähnelt, kauft sich an einem Eisstand eine Kugel Erdbeer und verschlingt sie mit einem Happs. August ist gerührt, dass ein gewalttätig wirkender Mann Eis isst wie ein Kind und das Eis ebenso wenig zu genießen versteht; vielleicht ist es der Traum jedes Kindes, das Eis mit einem einzigen Happs aufzuessen, nur ist sein Mund dafür zu klein; das ist sein Glück (das sich mit der Zeit auswachsen wird). Eine Schwangere isst eine Bratwurst. Am Fuß eines hohen, dunkelverglasten Turms spielt ein Leierkastenmann mit grauem Mantel und Pickelhaube *Nessun dorma*. Der Leierkastenhauptmann signalisiert den Übergang in die eigentliche touristische Zone.

Hier stehen ein- und zweigeschossige Biedermeierhäuser in verwinkelten Gassen, Straßengewirr, Durcheinander ohne Geraden, Parallelen, rechte Winkel. Souvenirläden und Boutiquen dominieren, an den Cafétüren steht: *Keine öffentliche Toilette – No Public Toilet*. Solche Schilder ärgern August, man sollte die Gäste der Stadt freundlich behandeln, außerdem ist er auf öffentliche Toiletten angewiesen. Der Gehweg ist voller Stolpersteine, hier befand sich einmal ein jüdisches Viertel. Ein Mann hat eben sein Fahrrad an eine Laterne gekettet und geht zu einem Schmuckgeschäft; den Fahrradhelm hat er noch auf dem Kopf, aber den Riemen schon gelöst, sodass vor seinen Ohren zwei Bänder baumeln, wie Schläfenlocken. Als August dem Mann nachschaut, spricht ihn jemand von der Seite an: Studienfreund Knud, jetzt Unternehmer, irgendwas mit Medien. Knud trägt einen Bart und fragt August, wie es ihm gehe, und wie es Susanne in, wo doch gleich, gehe, und ob sie, Knud und August, nicht mal wieder auf ein Bier oder ins Kino wollten. August hat schon als Student oft gedacht, wozu ins Kino, wenn man zu Hause sitzen und Mahler hören kann; jetzt denkt er, er geht lieber rum. Zum Glück ist Knud in Begleitung von zwei Geschäftspartnern, zwei jungen Balten, für die er Stadtführer spielen muss. «Ich melde mich», sagt August.

Die Stadt wimmelt von Besuchern aus Amerika, Skandinavien, Polen, Italien. August ist auf einen weitläufigen Platz geraten; er hat ihn zwar angesteuert, aber auf einen so ausgedehnten Platz kann man immer nur geraten sein, und der Platz kann noch so dichtbevölkert sein, man muss ihn immer als leergefegt empfinden, als Quadratmeileneinöde, Steppe und Rumpelkammer in einem, Geröllandschaft aus Steinplatten, Betonebenen, verstreuten Pavillons, Brunnen, Bassins, Rampen, eingezirkeltem Grün, vor der Horizontlinie einer langgestreckten Reihe von Wohnblöcken. So ins Leergefegt-Zugerümpelte geraten, denkt August, auf diesem Platz findet eine Völkerwanderung statt, die in Wahrheit eine Einsamkeitswanderung ist, eine Völkereinsamkeitswanderung. Eine Allee führt schnurgerade durchs Nichts, auf einer Bank sitzt ein Pärchen im Sonnenuntergang, Kopf an Kopf blicken sie in zwei verschiedene Richtungen. Da von fern, spiralenförmig sich heraufwindend, wie aus der Tiefe der Jahre (dabei war's letzten Sommer), die Erinnerung

an eine Reise mit Susanne, sie haben oft Wochenendreisen gemacht, mit dem Billigflieger in die Stadt der Liebe, die Hauptstadt des Empire, die Goldene Stadt, die Ewige Stadt; Susanne stöhnte über den klapprigen Flughafenbus, während August die umständliche Fahrt stadteinwärts gefiel, über monströse Straßen, durch verkorkste Vororte und Randviertel, eine sengende Hässlichkeit mit Pinien. Selbst die schönsten Städte sind nur zu fünf Prozent schön und zu fünfundneunzig Prozent hässlich, sagte August, zu achtundneunzig Prozent, sagte Susanne. Auf dem Palatin hatte sie ein rotes Tuch um den Kopf gebunden, in der Sonne sah sie aus wie eine blonde Piratin und las lachend aus dem Reiseführer vor: Goethe hat geschrieben, *es ist alles, wie ich mirs dachte*, ist das nicht komisch? August verschleppte auf dem Weg zu den Sehenswürdigkeiten immerzu das Tempo, die unattraktiven und kläglichen Plätze hielten ihn fest, Wege zwischen Bauzäunen, die Brache hinter einem Souvenirkiosk; den wunderbar verwinkelten U-Bahnhof Colosseo wollte er gar nicht verlassen, und draußen vergaß er die herausgeputzte Ruine, als er die stumpfen Gesichter der käuflichen Fotomotive sah, Legionäre und Gladiatoren, er malte sich ihr Leben in den unansehnlichen Vororten der Ewigkeit aus; und auf dem Forum nahm er die Steine von Tempel, Basilika, Kurie kaum wahr, sondern hielt Ausschau nach den Lagern der streunenden Katzen. Auf dem Kapitol sagte Susanne: Als Tourist hat man immer das Gefühl, man ist nicht da gewesen, wo man hingewollt hat; man ist zum ersten Mal in Rom, trotzdem denkt man, Rom ist auch nicht mehr, was es mal war. Sie saßen vor dem Palazzo Nuovo, in ihrem Rücken lag wie ein Baumstamm der Zeigefinger eines Kaisers, in der Ferne, durch einen Torbogen, sahen sie eine Hochzeitsgesellschaft und sprachen darüber, wohin man gehen solle, zu den Orten mit Sternchen oder ins Abwegige. Susanne sagte, es sei ungehörig gegen eine Stadt und ihre Bewohner, wenn man als Tourist von den vorgesehenen Strecken abweiche; wenn man in der Natur sei, solle man auch auf den markierten Wegen bleiben, statt durch Feld,

Wald und Wiesen zu trampeln. August sagte, in den hässlichen Vorstädten würden die Menschen sich vielleicht wundern, aber auch freuen, wenn ein Tourist sich zu ihnen verirrte. Aber warum bloß?, fragte Susanne, du nennst es ja selbst Verirren. Sie waren immer irgendwo zwischen Streiten und Lachen, tagsüber auf den Straßen und abends im Auditorium und nachts im Hotel am Campo de' Fiori. In Erinnerung ist ihm auch ein bewegtes Bild: eine Gruppe von trinkenden Männern an der Piazza del Popolo, ein Zigeunermädchen kommt vorbei und zeigt den Touristen ihr handgeschriebenes Pappschild, an der Trinkergruppe geht sie vorbei, da ruft einer der Männer ihr nach, winkt sie zu sich und wirft ihr eine Münze in den Becher, das Mädchen bedankt sich und geht weiter. August wusste sofort, dass er das Bild, wie der Mann das vorbeigelaufene Mädchen heranwinkt, nicht vergessen würde, die Gesichter sind ihm entfallen, aber das Bild hat sich seiner Erinnerung eingegraben; und mit ihm, dem unbeteiligten Zuschauer, wird es verschwinden, denn die Trinker und das Bettlermädchen werden es längst vergessen haben. Vor allem aber bleibt ihm das Bild von Susannes Lachen und die Erinnerung, wie nah sie sich einander gefühlt haben; und die nachträgliche Überzeugung, wie fremd sie sich schon damals waren.

Auf der kolossalen Zentrumsbrache steht ein Vierhundertmeterturm, der Finger nicht eines Kaisers, sondern eines Gottes, er wirft seinen Schatten im

Abendlicht endlos weit. Der große Platz ist ein Forum ohne Spuren, eine Kraterlandschaft, die keine Übersicht gewährt, es sei denn vom Turm aus (aber wenn man dort oben steht, schaut man über den Krater hinweg). Nicht weit von hier, wo die Stadt einst aus Sumpfland entstanden ist, will die Stadtverwaltung Grundrisse und Gefüge von verschwundenen Straßen und Häusern auf den Boden zeichnen. Aber noch ist nichts erkennbar von der Stadt, die hier einmal war. Wo mögen die Gassen gewesen sein, wo die Haustüren, wo die Treppen, Küchen, Kellerluken? Nur die mittelalterliche Stadtkirche steht noch da, am anderen Ende des Platzes in einer Kuhle, als hätte die Erde sie halb verschluckt. Inmitten seiner Grübeleien entdeckt August im Beton einen kleinen Punkt, der in der letzten Sonne silbern und rötlich funkelt, als Bote unbeirrbarer Landvermessung; da öffnet er seine Augen und Ohren wieder für die lebendige Umgebung. Eine Gruppe italienischer Touristen kommt auf ihn zu, «una città tranquilla», sagt eine Frau, «una città molto tranquilla». Eine Obdachlose schlägt ihren Hund, dann umarmt sie ihn und murmelt Entschuldigungen. Ein Marienkäfer krabbelt an einem Laternenpfahl empor, faltet seine Flügel auf und fliegt davon, oder wird vom Wind fortgetragen. Auch die Schwangere aus der Einkaufsstraße sieht August hier wieder, sie geht langsam an einer Grünfläche entlang und streichelt ihren Bauch, August fragt sich, ob sie das Baby oder die Bratwurst streichelt. Da ist er schon bei der versunkenen Kirche.

Hinter der Kuhle lärmt eine vielspurige Straße. Das obere Drittel des Kirchturms liegt noch im Sonnenschein, die Backsteine scheinen in die Nacht hineinglühen zu wollen. Am Portal warten ein Dutzend Männer und Frauen, vielleicht gibt es eine Abendführung; als August sich der Gruppe nähert, fragt ihn ein Mann mit einer Liste in der Hand: «Herr Girardi?» August nickt, aus der Gruppe brummelt es «Na endlich!», und eine Frau sagt, mit verärgertem Blick auf Augusts Tüte: «Waren Sie etwa noch shoppen?» Der Mann macht auf seiner Liste ein Häkchen, und während er das Portal aufschließt, sagt er zu August: «Ich habe Ihren Kollegen schon gesagt, dass Sie sich zuerst die Kirche ansehen können, um sich ein allgemeines Bild vom Bauzustand zu machen. Danach treffen wir uns in der Turmhalle, und ich erläutere Ihnen den Restaurierungsstand des Bildes.» August reiht sich in den Gänsemarsch der Restauratoren ein, zwischen zwei Glaswänden gelangen sie ins belebend kühle Langhaus, wo die Gruppe sich verteilt. Oben wird Orgel gespielt, der unsichtbare Organist ist offenbar ein Anfänger, der erst abends, nach Schließung der Kirche, zu üben beginnt. Die immer wieder ansetzenden, abbrechenden, neu ansetzenden Töne füllen den Raum mit einem eigenartigen, murkelig-schönen Zauber. August setzt sich auf eine Bank und hört eine Weile zu. Staubig ist es, einige Bänke sind von einem Gerüst überdeckt, auf dem ein Kran steht, oder hockt: Mit seinen langen Stützbeinen und seinem massigen Rumpf wirkt er wie eine rote Spinne, unklar, ob sie schläft oder lauert. Darüber ist ein Leuchter in Plastikfolie gehüllt und, damit der Kran Platz hat, mit einem Seil seitwärts gehoben und an einer Säule festgezurrt. August steht wieder auf, geht rum, er wundert sich, warum die Restauratoren die Kirche abends um elf besichtigen, durch die Fenster kommt ja kein Tageslicht mehr, nur noch Laternenschimmer. Fachmännisch wendet er den Kopf, betrachtet Säulen, klopft an die Wand, kratzt mit dem Finger. Da ruft eine Stimme durch den Raum: «Heraus zum Totentanz, bitte!»

Die Restauratoren dürfen hinter die Glasabsperrung direkt ans verwinkelte Wandgemälde treten. Die Turmhalle ist nur von Kunstlicht hell, wie die Mall. Während der Führer erläutert: ein kalter Herbsttag 1860, Königlicher Oberbaurat Stüler an der Tünche gekratzt, zum Vorschein der Totentanz, mindestens hundertdreißig Jahre unter Kalk, vielleicht mehr als dreihundert, also Entsalzung, Eindämmung von Nässeeinwirkung, Oberflächenreinigung – hört August nur mit halbem Ohr hin und versenkt sich in das ausgeblichene Wandbild, oder erhebt sich, denn es befindet sich über Augenhöhe. Er geht ein paar Schritte, das Fresko ist zwanzig Meter lang und länger, und hat so viele Ecken, dass es von keinem Punkt aus überschaubar ist, man muss es abschreiten. Nur wenig ist erkennbar, die Bilder sind fahl wie Knochen, die Menschenalter, der Sonne ausgesetzt, im Sand gelegen haben; was zum Vorschein kommt, wirkt ungelenk, die Meister waren anderswo, aber gerade so wirkt das Bild anziehend, und mit den Farben ist auch die malerische Dürftigkeit verblichen, der eintönige Hintergrund wird zur lebendigen Landschaft, die hüftsteifen Figuren beginnen zu tänzeln, der schablonenhafte Tod gewinnt Kraft, und so beginnen die Menschen und die Mumien, die ihnen die Hände reichen, sich langsam im Kreis zu drehen, um die Betrachter herum, und zu murmeln,

nu mute gi liden den bitteren doet

und

legget dat tidebuck snel uth jwer hant

und in der Mitte, auf einem Eckpfeiler, unterbricht der gekreuzigte Christus den Tanz,

kamet al met my an den dodendantz

aber es klingt nicht wie Widerspruch, sondern wie Einstimmen, da spricht bloß ein Gehilfe des Todes,

gy muthen ok dantzen

und während man geht, bemerkt man, die einförmigen Figuren des Todes, ohne Abwechslung, schauen starr dem Betrachter ins Gesicht, und wie sie ihn da fixieren, werden sie zu einer einzigen, sich drehenden Gestalt: Diese eine Gestalt, nicht das Kreuz des Erlösers, ist und bleibt der Herr des Bildes.

Och gode ghesellе taste my nicht an
wente ik byn ein begeven geystlick man

jammert der Mönch, und der Junker

Och liue doeth beide noch eyne stunde

die Wirtin
nym den doren ick gha vnde tappe ber
und in Augusts Erinnerung schwirrt es
it's guilty it's guilty
und er begibt sich bis ganz an den Rand, wo fast alles zerstört ist, wo sich bis auf letzte, verlöschende Buchstaben nicht entziffern lässt, was die verschwundene achtundzwanzigste Figur sagt, eine Mutter vielleicht, oder ein einsames Kind, schickt einen letzten verstümmelten Notruf
och w
wente thu

rupet al iw
help

Pit pumpt, Salome drängelt. Mit Kindern geht man anders, hat Manja gesagt, und als August am sonnigen Nachmittag ihre Kinder von Kita und Hort abgeholt hat, merkt er das; er würde gerne losziehen, um sich aus der Versteifung zu lösen, aber er wird gehalten und gezogen. «Auf dem Hof hört man, bald wird ein Planet die Erde treffen», sagt Salome zu August, während Pit sich wieder an den schweren Arm der Pumpe hängt und ihn durch sein Körpergewicht nach unten zwingt, bis Wasser auf den Bordstein fließt, «und ich möchte gern wissen, ob sich das verhindern lässt.» Als der Pumpenarm unten ist, läuft Pit zur Pfütze, in der das Tageslicht funkelt, in seinem Gesicht liegen Ernst und Anspannung, die sich, als er in die Pfütze springt und unter seinen Sandalen das Wasser spritzt, in ein Jauchzen des ganzen Körpers auflösen. «Wer sagt das?», fragt August. «Gochmal!», ruft Pit strahlend und rennt wieder zum Pumpenarm. «Fatma», sagt Salome. August fragt: «Wer ist Fatma?» «Fatma ist sieben», sagt Salome, «und wenn das mit dem Planeten passiert, legen wir uns zusammen ins Bett und lassen es über uns ergehen. Pit soll sich zu unserer Mutter legen, sie kann ihn festhalten, damit er nichts merkt. Und du – zu wem wirst du dich legen?» August weiß bereits, dass Salome gern über den Tod ihrer Gesprächspartner räsoniert, und antwortet: «Das muss ich mir überlegen. Vielleicht zu niemandem, vielleicht werde ich mich auf das Dach meines Hauses setzen und dort mit offenen Augen den Einschlag erwarten.» Salome geht darauf nicht ein, sondern wechselt ansatzlos das Thema und sagt, dass es zwei Wege vom Hort zum Spielplatz gebe, den Pumpenweg und den Weg ohne Pumpen. Der Weg ohne Pumpen sei ein Zickzackkurs, auf dem man alle Straßen mit Pumpen umgehe, denn an denen könne Pit nicht vorbei («er *kann* es nicht», wiederholt sie, mit einer Mischung aus Nachsicht und Entsetzen), sodass man auf dem Pumpenweg oft bis zum Einbruch der Nacht nicht einmal in die Nähe des Spielplatzes gelange; beim nächsten Mal werde sie August auf den Weg ohne Pumpen führen. «Schaut mal, Kinder, ein Regenbogen!», ruft August, der Salome nur halb zugehört hat, und zeigt zur Pfütze. «*Du* gehst wirklich ohne System», sagt Salome, «können wir jetzt endlich weiter?» Um loszukommen, nimmt August Pit auf die Schultern. Salome forciert das Tempo und erzählt eine Geschichte, denn wie Manja hat auch sie eine Verabredung mit August, bei jedem Treffen Geschichten zu tauschen; Salomes Geschichten handeln oft von ihrem Vater (den Manja nie erwähnt):

«Übrigens war mein Vater ein Indianerforscher. Er ist durch den Regenwald gereist und hat Sprachen gelernt, die nur noch von zehn Menschen gesprochen werden und darum vom Aussterben bedroht sind, denn zehn Menschen können jederzeit an Curare sterben oder im Amazonas ertrinken oder von Piranhas oder Jaguaren zerfleischt werden. Er hat viele Auszeichnungen und Orden bekommen. Aber irgendwann ist er nicht mehr aus dem Regenwald zurückgekommen. Manche behaupten, er wollte keine Orden mehr bekommen, weil sein Schrank voll davon war, manche sagen, er wurde gefressen, manche, ein vergifteter Pfeil hat ihn getroffen. Ist aber alles Quatsch, er mochte Orden, einem Raubtier hätte er den Kopf abgehackt, und für vergiftete Pfeile hatte er Gegengifte. Nein. Er ist im Regenwald geblieben, um nach der seltensten, schwersten Indianersprache zu suchen, einer Sprache mit einer Trillion Wörtern, die nur noch von einem einzigen, hundertzwanzig Jahre alten Indianer gesprochen wurde.» «Und?», fragt August. «Was, und?» «Hat er den Alten gefunden?» «Weiß ich doch nicht. Aber wenn du mich fragst, ich glaube, er ist immer tiefer in den Regenwald hineingegangen, und je tiefer man hineingeht, desto stärker regnet es ja, in der Mitte des Waldes fallen die Flüsse senkrecht vom Himmel. Also ist er in dem ganzen Wasser allmählich geschrumpft, bis er nur noch so groß war wie Pit, und dann nur noch so groß wie Pits Fingernagel, und dann hat er sich ganz aufgelöst und ist mit dem Wasser im Moos versickert.» «Dann ist er vielleicht zu einem Regenwaldgeist geworden.» «Ja», sagt Salome, «und die

Indianerstämme beten ihn an und beschwören ihn, sie rufen ihn um Hilfe.

Und deine Geschichte?»

«Meine Geschichte ist heute ganz kurz», sagt August, «sie handelt von Rattigan Glumphoboo, einer guten Freundin von mir. Sie ist Bildhauerin im mongolischen Hochgebirge.» «Altai oder Changai?» «Changai. Sie ist die geschickteste Künstlerin weit und breit, und zugleich die schönste, noch bei den schwierigsten, schmierigsten Arbeiten trägt sie Seidenhalstücher in den siebenundfünfzig Farben des Regenbogens (im Changaigebirge haben Regenbogen viel mehr Farben als hier). Einmal wollte sie eine riesige Holzfigur bauen. Dazu musste sie ein dickes Brett an einem Pfahl befestigen. Sie hielt das Brett an den Pfahl und setzte die Bohrmaschine mit dem dicksten Holzbohrer auf der höchsten Stufe an. Aber das Brett war aus dem harten Holz der Changai-Lärche, sodass der Bohrer nicht durchwollte. Rattigan Glumphoboo presste ihren Körper gegen das Brett, umklammerte mit der freien Hand den Pfahl von hinten und drückte die Bohrmaschine mit aller Kraft; und der Bohrer ging durch; aber hinter Brett und Pfahl ging er mitten durch ihre Hand und rotierte im Fleisch. Es tat entsetzlich weh, Rattigan Glumphoboo liefen Schmerzenstränen übers Gesicht. Aber sie riss sich zusammen und schaltete die Bohrmaschine aus. Dann stellte sie sie auf die niedrigste Stufe und legte den Hebel für die Bohrrichtung um. Und dann – machte sie die Maschine wieder an und zog den Bohrer langsam, ganz gerade aus ihrer Hand heraus; und mit ihrem siebenundfünfzigfarbigen Seidentuch verband sie das blutende Loch in ihrer Hand.» «Hm», sagt Salome, «kann man nicht meckern.»

Schweigend gehen sie weiter. August schaut Passanten und Fassaden an, die Gegend, in der Manja mit ihren Kindern wohnt, ist viel billiger als sein Viertel. Auf einem Baugerüst sitzt ein Anstreicher mit einem Kofferradio und hört Eine kleine Nachtmusik. In einem Park stehen phlegmatische Grünflächenarbeiter, einer schiebt langsam eine Schubkarre, Mahnmäler der Trägheit. Aber sie müssten doch um halb sechs schon Feierabend haben? Fehlt ihnen sogar die Energie, nach Hause zu gehen? Es ist ja auch immer noch sehr heiß. Plötzlich beginnt es auf seinen Schultern zu wackeln und zu hüpfen. «Gogel!», ruft Pit aufgeregt, «Gogel!» August versteht nicht, was Pit sagen will, und setzt ihn ab. Pit kreist mit den Armen und wiederholt: «Gogel!» August versteht nicht, Pit wird ärgerlich: «Gogel! Gogel!», und fuchtelt Richtung Himmel, und dort oben sieht August einen Vogel mit schwarzgeflecktem Bauch und spitzen Flügeln, mit gespreiztem Schwanz, auf der Stelle rüttelnd. Die Augen zusammengekniffen, weil es so hell ist, schauen August, Pit und Salome zum wolkenlosen Himmel. August stellt sich vor, wie der Vogel aus der Höhe die Stadt wahrnimmt: nicht als Gebilde aus Straßen, Wohnblöcken und Grünanlagen, sondern als natürliche Formation, in der sich kleine

Tiere verbergen; mit einem solchen ganz anderen Grad von Schärfe würde August gern einmal auf die Stadt und in die Stadt hineinschauen. «Nur ein Falke», sagt Salome, «sie leben auf Kirchtürmen.» «Gogel fiegen», sagt Pit.

Auf dem Spielplatz entdeckt Salome eine Freundin und rennt davon, Pit klettert auf ein Holzgerüst mit einer Wasserpumpe, August setzt sich auf eine Bank am Rand, von wo er beide Kinder im Blick hat. Der Platz grenzt an eine Brachfläche, auf der Sand sich mischt mit Glasscherben und verwehtem Müll, Disteln und Grasbüscheln. Vor der Bank liegen Zigarettenstummel, stammen sie von nächtlichen Trinkern oder von Müttern? Spatzen picken in verstreuten Krümeln und Chipsbröckchen, hinter der Bank knabbern zwei Mäuse an einem Stück Toastbrot, vor einem Haselstrauch liegt ein Kondom. Auf dem Spielplatz ist viel los. August gefallen die großen Busen der jungen Mütter. Auf der Bank neben ihm halten zwei Frauen Babys im Arm und sprechen über Rückbildung. Eine andere hat ihren Säugling an der Brust, mit einem Arm stützt sie ihn, mit der freien Hand hält sie ein gelbes Buch: *Ich werde auf eure Gräber spucken*. Auf der angrenzenden Straße fährt ein Polizeiauto vorbei, ein Kleinkind ruft: «Polizei!» Ein blonder Junge beugt sich über das untere Ende einer Rutsche und lässt Spucke aus seinem Mund fließen, mit großer Hingabe, er hat die Welt um sich vergessen. Ein dicker Junge trägt beim Herumtoben eine große Tüte Chips mit sich, in die er rennend hineingreift, er stopft sich den Mund voll, dass die Krümel stieben. Sogar als er eine Strickleiter hinaufklettert, hält er die Tüte fest, er benutzt nur eine Hand zum Klettern und braucht sehr lange. Es liegen Ausdauer und eine gewisse Geschicklichkeit in seiner umständlichen Aktion, der Junge erinnert an einen Behinderten, der seine Beeinträchtigung durch hartnäckiges Üben zu überwinden gelernt hat.

Plötzlich verwandelt sich die Szenerie in einen Reigen von Drangsalierungen: Ein barfüßiges Kind zwingt einen Mann, sich auch die Schuhe auszuziehen. Einem Kind, das neben Pit im Takt der Pumpe hüpft, wird von einer Frau zugerufen: «Nicht hüpfen beim Pumpen!» Einem Kind, das sich auf den Bauch legt, wird befohlen, nicht im Liegen, sondern im Sitzen zu rutschen. Ein sehr kleines Kind, das unsicher auf ein Gebüsch zutapst, wird von einer wütenden Frau am Arm gepackt: «Du weißt, dass ich Heuschnupfen habe!» Ein junges Paar traktiert gemeinsam ein Kind, der Mann zwingt ihm einen Sonnenhut auf den Kopf, die Frau wischt ihm mit einem nassen Tuch die Nase ab, vergeblich windet sich das Kind in der doppelten Bedrängung. Eine Frau fragt ein herumrennendes Kind: «Willst du eine Banane essen?» «Nein», sagt das Kind und läuft weiter; die Frau verfolgt es und zieht es am Kragen, fragt wieder und hält ihm die geschälte Banane an den Mund, bis das Kind nach einiger Zeit resigniert, sich die Banane in die Hand geben lässt und sie, erstarrt und stumm, aufisst.

So plötzlich, wie sie gekommen sind, verflüchtigen sich die Nötigungen. Jetzt beobachtet August einen kindischen Vater, der nicht einfach mit seinem Kind spielt, sondern so tut, als wäre er selbst eins, er plappert mit überdrehter Quiekstimme und turnt auf Spielgeräten herum. Der blonde Junge an der Rutsche hat aufgehört zu spucken und blickt sich, wie aus einem Traum erwacht, erschrocken um; dann nimmt er Sand und lässt ihn auf die Spucke rieseln, wieder und wieder, bis der ganze Teich trockengelegt ist. Salome spricht hinter einem Baum mit zwei Freundinnen. Pit lungert stets in der Nähe der Pumpe; immer wenn die älteren Kinder sie freigeben, springt er heran und lässt Wasser laufen. August fällt die Rücksicht der Großen auf: Obwohl der Kleine ihnen lästig sein muss, überlassen sie ihm gelegentlich den Schwengel, einmal greift ihm sogar ein Mädchen von hinten unter die Arme und hebt ihn mit großer Anstrengung hoch, damit er besser rankommt. August schaut auf die Wasserlandschaften der Großen im Sand, Systeme aus sich verzweigenden Kanälen und Seen, und sieht zu, wie das Wasser den Formen folgt, die es findet; wenn ein Großer wild pumpt, dann rauscht das Wasser, stürzt steile Rinnen hinab, überflutet Löcher, Kuhlen und Gruben; zwei Läufe fließen ineinander und vereinigen sich zu einem Fluss, dann stößt das Wasser auf einen Stein, ändert seine Richtung, fließt um einen anderen Stein herum, teilt sich, strömt wieder in eins; gerade da schafft ein Kind zwischen zwei Kanälen eine neue Verbindung, sogleich ändert das Wasser seine Richtung.

August würde gern den ganzen Spielplatz überblicken. Er beobachtet die Bewegung zwischen Verkaufshäuschen und Bäumen, Klettergerüst und Rutsche, ein Schwanken im Sand, und doch vollendet. Auf einmal erscheint ihm sein eigener Körper abwegig groß, plump, ein schwerfälliger Koloss oder verrostetes Riesendampfschiff aus Vorzeiten, ein Ächzen und Knarren, irrwitzig, was er mit sich herumschleppt, achtzig Kilo, fünfunddreißig Jahre, und Erinnerungen: Ein Kind liegt wach im Bett und horcht in die Nacht, da hört es in der Küche die Mutter mit Geschirr klappern, Schränke öffnen und schließen, abwaschen, aufräumen, und die Geräusche aus der Küche geben ihm die Gewissheit, zu Hause zu sein; und noch die Erinnerung an diese Geräusche weckt eine Art Heimweh. Er streckt sich, im Sitzen. Er lässt vorsichtig den Kopf kreisen. Er lässt, mit angewinkelten Armen, die Schultern kreisen. Er steht auf und lässt den Rumpf kreisen. Er lässt die Arme kreisen, erst gebeugt, dann ausgestreckt, vorwärts, rückwärts. Am Baum neben der Bank sieht er einen dicken Ast, ihm ist, als könne er Teil der schwankend-vollkommenen Bewegung der Kinderwelt werden, als könnte das Denken seinen Kopf verlassen und um alle Dinge herumfließen; da hängt er sich an den Ast, im Gefühl, die Stärke des Baums werde in seine Arme fließen; und wie seine Arme ihn halten und seine Füße über dem

Boden baumeln, spürt er eine angenehme Wärme in vergessenen Muskelgegenden, im oberen Rücken, in den Schultern; sein Rumpf ist verkrampft im Rumsitzen und Rumgehen, beides, Rumsitzen und Rumgehen, lässt ihn verwachsen, denkt er, und der Schlafentzug überspannt und übersäuert ihm Muskeln, Sehnen, Gelenke. Er könnte einen Klimmzug machen. Er schaut geradeaus. Der Spielplatz hat sich schon etwas geleert, im Sand liegen verlorene Dinge: eine glitzernde Spange, Schippen, ein rotes Sieb. Da – wie August baumelt und guckt: geht neben ihm ein jähes Rauschen nieder, etwas Schrilles kreischt auf, zugleich ein jammervolles Piepsen. August hängt ganz still. Nur wenige Meter entfernt sitzt im Sand ein Falke. Eine Reglosigkeit von halber Unendlichkeit, unter seinen Krallen kein Mucks; eine Weile ist alles still, dann schwingt der Falke sich auf. August kann nicht erkennen, was er davonträgt, schon ist er über den Dächern verschwunden. Wo er eben noch saß, ist der Sand aufgewühlt, dünne Rillen sind hineingezogen; wer die Szene nicht gesehen hat, müsste denken, sie stammen von der Harke eines spielenden Kindes.

August schaut zu den Müttern und Kindern, die noch auf dem Spielplatz sind. Sie haben nichts mitbekommen, ein Kind buddelt, eins rutscht, eins wackelt über eine Hängebrücke. Doch da, auf dem Holzturm, steht ein Mädchen und starrt dorthin, wo auch August eben hingestarrt hat, in den aufgewühlten Sand. August guckt das Mädchen an, ihre Blicke begegnen sich, er überlegt, es anzusprechen, vielleicht hat es Angst? Aber jemand kommt ihm zuvor, der dicke Junge, er trägt keine Chipstüte mehr bei sich, sondern einen Karton, aus dem er dem Mädchen ein verpacktes Eis anbietet. Das Mädchen nimmt es und packt es aus, der Junge klettert, wieder nur mit einer Hand, die Leiter hinab und geht zum nächsten Kind. Pit ist noch immer an der Pumpe beschäftigt, bibbernd, sein Hemd ist klitschnass, die Lippen blau. August lässt endlich den Ast los und nimmt den Beutel, den Manja ihm mitgegeben hat, um Pits Kleider zu wechseln. Als er Pit das trockene Hemd über den Kopf zieht, kommt der dicke Junge und fragt: «Will er auch?» August sagt, nein danke, der Kleine habe vorhin schon ein großes Stück Kuchen gegessen. «Okay», sagt der dicke Junge und läuft davon. August sieht ihm nach, wie er weiter Eis verschenkt, und schämt sich, dass er die Freundlichkeit des Jungen mit einer Lüge abgewehrt hat. Pit hat nichts mitbekommen, sein Kopf hat unter dem Hemd gesteckt; jetzt schaut er August fragend an, vielleicht hat er das Wort Kuchen aufgeschnappt.

Pit sitzt auf Augusts Schultern, Salome geht schweigend neben ihnen, was wälzt sie wohl in ihrem Kopf? Erstaunlich schwer, ein Zweijähriger, denkt August, beladen wie ein Tragetier schleppt er sich den Gehweg entlang. Pit beginnt vor guter Laune auf Augusts Schultern zu hüpfen und ruft: «Gaugus tagen, Gaugus tagen!», und fängt an zu lachen, als hätte jemand ihn aufgezogen. Da beginnt auch Salome zu lachen, und da muss auch August lachen, und lachend bewegen die drei sich die Straße entlang, tänzelnd: Amazone, Reiter und Lastesel.

Leicht geht es sich, wie beflügelt, ohne dreizehn Kilo auf den Schultern. Dabei kommen sie nur meterweise voran, zwei Schritte vor, anderthalb zurück, immer wieder bleiben sie stehen. Ein Schuljunge brüllt wie von Sinnen: «Wie heißt du? Wie heißt du?» Der alte Orang-Utan, machtvoller Waldhippie, betrachtet über den Wassergraben hinweg den brüllenden Jungen. August fragt sich, ob der unbewegte Blick des Affen stoisch oder entgeistert ist. Manja, die im Schatten steht, am plätschernden Bächlein, schaut mit zusammengekniffenen Augen zu August herüber und ruft: «Wir müssen noch Eis essen gehen!» Pit, stark verschnupft, scheint das Eis vergessen zu haben, er steht auf einer Bank, schaut über die Mauer und ruft heiser: «Gogilla, komm hraus! Gogilla, komm hraus! Büddebüddebüdde–» Aber der Gorilla lässt sich nicht blicken, vielleicht ist ihm zu heiß. Auch August möchte den Gorilla sehen; während er Pit betrachtet, kommt er sich wieder groß und schwerfällig vor, er wäre gern wie der Gorilla: so groß und doch friedfertig, in der riesigen Pranke ein Zweiglein, gleichmütig knabbernd. Ein Gorilla kann keine Schlafprobleme haben, denkt August; aber im letzten Winter stand in der Zeitung, man solle die Affen im Zoo besuchen, in der dunklen Jahreszeit fühlten sie sich einsam, litten an Schwermut. Pit leiert in einem fort: «Gogilla büddebüdde», aber schaut längst anderswohin. Gemächlich erhebt sich der Orang-Utan und geht weg. Jetzt überschlägt sich die Stimme des Schuljungen: «Wie – heißt – du!», kreischt er dem Orang-Utan nach, der ihn nicht mehr beachtet. Plötzlich, wie umgeschaltet, dreht der Junge sich um und rennt davon. Salome steht vor dem Pavianfelsen und ruft August zu: «Kannst du dir vorstellen, dass die Rotärsche die Welt beherrschen werden, wenn der Mensch ausgestorben ist?» «Hat Fatma das erzählt?», fragt August zurück. «Können wir bitte zu den Raubvögeln gehen?», ruft Salome. Doch August muss Pit folgen, der von der Bank hinunterspringt und zum nächsten Gehege läuft. Hinter der Glasscheibe greift ein zerstrupptes Bonobo-Weibchen nach ihrem Jungen und hängt es sich an den Bauch. Drei größere Bonobos toben wild herum, Seile und Äste schwingen und schaukeln. Das Junge löst sich immer wieder vom Fell der Mutter und greift nach einem Seil, will mitrasen, aber die Mutter fängt es sofort ein und hängt es sich wieder an den Bauch. Schließlich saust eins der größeren Tiere haarscharf an Mutter und Kind vorbei, das Kind jauchzt, die Mutter faucht und versucht, dem davonfegenden Großen einen Hieb zu versetzen. «Die Mama gilft», krächzt Pit. August ist ratlos: «Schilt?», fragt er. Pit sagt: «Nein, *gilft*.»

«Als ich vor ein paar Tagen mein Fahrrad in der Werkstatt abgegeben habe, ist mir etwas Eigenartiges passiert. Ich wollte das Fahrrad repariert haben, ehe der Sommer vorbei ist. Dabei habe ich mich vor dem Fahrradmechaniker geschämt, weil das Rad so heruntergekommen war. Für den Auftragszettel habe ich meinen Namen genannt und meine Telefonnummer und den Namen der Straße, in der ich wohne, und dann hätte ich die Hausnummer nennen müssen. Aber kannst du dir vorstellen, dass sie mir nicht eingefallen ist? Weißt du deine Hausnummer aus dem Kopf? Ich hatte eine Vermutung, aber sofort ist mir noch eine andere Zahl eingefallen, die es ebenso gut sein könnte; oder aber … auf jeden Fall einstellig, dachte ich, aber nicht 1. Es ist eigentlich kein Wunder, denn wann habe ich zuletzt auf meine Hausnummer geachtet? Wenn ich einen Brief schreibe, benutze ich eine Dokumentvorlage mit Briefkopf. Ich habe also auf gut Glück eine Zahl genannt. Später habe ich mich daran erinnert, wie ich vor ein paar Jahren in Prag war. Die Touristen strömen die Nerudagasse zur Burg hinauf, eine malerische Straße mit hübschen Bildern über den alten Haustüren, zwei Sonnen, drei Geigen, ein grüner Hummer. Diese Bilder haben den Häusern ihre Namen gegeben. Erst die Habsburger haben Prags Häuser durchnummeriert, im Geist der Aufklärung haben sie alles geordnet und klassifiziert, und vor allem konnten sie so leichter Steuern eintreiben und Soldaten rekrutieren, und die Judenhäuser haben römische Ziffern gekriegt. Da hat also das Zeitalter der Hausnummern begonnen. Und jetzt geht es zu Ende, die Hausnummern verblassen und verschwinden. Sicher entstehen neue Ordnungssysteme. Aber die sind nicht mehr numerisch, die Städte werden wieder zu Ansammlungen von Bildern.» «Deine Geschichte gerät wieder zu einer Theorie. Warst du mit Susanne in Prag? Aber das geht mich nichts an. Weißt du, dass es in Tokio bis heute keine Hausnummern gibt? Und auch, hat mir, als ich in Tokio war, ein Tokioter erzählt, in Seoul nicht und in Addis Abeba nicht (in Addis Abeba werden sie allerdings gerade eingeführt, damit die Wasser- und Strom- und Gaswerke ihre Rechnungen per Post verschicken können). Aber unsere Stadt, August! Unser skurriles, abweichendes Zählsystem: Ich wohne im Haus Nummer 54, und gegenüber ist die Nummer 3, auf einer Straßenseite laufen die Zahlen vor, auf der anderen zurück; unsinnig und verwirrend ist das, sehr schön. Und im Fahrradladen? Hast du deine Hausnummer richtig geraten?» «Ja. Macht das die Geschichte witzlos? Übrigens war ich wirklich mit Susanne in Prag. Sie hat gefragt: Warum mussten erst die Habsburger kommen, um den Häusern Nummern zu geben? Die Idee liegt doch nahe.» «Sie ist eben klug. Ich würde sie gern einmal kennenlernen. Kommt sie mal wieder in die Stadt?»

«Und deine Geschichte», sagt August.

«Ich habe eine, die ein bisschen zu deiner passt. Hör zu! Vor ein paar Jahren, als ich und Salome noch in der alten Wohnung wohnten, Pit war noch nicht geboren, hat mein Großvater uns besucht. Wir haben ihn vom Busbahnhof abgeholt, und schon auf dem Weg in die Wohnung hat er immerzu den Kopf geschüttelt und sich umgesehen. Und als wir an der Haustür standen, sagte er: Ich bin schon einmal hier gewesen. Ich erkenne jede Ecke, jedes Haus, jede Tür. Ich war jünger als du, fast noch ein Kind. Aber ich bin nicht so ungehindert herumgelaufen, wie wir es jetzt tun. Ich habe mich von Straßenecke zu Straßenecke bewegt. Von Haus zu Haus. Meter für Meter. Und immer wieder zurück, zwei Meter vor, anderthalb zurück. – Und dann hat er zwei Wochen nur die Wohnhäuser in meinem Viertel besichtigt. Er ist den ganzen Tag durch die Straßen gegangen und hat die Fassaden angeschaut und sich gefragt, welches Loch stammt von einem Schuss und welches hat bloß eine Assel reingefressen.» «Im Grunde», sagt August, «gefällt mir die Idee, in einer Stadt nur Fassaden von Wohnhäusern zu besichtigen.» «Das kann ich mir denken», lacht Manja, «denn das passt besser zu dir, als dich im Touristengelee auf den Hradschin zu wälzen. Du bist eben ein Irrläufer. Weißt du, was ich finde? Eigentlich würdest du ins neunzehnte Jahrhundert gehören, vielleicht in noch ältere Zeiten, aber Pech, du hast dich ins einundzwanzigste Jahrhundert verlaufen, und hier bist du falsch. Heutzutage ist man nicht melancholisch, sondern an Depression erkrankt. Ich habe aber ein Herz für irrlichternde Tippelmönche.»

Sie gehen ins Wohnzimmer, wo blaues Licht sie empfängt, es fließt über Wände und Decke und einen wackligen Schrank mit Kunstbänden, zerlesenen russischen Taschenbüchern und vielen CDs. Yuu sui en, denkt August, während er auf die beiden in sich versunkenen Kinder schaut. Salome lackiert sich im Schein einer Leselampe die Fingernägel, Pit schichtet einen Turm aus Holzbauklötzen auf und singt dabei leise: «Ich gaue mir ein Gasperhaus.» Auf Zehenspitzen stehend, setzt er vorsichtig den letzten Klotz obenauf, dann beginnt er heftig zu pusten, sein Gesicht läuft rot an, Spucke sprüht aufs Holz, und der Turm kippt mit Karacho um. «Fluch!», brüllt Salome, der das Pinselchen verrutscht ist. Pit johlt und beginnt, im Kreis durchs Zimmer zu rennen, Salome hinterher, und Pit quiekt vor Freude. «Vorsicht!», ruft Salome, und Pit schlägt einen hektischen Haken um den Geigenkasten, der am Regal lehnt (auf dem Geigenkasten liegt ja Staub, eine ganze Schicht Staub), so geht es jetzt im Kreis, und immer wenn Pit ans Regal kommt, ruft Salome: «Vorsicht!», und Pit weicht aus und rennt weiter.

August und Manja stellen sich ans Fenster und schauen hinaus. Es ist noch nicht so spät, wie es dunkel ist, es hat sich bloß zugezogen; über den Dächern sausen Mauersegler und stoßen ihre spitzen Schreie aus. Auf der anderen Straßenseite, vor dem Haus Nummer 3, wartet ein Krankenwagen, mit stumm kreisendem Blaulicht. Die Haustür steht offen, daneben drehen sich zwei Plastikwindräder auf dem Kundenstopper eines Reisebüros. Junge Männer lungern um den Krankenwagen und warten auf Geschehen, ihre

Köpfe wirken fast violett: schaulustiges Lebensverdämmern, denkt August, werden sie, wenn aus dem Haus jemand herausgebracht wird, sich selbst auf der Trage entdecken? Wird ihnen nicht schwindlig im Blaulicht? Er erinnert sich an die Glotzer im Park. In der Zeitung hat später gestanden, dass es sich bei der ausgegrabenen Mumie um die Leiche einer jungen Frau handele, die vor mehreren Jahren erwürgt worden sei, eine schon lange vermisste vierfache Mutter, von der man die ganze Zeit dachte, sie sei davongelaufen; ihr Mann habe sie trotz der Entstellung gleich erkannt, der Gentest habe ihn bestätigt. «Ich gucke gern aus dem Fenster», unterbricht Manja Augusts Gedanken, «und neulich habe ich hier etwas Schönes gesehen: Ein Junge mit einem großen Schulranzen hat die Windräder vor dem Reisebüro betrachtet. Immer wieder hat er zwischen den Thailand- und Ägyptenplakaten hindurch ins Büro geschielt. Dann ist er mutlos weggegangen. Aber nach ein paar Schritten ist er umgedreht und zurückgekommen. Wieder hat er die Windräder angeguckt, wieder ins Reisebüro geschaut, wieder ist er weggegangen, und wieder zurückgekommen. Und dann hat er die beiden Windräder aus dem Aufsteller herausgezogen und mitgenommen. Er hat die Arme zu den Seiten gestreckt und die Räder in den Wind gehalten. Dabei ist er ganz normal gegangen, nicht gerannt, nur ein paarmal umgedreht hat er sich und geguckt, ob jemand ihm nachkäme; aber niemand kam. Was für ein schönes Bild das war, der Junge, der im Gehen die Räder in den Wind hält.» «Jetzt haben sie neue Windräder aufgesteckt», sagt August, und Manja antwortet: «Ich könnte mir denken, dass sie den Jungen vor ihrer Tür längst bemerkt hatten. Aber sie haben ihn die Windräder einfach mitnehmen lassen.» «Vielleicht. Also!», sagt August und zieht ein Programmheft aus der Tasche. Manja schlägt ihren Taschenkalender auf und streicht die vergangene Woche durch. August kennt das schon, trotzdem macht es ihn sprachlos, wie ungerührt Manja die abgelaufenen Tage in ihrem Kalender ausstreicht; sie wirkt fröhlich dabei, zumindest nicht verzweifelt, aber August muss an eine Gefangene denken, die Striche an ihre Zellenwand macht. Manja schaut ihn erwartungsvoll an, er sagt: «Natürlich, jetzt ist ja Sommerpause … also im September … Wie wär's mit dem Holländer? Aida, oder Wozzeck? Oder von mir aus Rosenkavalier, es gibt nichts Schöneres für Frauenstimmen als Strauss.» «Die Zeit im Grund, die ändert doch nichts an den Sachen, nicht wahr, August? und zwischen dir und mir, da fließt sie wieder, lautlos, wie eine Sanduhr … August, du Trauerkloß! Wenn man dich schon mal in die Oper bekommt! Ich möchte lieber etwas Tragisches, nichts Trauriges. Gibt es Puccini?» «Erst im Oktober.» «Gunnel!», ruft Pit, und August stellt sich breitbeinig hin, sodass Pit unter ihm durchrennen kann.

«Warst du als Kind auch immer bekümmert», fragt Manja später, mit gedämpfter Stimme, «wenn du am nächsten Tag Geburtstag hattest? Weil du schon vorher wusstest, dass der Geburtstag so schnell wieder vorbei sein würde und dass du, je näher der Abend käme, desto trauriger sein würdest?» August liegt auf dem Sofa, Manja sitzt auf dem Boden und baut einen Palast aus Pits Klötzen; aus dem Kinderzimmer, das dunkel hinter der spaltbreit geöffneten Tür liegt, kommt kein Mucks mehr. «Und wenn der Abend dann da war und der Geburtstag vorbei, habe ich mir immer gewünscht, es gäbe überhaupt keine Geburtstage.» Sie kneift die Augen zusammen und schaut August an. «Jahrelang hatte ich dieses Gefühl vergessen. Aber jetzt, wo ich Kinder habe, ist es zurückgekehrt. Pit kennt es noch nicht, und Salome lernt es erst allmählich. Also bin ich diejenige, die an den Kindergeburtstagen erlebt, wie das Glück trübe wird, und schließlich die Traurigkeit, dass der Geburtstag meines Kindes vorübergeht. Dann lasse ich die Luftballons an der Wand und die Girlanden über der Balkontür noch tagelang hängen; bis ich mir einbilde, sie sind verwelkt, wie Blumen.» «Das ist aber traurig», murmelt August. Dabei denkt er, schon halb umnebelt, seltsam klar, *ich* habe keine Angst. «Aber auch ziemlich lächerlich, nicht?», hört er Manjas Stimme, «schau, wie prächtig mein Palast ist, und hör nicht auf mein Gefasel. Ich verderbe dir deinen Geburtstag ja schon im Voraus. Dabei hast du morgen viel zu tun. Ich werde übrigens kommen und mir alles ansehen, den Stand mach ich einfach dicht.» Nein, ich habe keine Angst, denkt August, und es ist auch nicht lächerlich, es ist schön zu denken, wenn ich gestorben sein werde, wird alles weitergehen; das ist ja sogar irrsinnig komisch, und er kichert, wie alt wirst du eigentlich, kommt es wie durch eine Wand, von weit weg – August schläfst du

Heute ausgerechnet nieselt es; und ausgerechnet heute, am schummrigsten Tag seit Wochen, sieht August klar, er ist auf den Punkt präsent. Nur kurz nach dem Aufwachen, wenige Minuten, hat er sich betäubt gefühlt vom ungewohnt langen Schlafen. Manja war da schon mit den Kindern auf dem Sprung, auf dem Küchentisch standen Kaffee und ein Küchlein. Jetzt blickt er hellwach durch die tropfenverhangenen Straßenbahnfenster, meint aus der fahrenden Straßenbahn die winzigsten Plättchen im Boden zu erkennen; ihm ist, als befände er als einziger Mensch sich nicht unter der Dunstglocke, die feucht über der Stadt hängt. Die Straße ist verstopft, der Stau hupt, achtlose Autos stehen der Straßenbahn im Weg und werden mit Geklingel verscheucht. August denkt, alles ist diesig, während ihm klar ist; wieder also ist sein Zustand inkongruent zur Welt. Das Handy in seiner Hosentasche vibriert, er zieht es heraus, eine Nummer aus London. Die Tram bremst scharf, einige Fahrgäste fallen fast hin, eine Frau bekommt einen Schulranzen in die Nieren. August steckt das Handy wieder ein und schaut nach vorn: Die Bahn ist auf einer nassen Kreuzung stehen geblieben, blockiert von einem abgeschabten Lieferwagen, «das hätte fast gekracht». Im Lieferwagen kurbelt ein älterer Araber das Fenster runter, neben ihm sitzt eine bis auf den Augenschlitz schwarzverschleierte Frau. Der Araber und der Straßenbahnfahrer beschimpfen sich. Schließlich gibt der Araber nach, schließt das Fenster und setzt den Lieferwagen zurück. Die Frau unter dem Schleier scheint zu keifen, aber durch die Scheiben ist nichts zu hören, und ihre Mimik ist verborgen, der Mund bedeckt, nur das Stück Tuch darüber wackelt, sodass es aussieht, als klappte die ganze untere Gesichtshälfte der Frau stumm rauf und runter. Ein Fahrgast brummt dem Auto böse Wünsche nach. August schaut auf die Uhr, um acht ist er mit Gundel G. Avenarius verabredet.

Die Mall bebt, die Mall platzt aus den Nähten; doch statt zu bersten, zieht sich ihr Innenleben zur Mitte hin zusammen, aus sieben Gängen drängt alles zum Weißen Berg. Obwohl, denkt August, der von oben kommt, die Menschen drängeln, schieben, zwängen, stehen sie auf der Rolltreppe still, wie ausgeschaltet. August will so schnell wie möglich auf den Großen Marktplatz zurück, aber er ist eingezwängt in die erstarrt hinabrollende Menge. Eine Frau hat ihren Kinderwagen in die Rücken der unter ihr Rollenden gekeilt, sodass er nicht hinabsausen kann; das Baby zeigt mit dem Kopf nach unten. Augusts Handy vibriert wieder. Er schaut zum Obergeschoss: Rundum hängen Menschentrauben auf der Galerie, einige Zuschauer stehen auf den Tischen des Ponte dei Sospiri, zwischen den Füßen große Eisbecher; direkt an der Umrandung, über dem Abgrund, trägt ein Mann ein Kleinkind auf den Schultern (da müsste wer vom Wachschutz hin). Unten strömen noch immer die Menschen aus den Boulevards Istiklal Caddesi, Kärntner Straße, Via Condotti, Champs-Élysées, La Rambla, Oxford Street, 5th Avenue auf den heillos überfüllten Marktplatz. Am Technikpult, erhöht und abseits, wartet mit angespanntem Ausdruck Gundel G. Avenarius. In der Ehrenlounge steht Xerxes im Gespräch mit dem Bezirksbürgermeister, der schon am Vormittag im Boulevard Kärntner Straße die neue Dauerausstellung über das Lustschlösschen eröffnet hat: damals außerhalb der Stadt, vom Kurfürsten für seine Geliebte gebaut, im Krieg von einer Bombe beschädigt, später restlos abgetragen, nur der Name ist geblieben, und seit heute fünf Stellwände mit Jahreszahlen und Schwarz-Weiß-Fotografien von Fassaden, Nymphen und Faunen. Im Pressebereich bekommen Journalisten von Hostessen Häppchen gereicht, schnell sind die silbernen Tabletts geleert; die Mall, die in den lokalen Zeitungen Anzeigen schaltet und einmal im Monat LustschlösschenCenter Aktuell beilegt, hat auch den heutigen Event groß annonciert. So viele Menschen! Aber ist das eine Überraschung? Gerade jetzt der Wetterumschwung, hat die Praktikantin morgens gesagt, ein Glück für uns, die Leute werden vor dem Regen hier reinflüchten. August hat nur gelächelt, er weiß, dass es für die Mall kein ungünstiges Wetter gibt: Das Wetter in der Mall ist immer besser. Aber wo steckt Peggy Fleck? Sicher irgendwo hinter dem Weißen Berg. Langsam, langsam rollt die Treppe hinunter. August denkt daran, was Peggy ihm heute früh, unter vier Augen, gesagt hat: Alles Liebe zum Geburtstag, August, aber (da fing sie an zu flüstern) pass auf in nächster Zeit; deine Performance zuckt, man ist aufmerksam auf dich geworden, du hast den Schatten verlassen; Xerxes hat eh einen Narren an dir gefressen, aber jetzt ist dein Ruf bis in die Zentrale gedrungen. Und dann hat sie wieder ihre Philosophie ausgebreitet: unsichtbar bleiben, unter Radar fliegen, dann werde man auch nicht abgeschossen. Ausgerechnet du sagst das, Peggy, hat August gefragt, Xerxes' Assistentin? Natürlich, hat sie geantwortet, am besten verborgen ist man im toten Winkel, und der ist nicht in der größten Entfernung, sondern nah, sehr nah beim Fahrer, im Herzen des Orkans herrscht Stille. Und dein Auftritt nachher, Peggy? Da hat Peggy sich auf die Zehenspitzen gestellt und August ins Ohr gewispert: Der unsichtbarste Mensch ist die Animöse, die Wichsvorlage der ganzen Welt. Das hätte August aus Peggys Mund nicht erwartet. Es ist aber nicht diese kleine Obszönität gewesen, die ihn hat stocken lassen, sondern der flüchtige Gedanke: Könnte Peggy Fleck august kreutzer sein? Das wäre ein Ding. Die Rolltreppe ebnet sich ein und verschwindet, die Menschenmenge löst sich aus ihrer Erstarrung, wieder beginnt das Drängen, der Kampf um gute Sicht. August murmelt Entschuldigungen, er gehöre zur Organisation, die meisten weichen da zur Seite, nur ein älterer Mann versucht, ihn mit einer Plastiktüte zu schlagen.

Endlich ist August zu Gundel G. Avenarius aufs Technikpodium gelangt. Gundel rotiert, ruft: «That's incredible!», und wirft ihr Haar in den Nacken, ihr schwerer Schmuck klappert, sie wendet sich August zu: «Ich habe den Trevibrunnen in Mexico-Ciddy gebaut und ein halbes Dutzend Mal in North America, in zwei Golfstaaten und in Moskau und Riga und Bukarest, aber so einen Ansturm habe ich noch nie erlebt.» «Das heißt», sagt August, «Sie haben gute Perspektiven im alten Europa.» Gundel lacht: «Europa ist nur ein vermicular appendix, don't take it personally. Fangen wir an?» August gibt Xerxes, der immer noch mit dem Bezirksbürgermeister spricht, ein Zeichen, Gundel nickt dem Chef der Technik zu, der greift in die Regler, und ein bassgesättigter Ton schwillt an und füllt den Raum. In der Zuschauermenge kehrt Ruhe ein, Köpfe werden gereckt. Ein roter Schein leuchtet auf, illuminiert den Weißen Berg in der Mitte des Marktplatzes, man sieht nun, im Lichtspiel, ganz deutlich, dass er atmet, wabert, als unterdrückte er eine gewaltige Anspannung. Doch da, mit einem Schlag, setzen Musik und Lichtspiel aus, das Tageslicht ist wieder da, Xerxes erhebt sich und springt leichtfüßig, drei Stufen pro Schritt, auf die Bühne. Nun ist es still. Nur etwas Schniefen und Husten, ein einzelnes Niesen hört man aus der Menge (die Kolleginnen aus dem Center-Management). August ist etwas bange, er weiß, dass Xerxes seine Ansprachen gern improvisiert.

«Außergewöhnliches schöpfen – Herzen bereichern!», beginnt Xerxes ins kabellose Mikro zu sprechen und skizziert den langen Weg von der Idee zur Tat: «Das Wort *Vision* beginnt mit dem Wörtchen *wie.*» Ein paar Journalisten kauen noch, einer lässt sich Sekt nachschenken, ein anderer macht sich Notizen auf der Pressemappe. In der Ehrenlounge lächelt der Bezirksbürgermeister. August fragt sich, was der gerade denkt; natürlich ist er den Weg gegangen, den die Künstlichen Paradiese für ihn bereitet hatten, die Entwicklungsvereinbarung war vorformuliert, selbst die Modifizierungen schon eingeplant, und als er trotzdem gezögert hat, die Opposition saß ihm im Nacken, wurde ihm die Entscheidung mit einem Expertengutachten erleichtert, die Kommune musste es nicht einmal bezahlen. Und schließlich, hat er die Wahl gehabt? Seine alte Einkaufsstraße war ein hoffnungsloser Fall, zwischen den Kommunen herrscht Wettrüsten, alle Nachbarbezirke hatten ja schon ihre Mall, da hat sich ihm die Möglichkeit geboten, sie zu übertrumpfen, mit der größten Mall der Stadt, allein die Gewerbesteuer, was für ein win-win (als die Mall fertig war, hat er allerdings versteinert geguckt, sie wirkte viel größer als auf dem Flächenplan). August ist, während er den Bezirksbürgermeister angesehen hat, nur mit halbem Ohr der Rede gefolgt; jetzt bemerkt er mit Unruhe, dass Xerxes ins Schwafeln kommt: «Noch liegt sie hinter mir, verborgen unter weißem *Welten-Laken*: la Fontana di Trevi! und ist doch *unser* Schiff des Kolumbus», denn wenn man sich das vorstelle, *bildlich* vorstelle, eine Mall – nein, nicht *eine* Mall, sondern *die* Mall, die größte – *seinerzeit* größte Mall der Welt – Edmonton, Alberta: *Die* setze dem Entdecker eines Kontinents ein Denkmal, in eins zu eins, im mehr oder weniger ewigen Eis, des Kontinents übrigens, auf dem sie, die seinerzeit größte Mall, liege ... das könne man wohl einen inspirierenden Gedanken nennen! Und könne man nicht auch sagen, was die Santa Maria für Amerika, sei der Trevibrunnen für ein zusammenwachsendes Europa ... August spürt Feuchtigkeit auf seiner Oberlippe, Schweiß im Hemdkragen. Im Publikum beginnt sich Unmut zu regen. Und Xerxes stockt jetzt, schweigt sekundenweise. Wird die Situation kippen? Da unterbricht Xerxes die nervöse Stille mit einem kraftvollen Händeklatschen: «Und so schließe ich: Viva la vita – la *dolce* vita! – und bitte unseren geschätzten Herrn Bezirksbürgermeister auf die Bühne.» Murren im Publikum, als der Politiker, nur eine Stufe pro Schritt nehmend, auf die Bühne kommt. Doch mit einem ironischen Lächeln gewinnt der Bürgermeister die Leute für sich: «Ich danke dem Center-Manager für seine salbungsvollen Worte.» Er wolle sich kurz fassen. Man habe vor der Aufgabe gestanden, urbane Qualitäten zu steigern und der Stadtkultur auf die Beine zu helfen. Beides sei in beeindruckender Weise gelungen. Hervorzuheben seien auch die vielfältigen Aktivitäten der Stiftung Vitale Stadt, für die das Center sich in besonderer Weise engagiere. Die Schaffung und Erhaltung von Urbanität blieben auch in Zukunft eine Herausforderung, für die man indes gut aufgestellt sei. Jetzt aber wolle man unbeschwert feiern, «und so wünsche ich uns allen ein schönes Fest». Der Beifall versinkt im erneuten Anschwellen des vibrierenden Basstons, der Marktplatz verdunkelt sich. In der Höhe klingen blendende Segmente berühmter Musik auf, Zarathustras Fanfaren, die Hörner aus Tschaikowskys Klavierkonzert, der ägyptische Triumphmarsch; und zu jedem Modul wandert spannungsvoll ein Lichtkegel übers weiße Wabern, gelb, blau und rot. Ob das nicht etwas massiv sei, etwas bombastisch, hat August Gundel gefragt, nachdem sie ihm eine Präsentation der Show gegeben hatte; nein, der Ablauf sei vielfach bewährt, die Show habe Kanadier wie Beduinen, Russen wie Rumänen begeistert, nur die Sache mit Peggy sei eine Abweichung vom Standard, ein Experiment, aber Peggy habe das durchgedrückt, und es werde sicher großartig. Streicher, Frieda, wo kommst du her, und flächig ergießt sich warmes Licht über den Berg, wo gehst du hin, wann kommst du wieder; der Berg ist nun ein gigantisches Wabern, Frieda, zahllose Lichtkegel kreisen entgrenzt, und unter dem Tuchsaum dringen dünne Dampfschwaden hervor, Lasersäulen richten sich auf, Tannhäuserposaunen. August schielt Gundel an, ihr Schmuck klirrt, ihr eigenes Zauberwerk entzückt sie, ihre Augen leuchten vor Freude darüber, wie alles gelingt. Weiß sie denn nicht, dass sie einmal sterben wird? Da wird das Tuch von unsichtbaren Kräften in die Lüfte gezogen, und – doch noch immer kommt nicht das Bauwerk zum Vorschein, nur eine dichte Wolke weißen Dampfs. Wieder illuminieren Scheinwerfer die Schwaden, in sirrenden und zuckenden Spektralfarben. Erst allmählich scheint der Dampf zu begreifen, dass das Tuch gelüftet, dass seine Begrenzung aufgehoben ist, und die Wolke gerät in freiere Bewegung, löst sich zu den Seiten – es ist, als spritzte Gischt, als zerstöbe der Sprühnebel eines Wasserfalls –, und von unsichtbarer Hand gelenkt, öffnet sich in der Mitte des Dunstes ein Loch: Auf tritt ein feuriges Ross über Felsen, von einem Nackten nur mühsam im Zaum gehalten, und da zur Rechten ein weiteres Pferd, ein zweiter Nackter greift ihm in die Mähne und sich in den Bart, und in der Mitte über den beiden, als Spitze einer Dreiecksfigur, ein muskelbepackter Zausel, die Scham von wild wehendem Stoff bedeckt, Kraftprotz im rossgezogenen Muschelwagen: Neptunus, Gott des fließenden Wassers! Ein dynamischer Auftritt, alles scheint in Bewegung, Nebelwabern, Lichterzucken, Walkürenritt, ein paar Zuschauer sind zurückgezuckt und haben die Köpfe eingezogen, bis sie die Illusion begreifen; dann erst, als noch mehr Wassernebel zerstiebt, ergießt sich aus dem Dreieck die wahre Hauptfigur: das Wasser, und fließt über die Ränder sich ausbreitender Schalen in ein weites Bassin. Der Brunnen ist enthüllt. Das Licht beruhigt sich. Die Musik fließt, wie das Wasser ins Becken, in einen gemächlichen Takt. Applaus brandet auf. Doch – was? War der Schluss nur Schein? Die Musik gleitet hinüber in einen heiter-nostalgischen Bossanova, und am Rand, aus den letzten Resten des Nebels, materialisiert sich eine weißumhüllte Gestalt, wie Gott und Tritonen scheint auch sie zu atmen, zu fließen, sich zu drehen, ja zu tanzen – und wirklich, diesmal ist es keine Täuschung, der erste Schleier fällt, es ist wirklich ein Tänzer – eine Tänzerin – es ist Peggy Fleck! Wasserfunken sprühen jetzt in allen Farben, im Kunstlicht ersteht ein Regenbogen. Wieder Applaus. Peggy dreht sich im Kreis, nun wird klar: Auch ihr weißes Kleid ist nur Schein, es ist drapiert aus einer Vielzahl von dünnen Schleiern. Daa-damdam, dudelt der Bossanova. Weitere Schleier fallen. Und nur noch leicht umhüllt, taucht Peggy ins Wasser ein, und wieder auf, mit nassem Haar, ihr Kleid ist nun durchsichtig, der Stoff nur mehr ein feuchter Hauch, der den Formen ihres Leibes folgt. Peggys Weichheit, ihre Rundungen wirken als laszives Opfer, das sich dem Gottzausel darbietet. Nun fällt auch der letzte Schleier, die Musik ist aus, das Licht hält still, richtet sich nur auf Peggy, und da steht sie vor tausend Augen in unberührbarer Nacktheit, verborgen im Licht des künstlichen Mezzogiorno, künstlich auch sie: die Skulptur einer splitternackten Schönheit – bis sie keck ins Publikum plinkert und mit einem Hechtsprung durch den Wasserfall ins Backstage entschwindet. «Brava!», donnert ein Ruf von der Galerie herab, tosender Beifall bricht los.

Unbemerkt haben vier Italopopper die Bühne betreten und beginnen ihr Programm:

Si-si-si-
siamo arrivati alla
strada! Fa-fa-fa-
cciamo, cciamo, cciamo una
festa! Tu-tu-tu-
tutti insieme!

Die Ehrengäste stehen auf, die Menge setzt sich in Bewegung, ein gelassenes Hin und Her. Die Ersten werfen schon Münzen in den Brunnen (sie werden in die Mall zurückkehren). An verschiedenen Ecken des Marktplatzes zeigen Straßenartisten und Jongleure ihre Künste. «Ich glaube», sagt Gundel lachend zu August, «ich mach Peggy zum Standard.» In der Menge entdeckt August Manja, sie winkt ihm zu und macht ihm Zeichen (alles Gute? später auf einen Kaffee?). Er aber würde jetzt gern vor sich hin gehen, mit seinen Schritten Triolen auf den Viervierteltakt der Musik legen. Er hat das Bedürfnis nach Ruhe. Jetzt muss er noch dies und das erledigen, sich bedanken, Hände schütteln, Glückwünsche empfangen, aber danach zieht es ihn unweigerlich

in die Unterwelt hinab. Der Fahrstuhl öffnet sich und entlässt August in die Ebene U7, die unterste Parketage. Diese Garage ist nicht düster, sondern ein heller, bergender Raum. *Garons nos clients!*, lautet das Motto des nächsten European Parking Congress in Paris, zu dem August vorhin die Einladung erhalten hat, auf Empfehlung von Xerxes, Teilnehmer am letzten Kongress in Spanien. Die Erklärung von Madrid sei im Parkhaus des neuen LustschlösschenCenters schon antizipiert, hat Xerxes damals vorgetragen: Wir bauen Parkebenen, keine Bunker, Parken darf Spaß machen. Jede Parkebene hat ihre eigene Farbe, U5 rot, U6 gelb, U7 blau, urbaner Glanz auch unterirdisch, die schrägen Stellplätze sind flexibel aufteilbar, die Hallen frei von Stützen, die Kassenautomaten geben bei Überzahlung auch Scheine raus statt Münzenregen. Eine Frau füllt den Kofferraum ihres Kombis mit großen, reißfesten Papiertüten aus dem Biosupermarkt, ihr Kind klettert auf den Einkaufswagen und wieder herunter, wieder und wieder, neidisch sieht August dem Eifrigen zu. Nach einer Weile guckt die Mutter August an, der befürchtet, sich verdächtig gemacht zu haben, doch die Mutter lächelt ihn an, in dieser Tiefgarage haben Frauen keine Angst. August geht weiter und genießt den Frieden der blauen Halle. Da vibriert es wieder in seiner Hosentasche, auch hier unten ist der Handyempfang perfekt. Auf dem Weg zu den Lifts sucht August vergeblich seinen Schatten, das Parkhaus ist, ohne zu blenden, vollkommen ausgeleuchtet.

Am tiefsten, noch unter den Parkebenen, liegt der Versorgungstrakt. Aus einem Tunnel kommt eine

Verkäuferin mit einem Rollkarren voll Strings, ein hoher bunter Berg. Sie beeilt sich, damit der Fahrstuhl ihr nicht wegfährt; im Vorbeihasten wirft sie August einen knappen Gruß zu, der Stringberg droht zu kippen. Aus der Tiefe des Tunnels kommen schon weitere Waren, dort hinten nähert sich ein Leiterwagen mit Paletten. Hier unten geht alles seinen Gang, geschäftig und behutsam zugleich, ist auch seinen Gang gegangen, während oben Spektakel war. August spaziert nicht in den Anlieferungskorridor, sondern in einen anderen Flur. Der Weg knickt immer wieder ab, führt geradeaus, dann erneut um die Ecke. Kein Magnet oder Anker liegt am Ende jedes Weges, hier muss man wissen, wohin man will. Erst wenn man wieder ankommt, wo man schon war, erkennt man, dass die Flure windungsreich ein unsichtbares Zentrum umkreisen. August geht einfach weiter. Der Flur führt an kleinen beschrifteten Türen vorbei, *Betriebsraum* und *Heizung 2*, es gibt Nebenkammern, dunkle Winkel, Abzweigungen; Rohre und Leitungen tauchen aus dem Beton auf und verschwinden irgendwo in der Wand. August verliert sich, er genießt die Stille, die verstärkt wird vom Sirren der Lüftungsschächte und Heizungsrohre, ein Grundgeräusch wie singende Luft. Früher hat er, wenn er hier unten rumgegangen ist, auf seinem iPod Bachkantaten oder *Catalogue d'Oiseaux* von Messiaen gehört, um den Raum zu verfremden; aber dieses Spiel hat seinen Reiz schnell verloren, die Mall ist ja überall beschallt, die Geräusche von Rolltreppen und Lüftungen werden überall übertönt und von Klangtapeten verdeckt. Nur hier unten ist alles nackt und kahl und sachlich, nur hier sind die Betriebsgeräusche der Mall wahrnehmbar.

Am lautesten ist die Stille im Zentrum der Unterwelt, das August schließlich betritt: Ein unablässiges heftiges Brummen erfüllt den Raum. Was ist das eigentlich? Lüftungsanlagen, Müllpressen, die Dehydrierungsmaschine? August steht am Rand und guckt in die weite Halle. Zwischen den Betonsäulen werden Müllcontainer von Elektrofahrzeugen hin und her transportiert. Ein Verkäufer öffnet mit einer Chipkarte die Klappe eines Containers, wirft Plastiksäcke hinein und wartet auf seinen Beleg. In einer Senke stehen drei Lastwagen und einige PKWs. Dass das Entsorgungspersonal hier parkt, kann man verstehen, der scharlachrote Sportwagen allerdings gehört Xerxes: Er hat die Marotte, seinen Flitzer nicht im Parkhaus, sondern im Entsorgungszentrum abzustellen; vielleicht tankt er hier morgens Kraft, in einem Trakt, der in den kommenden Stunden sechzehn Tonnen Müll verdauen wird, Recyclingquote siebzig Prozent, anvisiert sind neunzig. August und Xerxes kommen beide gern hierher, das verbindet sie, August allerdings putscht die Halle nicht auf, ihn beruhigt sie. Er mag vor allem die Gestalten, die man hier sieht, den Sortierer etwa, einen nicht überempfindlichen Afrikaner, der Knochen, Pappteller und Plastikgabeln aus den Speiseresten fischt; erst wenn diese Arbeit erledigt ist, kann man ihnen die Flüssigkeit austreiben, um sie in poröse Flocken zu verwandeln, Grundstoff für nützliches Biogas. Oder den Rampenmeister, der, Pott in der Hand, einen Müllwagen einweist: ein bulliger Mann, sein Ohrläppchen ist in die schlabbrige Wange verwachsen, sodass ihm, wie eine Lefze, eine einzige lange Hautfalte vom Ohr bis zum Hals reicht, die sacht mitschwingt, wenn er am Kaffee nippt. Ein Papiercontainer wird hochgehoben und in einen Laster entleert. Sein eigener Körper erscheint August mickrig und dürr. Er öffnet das Jackett, einen Hemdknopf auf Nabelhöhe, zieht das Unterhemd hoch und legt die Hand auf seinen Bauch, drückt mit dem Finger hinein, betastet dann Brustkorb und Rippen: Seltsam, dass da Fleisch dran ist. Bei diesem Gedanken muss er lächeln (ein leichtes Ziehen ist in den Wangen, wenn man lächelt, die weichen Wangen werden sich als Erstes auflösen). Er schaut auf die Uhr, gleich ist er verabredet, er nimmt eine Ritalin und geht zurück zum Aufzug.

Leise Musik schwebt durch den Raum, eine sentimentale Violine, begleitet vom Summen einer zweiten, einer Viola, traurig nickend der Continuo, Harfenzupfer wie sanfte Tropfen auf dem fließenden Larghetto. Rappelvoll ist das Divertimento heute Mittag. In der etwas abgelegenen Nische zwischen Tresen und Fenster, vor sich grünen Tee und Kohlrabi-Carpaccio, sitzt Xerxes, er schaut nicht in sein aufgeklapptes Notebook, in dem es Pling macht, und wieder Pling, sondern stiert durch randlose Brille und Schaufenster hinaus auf den Gang; gedrungen wirkt er, denkt August, wird er nicht gleich platzen? Die Melodie, ein langes, sich hinabsenkendes Ausatmen, zwei aufsteigende Töne, ein kurzes Aufschwingen sogar – nur ein Luftholen –, um noch einen Seufzer auszustoßen, eine unendliche Folge von Seufzern, und dann schwebt aus der Höhe der hypnotische Klang eines Countertenors: *Ooooommm---*

August zwängt sich, in einer Hand Calamari-Salat, in der andern Caffè Nero, zu Xerxes in die Nische. Innerlich noch in der Unterwelt, hat er das Gefühl, aus einer Sphäre der Geborgenheit und des gleichmäßigen Tätigseins auf eine weite, windige Ebene gestellt zu sein, wo man Entscheidungen von ihm verlangt. Xerxes scheint ihn nicht wahrzunehmen. «Und», sagt August, um sich bemerkbar zu machen, «Peggy? Nicht schlecht, was?»

... bra mai fù ...

«Was», murmelt Xerxes, ohne August anzusehen, «das – ja – ja, finde auch ... aber schauen Sie mal *das da*», und er deutet auf die Scheibe: Im Gedränge des Gangs stehen eine Frau und ein Kleinkind und essen Schokoladeneis. «Bei diesem Anblick durchströmt mich *wütendes Mitleid*», stößt er leise hervor, August fürchtet, er kippt gleich mit dem Gesicht ins Carpaccio; aber Xerxes, den Blick langsam auf August richtend, sagt: «Überhaupt geboren zu sein, Herr Kreutzer – denken Sie das! Es ist ja eine Tragödie, und die tragischsten Menschen sind immer die eben erst geborenen. Leben zu müssen – sterben zu müssen –, das ist zu viel für einen *Einzelnen* –» Wieder das Luftholen, *di vegetabile*, und noch höher, *cara ed amabile*, und doch wieder hinabsinkend, und über einen Triller weiter hinab: *soave più*, und von neuem … Xerxes spießt mit der Gabel einen Kohlrabilappen auf, August stochert im Salat, ertrunken im Sepiadressing. Die Stimme wiederholt ihren Text, setzt die Melodie fort –

Xerxes, Meister der Stimmungsumschwünge, unterbricht die Schwermut mit einem Händeklatschen:

«Auguri übrigens, Herr Kreutzer, tanti auguri. Aber jetzt auf ans Essen! Vertrödeln wir nicht die Pause!» Er nimmt einen Schluck vom grünen Tee, wärmt seine Hände an der Porzellantasse und fragt: «Was tun wir denn, Herr Kreutzer? Wippen wir auf ergonomischen Stühlen und vermieten Ladenlokale? Bauen wir Brünnlein, sammeln Kleingeld in seichtem Wasser? Sitzen sentimental im Schatten von Grünzeug, das morgen verdorrt sein wird? *Sitzen wir rum*, frage ich Sie!? Antworten Sie nicht; ich kenne Ihre Antwort. Nein: Wir erzählen eine große Story. Ein Epos von Ohnmacht und Macht. Von Pleitegeiern und himmlischen Heerscharen. Von Untergang und Auferstehung, Agonie und Erlösung, dusk and dawn – kurz, von Tod und neuem Leben! Rinascimento, Herr Kreutzer: Wir stehen am Vorabend eines neuen Zeitalters, herauf dämmert die Schöpfung einer anderen

Einzelhandelswelt. Noch scheinen Chaos und Wirrwarr zu herrschen, auf der Landkarte der Macht tummeln sich Landsknechte, Söldner, tausend Städtchen wie Tortona und *Pisa*: halsstarrig, obwohl sein Hafen längst versandet ist … ja: Die Fußgängerzonen versanden. Die Warenhäuser neigen sich. Die grünen Wiesen verdorren. Aber, Herr Kreutzer, *aber*! Aus dem Tohuwabohu entsteht Neues: Wir erleben eine Renaissance; nein, wir *schaffen* sie. Denn *wir* entmotten den Flickenteppich des Einzelhandels, *wir* entrümpeln das Dickicht – das *eintönige Dickicht* der Städte: Wir stoppen die Monostrukturen, stoppen die Horrormieten, wir mixen Branchen, wir bieten Raum für attraktive Lebensmittler. Denn früher war *Raum* zwischen Gebäuden; heute ist da nur noch *Abstand*. So geben wir den siechenden Häuserhaufen neue Zentren, neue Marktplätze, Rathausplätze, Kirchplätze – wir *reanimieren*. Die Mall ist die Fortsetzung der Stadt mit anderen Mitteln. Aus der Unordnung wird Großes entstehen, Festes: Florenz! Venedig! Genua! Die scheinbaren Wirren unserer Zeit steuern auf ein *Ziel* – auf *ein* Ziel zu: *Die Welt muss Norwegen werden.* Hic Oslo, hic salta, Herr Kreutzer! Wussten Sie, dass es nirgends mehr Mall pro Mensch gibt als im Land der Fjorde?»

Die Tintenfische sind innen noch gefroren. Vor dem inneren Auge sieht August zehnarmige Kopffüßer, die Schädel wie eingeditschte Eier. Soll er sich über die eisigen Tentakel beschweren? Er trinkt vom Kaffee und sagt: «Und wir – was tun wir?»

«Das ist es», flüstert Xerxes. «Ich wusste, dass *Sie* die richtige Frage stellen würden! Wir – wir horchen. Wir horchen hinein. In die Welt, in den Markt, meinen Sie? Nicht nur. Sehen Sie *hier*», mit Schwung greift er in die Innentasche seiner Anzugjacke und zieht ein orangefarbenes Büchlein hervor: «Reclam, Herr Kreutzer! Im Internet gekauft – keine Zeit, in Geschäfte zu latschen. Klassiker im Taschenformat, zweisprachig. Wir lesen und legen aus; versuchen wir aber, nicht voreilig zu sein, nicht wörtlich – nichts *wörtlich, allzu wörtlich* verstehen!» Er schlägt eine mit Eselsohr markierte Seite auf und liest vor: «Perché, Herr Kreutzer, sempre ancora che uno sia fortissimo in sugli eserciti, ha bisogno del favore de' provinciali a intrare in una provincia.» Fragend richtet er den Blick auf August: «Verstehen Sie? Mag wer stark, mag er auch der Stärkste sein durch seine Truppen, er braucht doch die Gunst der Einwohner. Das ist leicht, nicht wahr? Wir – *Sie* handeln stets danach. Sie *kreieren Erlebnisse*. Er-Lebnisse: Sie er-wecken zum Leben. Handelswelten emotionalisieren … nicht Bedürfnisse befriedigen, sondern Wünsche erfüllen … Aber die Niete kann kein Glück schenken, nur der Erfolgreiche.

Der Fürst, lesen wir weiter, muss darauf achten, dass er ganz erfüllt scheint von Milde, Treue, Aufrichtigkeit, Menschlichkeit, Frömmigkeit. Nun gut, denken wir. Aber spitzen wir die Ohren, Herr Kreutzer, denken wir weiter: Was steht hier *nicht*? Sie kommen drauf, nicht wahr? Hier steht nicht: Er soll erfüllt scheinen von Schlä– von *Schläfrigkeit*. Sie verstehen mich, ja?» August ist zusammengezuckt. Xerxes sieht ihn lange, eindringlich an. Dann beugt er sich ein wenig vor und wispert: «Ihre Leistung der letzten Wochen und Monate ist mir, ist *uns* nicht entgangen. Sie haben Aussichten, Herr Kreutzer. Aber übertreiben Sie nicht. Gesundheit ist das Kapital aller Chancen. *Ich* bin ein Naturwunder, *mir* genügen zwei oder drei Stunden Schlaf, oder auch nur Dösen, *minutiöses* Dösen. Aber *Sie*, Herr Kreutzer, sind kein Naturwunder. Also verschwenden Sie nicht Ihr Kapital.

Und hüten Sie sich», jetzt ist Xerxes' Stimme kaum mehr zu hören, «vor falschen Allianzen. Fremde Rüstungen und Waffen fallen dir vom Leib, oder sie erdrücken und erdrosseln dich. Anders ausgedrückt: Wer oder was fischt unter Ihrem Namen im Trüben? … *Rhabarberlappenfotze*, Herr Kreutzer!», drückt er durch die Zähne, jetzt schlägt er bei jedem Wort das orangefarbene Büchlein, den Zeigefinger zwischen die Seiten geschoben, auf den Tisch, dass das Porzellan klirrt: «Hängebauchschwein … Mösentangalecken … Sagen Sie nichts, Herr Kreutzer, ich weiß, dass das nicht *Ihre* Sprache ist. Also! – *wessen* Sprache ist es *dann* …? Antworten Sie nicht – ich weiß, dass Sie nichts wissen. Aber dieser Doppelgänger muss aus der Welt geschafft werden. Ich mache Ihnen folgenden Vorschlag: Ich helfe Ihnen; Mißfelder hilft Ihnen – *Mißfelder zieht den Wolf aus dem Schafspelz.*»

Die Calamari sind aufgegessen, August hat das

gefrorene Innere mit Speichel erwärmt, bis es aufgetaut ist. Xerxes hat ihm schon öfter von seinem Freund Mißfelder erzählt, Internetfahnder beim Bundeskriminalamt; sicher, der könnte helfen. Als Xerxes sagt: «Mißfelder wird sich bei Ihnen melden», hört August nur mit halbem Ohr hin, denn er fragt sich, könnte etwa Xerxes …

Der ist schon aufgesprungen: «Kommen Sie gleich mit ins Büro? Und – gehen Sie heute doch ein bisschen früher.» Gemeinsam verlassen sie das Divertimento. Auf dem Weg zur Rolltreppe weist Xerxes mit unbestimmter Geste in die Menge und raunt August zu: «Wenn man nun denkt, dass alle diese Menschen, die hier sind, eben *hier sind* und *nicht woanders* – also, da laufen einem doch Schauer …», und er beschleunigt den ohnehin schon eiligen Schritt, sein ganzes Wesen drückt jetzt eine beschwingte Stimmung aus.

LustschlösschenCenter *Aktuell* – August

Editorial

Jetzt den Sommer sichern!

Liebe Leserin, lieber Leser,

August, heißer Monat der Cäsaren! Ähren-Monat, Ernte-Mond oder, wie die Germanen sagten, *Ernting*.

Aber! Haben Sie es auch bemerkt? Die Tage werden kürzer. In die Milde eines lauen Sommerabends mischt sich schon leises Frösteln. Am Horizont unserer Tage scheint golden der

Herbst auf, und jenseits der Kimmung wartet die Vorweihnachtszeit.
Sichern Sie sich daher jetzt Ihre individuelle Brise Sommer! Bei uns erwarten Sie diesen Monat mediterrane Erlebniswelten: exklusive Bademode um bis zu 70 Prozent* reduziert, mondäne italienische Designer-Angebote, distinguierte Küchenlösungen in den *Französischen Kochkunst-Passagen*, erlesene Eiswaren in der Genießer-Gelateria *Ponte dei Sospiri*. Und wenn Sie Fernweh haben: Buchen Sie jetzt Ihre persönliche Wohlfühlreise in die Trend-Destination Türkei – exklusiv im *ReiseSchlösschen*.
PreisClou des Monats® in unseren Verbrauchermärkten: griechische Kalamata-Oliven und San-Daniele-Schinken vom Bio-Eber.
Ceterum censeo: Unterhaltungs-Elektronik war noch nie so günstig wie heute.
Herzlichst, Xerxes

* (statistischer Wert lt. Gesetz)

So mühelos ist die Arbeit gegangen, August musste sich förmlich herausreißen, um das Büro schon am Nachmittag zu verlassen. Er will sich zum Geburtstag eine neue Hose schenken, vorher muss er aber noch ein paar Lebensmittel besorgen (und etwas essen, die Calamari haben nicht lange vorgehalten). Doch schon auf dem Weg ins Untergeschoss, noch im Boulevard Champs-Élysées, wird ihm die Frage gestellt:

Was tue ich,
wenn ich
pleite bin?

August bleibt kurz vor dem Zeitungsständer des Kiosque Montmartre stehen, dann zuckt er mit den Schultern und geht hinunter in den Supermarkt. Aber gleich stockt sein Einkauf wieder. Mit leerem Korb steht er vor dem Kühlregal und beneidet die Margarine: Sie ist rein, frei und reich; so steht es auf der Packung. August kürzt den Einkauf ab und geht direkt an die Kasse. «Nur die Margarine?», fragt Ayse Bulan, deren Fingernägel heute mit konzentrischen Mäandern verziert sind. «Ja», antwortet August, «und eine Tüte, bitte.» Dem Blick des Zurechtweisers weicht er aus. Als er auf dem Gang steht, denkt er, ist es das? Sobald er aus der Arbeit fällt, ist er überreflektiert im Belanglosen und bewusstlos im Grundsätzlichen? Wenn ja, ist das schlimm, und was ist das Grundsätzliche?

Statt essen zu gehen, rollt er wieder hoch in den Boulevard Champs-Élysées und wird Zeuge einer unangenehmen Szene: Die Security ist dabei, einen Clochard hinauszubefördern, der es sich im Schatten einer Platane bequem gemacht hat. August bleibt abseits und beobachtet, ob die Wachleute sich korrekt verhalten; ja, sie sind höflich, in der U-Bahn würde anders vorgegangen, sie bemühen sich um Diskretion, verweisen auf die nahegelegene Wärmestube (die von den Künstlichen Paradiesen unterstützt wird). Trotzdem passiert, was passieren muss, ein paar Frauen beginnen zu murren, eine junge Mutter murmelt: «Unmenschlich.» Zum Glück folgt der Obdachlose ohne Verzug der Aufforderung der Wachleute. Die zaghaften Mitleidsbekundungen der Frauen scheint er gar nicht zu bemerken; in seiner Folgsamkeit erinnert er August an ein Papierschiffchen in der Meeresströmung. Als der Mann fort ist, setzen die Frauen, zögerlich, ihre Einkäufe fort, einige schütteln noch den Kopf oder verziehen missbilligend den Mund. Aber warum sind sie denn hier drinnen und nicht da draußen? Weil es hier nicht stinkt, weil ihre Kinder hier nicht in Urinlachen, Glasscherben, Hundehaufen tapsen, weil hier weder geraucht noch belästigt wird. Würde die Mall die aus der Lebensbahn Geworfenen dulden, die Usurpatoren des öffentlichen Raumes, dann würden alle diese Frauen nicht mehr kommen, das ist klar.

August geht nicht zu einem der Ankerläden Textilien, sondern in ein kleineres, teureres Geschäft, die Filiale einer angesagten Modekette aus Finnland. *Seh ich deine Augen funkeln*, fistelt eine Männerstimme, *lang nach Sternen ich im Dunkeln – nach dir, nach dir*. Ein farbiger, sehr dünner Verkäufer, in engen karierten Hosen, mit zwei Ringen an der Unterlippe, kommt zu August und fragt ihn nach seinen Wünschen. *Ich möchte rauf zum Himmelszelt, von oben blicken auf die Welt – mit dir, mit dir*. Der Verkäufer schlägt drei Hosen vor, August sagt zu allen ja. In der Umkleidekabine hängt er sein Jackett über einen Bügel und zieht die Anzughose aus. Als er in Hemd, Unterhose und Socken dasteht, bemerkt er im Spiegel, dass sein Gesicht lang und dünn ist. Er legt den Kopf zur Seite, da wird es breit und speckig. Das gefällt ihm, er wiederholt das Spiel mit den Fingern. Wenn er die Hand hebt, sind die Finger lang und dürr wie die einer Hexe, wenn er die Hand um neunzig Grad senkt, werden sie zu dicken Wurstfingern. Ob es Absicht ist, dass hier ein gewölbter Spiegel hängt? Oder hat sich der Spiegel einfach verzogen? Dann beachtet August auch die angeschrägten Eckspiegel. Mit deren Hilfe kann er sich von der Seite sehen, schaut er nach links, sieht er sein rechtes Profil, schaut er nach rechts, sein linkes. Wegen der doppelten Spiegelung sind die Seiten nicht verkehrt, sondern originalgetreu – nein, in Wahrheit doppelt gespiegelt, aber auf diese Weise dem Urbild wieder gleich; man darf glauben, tatsächlich sich selbst anzuschauen. Es ist befremdlich, das eigene Profil in Bewegung zu sehen, als wäre man Darsteller und Zuschauer eines Films gleichzeitig. Er sieht seiner eigenen Gegenwart zu: Ich erinnere mich an die Gegenwart. Er hebt den Kopf, dreht ihn quer, öffnet dabei weit den Mund, sodass er den eigenen Gaumen von unten betrachten kann, und sieht die komplette Reihe seiner oberen Zähne, es sieht aus wie ein Modell beim Zahnarzt (oder wie das Gebiss eines Totenschädels). Es ist jetzt achtzehn Jahre her, dass ich achtzehn war.

«Hallo?», sagt eine Stimme. Die Musik ist ja aus. Es ist still. Der Vorhang bewegt sich, als wehte draußen ein Lüftchen. «Sind Sie da drin?» Ist da etwa Xerxes? Ist er August gefolgt? Was will er denn: commitment, passion? «Brauchen Sie Hilfe?» Nein, das ist die Stimme des Verkäufers, August meint, unter den Worten ein fast lautloses metallisches Reiben zu hören, als ob die Lippenringe aneinanderwetzten. Jetzt zu Manja? August drängt es, etwas nicht Vorgesehenes zu tun: nach draußen zu gehen, hinaus aus der Mall, hinaus

ins Freie. Wie angenehm ist der Sprühregen. Die Wassertropfen scheinen nicht von oben zu kommen, nicht zur Erde zu fallen, sie spritzen und stäuben durch die Luft, quer und kreuz, horizontal und sogar aufwärts, wie leichtfüßiger Nebel. Die frische Luft erinnert August daran, dass er heute ausgeschlafen ist, er fühlt sich wieder, wie morgens in der Straßenbahn, vollkommen klar und wach; den Hunger spürt er nur als Schwerelosigkeit. Er schreitet eine Reihe von Holzgaragen ab. Ein Mann putzt im Regen sein Auto, aus dem offenen Garagentor kommt Swing. Ein paar Schritte noch, dann ist August in der Schlösschenfreiheit. Welcher Bildungshuber, hat Xerxes ihn neulich gefragt, hat sich eigentlich diesen geschraubten Namen ausgedacht? Alle Angestellten nennen den Bezirk, der das Center umgibt, Schlösschenfreiheit, aber niemand erinnert sich, woher der Name rührt. August ist nicht der einzige Fußgänger ohne Regenschirm, bei leichtem Nieseln spannt hier niemand einen Schirm auf, und bei der Schwerelosigkeit des Regens würde ein Schirm ohnehin wenig nützen. Augusts Kleidung fällt allerdings auf, in der Nähe der Mall ist die Herkunft von Anzugträgern leicht zu erraten, also sieht er zu, dass er Abstand gewinnt.

In diesem Viertel kommt es darauf an, denkt er, worauf man achtet, auf die verschmutzten Gehwege oder die prächtigen Altbauten. Ein schnauzbärtiger Mann trägt eine Palette Nusspli in ein Jugendstilhaus. Vor einer repräsentativen Fassade stehen zwei Jungen vornübergebeugt, die Schulranzen auf den gekrümmten Rücken dem Regen dargeboten, aus ihren Mündern rinnt Spucke auf den Bordstein. Aus der Nähe erkennt August, dass die Jungen versuchen, einen Käfer zu treffen. Der Käfer sitzt reglos, neben ihm schlagen die Lachen auf den Stein. August will sehen, wann die Jungen den Käfer treffen, doch sie bemerken den Zuschauer und gucken ihn misstrauisch an, da verzieht er sich.

Die Hauptstraße der Schlösschenfreiheit ist eine abgewirtschaftete Fußgängerzone. In den Pflanzenkübeln liegt Müll. Es sind nur wenige Leute hier, die Mall hat der Fußgängerzone selbst die Schulschwänzer entzogen (die allerdings würde sie gern zurückgeben). An einem Zeitungsladen, der zugleich eine Trinkstube ist, begegnet August erneut den Versen: *Was tue ich / wenn ich / pleite bin?* Vor einem Internetcafé, das auch Tabakgeschäft ist, werden sie noch einmal wiederholt; die Aufmacher der Boulevardpresse geben jeden Tag ein Motto aus, in dessen Licht die Stadt dann erscheint.

Rausverkauf! steht im Schaufenster eines Matratzenladens. Als August durch die Scheibe blickt, sieht er, dass das Geschäft schon leer ist. Andere Ladenlokale sind verrammelt, Fenster und Türen mit Brettern zugenagelt, Rollläden verrostet, überall blättert und bröckelt es, und durch die Ritzen tritt es heraus, als wäre innen alles aufgeschwemmt und angeschimmelt. Eine Gewerbeeinheit ist neu hergerichtet, hier hat sich ein Vermieter Mühe gegeben: Die Räume sind picobello, hell gestrichen, die Böden mit Klötzchenparkett belegt. Ob sich ein Mieter finden wird? Leerstand ist ja nicht die Regel, es gibt durchaus Geschäfte. Handyläden bieten auch vierrädrige Elektro-Chopper für Kinder an, es gibt Tintennachfüller und Geiz-Shops, dazwischen einen übrig gebliebenen Herrenausstatter mit beigefarbener Markise. Einige Geschäfte haben noch geöffnet, andere sind schon geschlossen (zentrales Zeitregime fehlt, denkt August, die Straße hat kein Management). Auffällig sind die zahllosen Friseure, *MäcCut* oder *funt-haar-sia*. Trinker sitzen nicht in Kneipen, sondern in Imbissen; aus dem *Happy Grillo* starren zwei Glupschaugen nach draußen, ob der Mann durch die dicken Brillengläser etwas sieht? Der *Geschenke-Club* fordert auf: *Nicht neugierig? Trotzdem reinkommen!* Zählebiges Kleingewerbe, Änderungsschneider, Schuhreparaturen, Schlüsseldienst; einige Ketten, *Brot und Brötchen*, Bräunungs-Center mit Rabattkarten für Vielbräuner, *HappyBet* oder *textielSupers*, zahllose Filialen mit homöopathischen Margen. Trotzdem, hätte die Fußgängerzone mehr Ketten, ginge es ihr besser. Der *Begräbnis-Discounter* wirbt mit dem Slogan: *Nie wieder zu viel bezahlen*. Das ist eine stark expandierende Kette, in der großen Marktbereinigung einer krisenfesten Branche steht sie auf der Sonnenseite. Sie wollte auch eine Filiale im LustschlösschenCenter eröffnen, der Vermietungsmanager hat damals Rücksprache mit August gehalten, aber die Policies der Künstlichen Paradiese sind eindeutig: keine Waffen, keine Erotik, keine Beerdigungen. Im Schaufenster sind preisgünstige Bestattungslösungen ausgestellt. August senkt Kopf und Oberkörper zur Seite, er will sein Spiegelbild so drehen, dass er sich im Sarg liegen sieht; aber seine Beine baumeln immer über den Rand. Er setzt sich wieder in Bewegung und lässt seine Einkaufstüte schwingen, in der drei Hosen und eine Packung Margarine liegen, da spürt er Leben.

Hier und da findet er Schaufenster, wie es sie in der Mall und in der City nicht gibt, murkelige, missratene, übrig gebliebene, die reizen ihn. An der Scheibe der *Bierquelle* kleben vergilbte Zeitungsausschnitte, vor dreißig Jahren ist David Bowie hier gewesen. Tote Augen von Kleiderpuppen starren ins Nichts: *CHico Creation Pelz & Leder*. Ein Sammlerladen stellt interessante Stücke aus, Plakat für ein Lustspiel im Stadttheater Görlitz 1909, die alte Autogrammkarte eines haarigen Fußballers (er ist jetzt Sportkommentator im Fernsehen, bartlos grau geworden). Das Mickrige, Abweichende dieser Schaufenster trägt schon die Ankündigung seines Verschwindens in sich, das gefällt August.

Und noch etwas fesselt ihn, Geschäfte von hoher Gleichförmigkeit; er kreuzt umher, hält Ausschau, biegt in Seitenstraßen ab, kehrt in die Fußgängerzone zurück: überall Spielotheken. Von Ketten dominiert, bleiben die Spielhöllen doch ein Graswurzelgewerbe, sind eingezogen in viele verlassene Ladenlokale. August sieht nirgends einen Menschen hineingehen oder herauskommen, stattdessen immer nur sich selbst, als Betrachter, in blickdicht verspiegeltem Glas, auf dem *Spielsalon der Extraklasse* steht und goldene Krönchen prangen (nein, gelbe, nicht goldene) oder das mit Münzenbergen und Goldbarren beklebt ist, oder in Scheiben, hinter denen dunkle Papierbahnen hängen. Die Spielotheken sind viel länger als die Mall geöffnet, dreiundzwanzig Stunden, von sieben bis sechs oder von sechs bis fünf, irgendein Gesetz zwingt sie, ihre Gäste sechzig Minuten lang rauszuschicken. Spielhöhlen, denkt August, und stellt sich vor, es gäbe Menschen, die wirklich in diesen Höhlen ohne Tageslicht lebten. Nur einmal blinzeln sie heraus, im Morgengrauen, zur stillsten und kühlsten Stunde; wenn sie Glück haben, nieselt es dann, denn sie lagern sich in ihren Höhlen um Eis, nicht um Feuer, sie halten sich nicht warm, sondern kalt: in die Einsamkeit gewanderte Völker, Neandertaler, die sich um ihre Ausrottung gedrückt haben. Verborgen vor Homo sapiens und Erderwärmung seit dreißigtausend Jahren, warten sie auf neue Eiszeiten, die ihrer Anpassung entgegenkommen. Aber das Klima spielt gegen sie, und so müssen sie auch in Zukunft auf ihr Beharrungsvermögen setzen und hoffen, dass sie nicht entdeckt und ausradiert werden. In einer Nebenstraße sieht August eine Frau Mitte vierzig, um deren Hals eine Lesebrille an einer Schnur hängt, die Frau fegt den Bürgersteig vor einer kleinen Spielothek; sie hat nichts von Neandertaler, sondern ähnelt einer Sachbearbeiterin im Center-Management. August gefällt es, dass sie sich durch den Regen nicht vom Kehren abhalten lässt. Als sie damit fertig ist, trägt sie einen Eimer zu einem kleinen Beet am Straßenrand, entfernt mit einer Plastiktüte einen Hundehaufen, klaubt Zigarettenkippen auf und gießt schließlich die Blumen (auch das ist August sympathisch, Blumengießen trotz Regen). Bei alldem zeigt sie keine Spur von Eile, erst als sie die Arbeit erledigt hat, geht sie zurück in die Spielothek. August schielt ihr nach, aber er kann drinnen keinen Menschen erspähen.

Die große Straße, auf die er kommt, muss einmal der Zubringer zur Fußgängerzone gewesen sein. Es herrscht Durchgangsverkehr. An einer überdachten Bushaltestelle schmust ein Teenagerpärchen. Der Junge wirkt gehemmt, das Mädchen etwas aktiver, aber auch ihre Bewegungen erscheinen noch tastend, suchend. Diese Unsicherheit erinnert August an sein Leben mit fünfzehn, beherrscht von Einschüchterung; damals hat er unter dieser Gehemmtheit gelitten, heute vermisst er sie. Da hält ein Bus, der Fahrer schaut fragend zu dem Pärchen, das ihn nicht beachtet, und fährt wieder los, ohne die Türen geöffnet zu haben. August geht weiter. Aus dem Fenster eines dritten Stocks sieht er ein beschriebenes Laken hängen:

Ich lieb
Dich
mein
Engel

Der Wind bewegt das Tuch, aber nur wenig, als wollte er bloß nicht zu heftig hineinfahren, und die Regentropfen scheinen das Tuch gar nicht zu berühren. Passanten werfen im Vorübergehen einen Blick nach oben, über manche Gesichter huscht ein Lächeln. August bleibt stehen und fixiert das Laken. Nur zwei Wörter teilen sich eine Zeile, das *Ich* und das *lieb* stehen beieinander, als wären sie untrennbar verbunden; zugleich tritt das *Ich* bescheiden zurück, als wollte es keine andere Eigenschaft haben, als zu lieben. Alle anderen Wörter stehen für sich, das beschwörende *Engel*, das sehnsuchtsvolle *mein*, das anrufende *Dich*. Satzzeichen fehlen ganz, ebenso das Endungs-*e*, aber das *D* ist groß geschrieben. Ob die Frau, an die – das Mädchen, an das sich die Botschaft richtet (oder könnte ein Mann gemeint sein?), jeden Morgen hier vorbeikommt? Ob die Liebeserklärung etwas bewirkt hat, bewirken wird? Jetzt hat August das Gefühl, ihm sitzt was unter der Haut, das nicht Zerfall ist, nicht Zerbröseln; aber gleich ist ihm wieder, als gehe ihn das alles im Grunde nichts an, und während er weiterläuft, verschiebt sich seine Wahrnehmung erneut. Er sieht ein streitendes Paar, die Frau beschimpft im Gehen den Mann. Vor einem Mülleimer steht eine alte Frau, sie zieht unter ihrem ausgebeulten T-Shirt einen Getränkekarton hervor und wirft ihn weg, zieht einen zweiten Karton hervor, einen dritten, einen vierten, wirft einen nach dem anderen weg, die Kartons waren unter dem T-Shirt nicht einmal zusammengefaltet. Jetzt ist die Frau ganz dünn geworden. Auf einer Bank sitzen zwei Trinker, der eine sagt zum anderen: «Die Politiker denken nicht daran, auch mal Geld zurückzugeben.» August, Steuerzahler, setzt gerade zu einem verächtlichen Gedanken an, da hört er das Wort «Asoziale»: herausgequetscht von einem Mann, der die beiden Trinker im selben Moment beobachtet hat. Er hat nicht August angesprochen, sondern für sich geschimpft, trotzdem fühlt August sich unangenehm berührt, nicht von dem Mann, sondern von der Versuchung, die er vorführt: sich gehenzulassen im Rumgehen, entsetztes Rumgehen zu sein, oder rumgehendes Entsetzen. Er flüchtet vor dem Mann, der ihn vielleicht gar nicht bemerkt hat.

Zurück in der Fußgängerzone, stößt er auf ein Warenhaus, einen hohen, abgeschabten Betonkasten (soll einer sagen, die Mall sei hässlich); das also war einmal das Rathaus, der Dom der Fußgängerzone. Das Haus ist umbenannt worden, es heißt jetzt *Ihr Nach-*

barschafts-Kaufhaus. Früher hat die Warenhauskette bundesweit mit dem Slogan *Ideen leben* geworben. Das Haus ist noch eine Stunde offen, August geht hinein. Gleich hinter dem Eingang werden Regenschirme angeboten, eine naheliegende Idee, aber niemand greift zu, es ist kaum ein Kunde da. August sieht sofort, was sich im Warenhaus getan hat, seit er das letzte Mal hier war: Einige Bereiche sind für zugkräftige Untermieter abgetrennt worden; so drückt die Mietlast weniger schwer (denn die Kette hat ihre Gebäude an einen Investor verkauft, um sich Geld zu verschaffen, und überweist jetzt hohe Mieten nach London). August wirft einen Blick in die Filiale einer Drogeriekette. Hier ist mehr los, die Kunden packen Windelpakete, Kosmetik, Bio-Konserven in ihre Einkaufswagen. August geht zum Regal mit den Baldriandragees. Dort steht eine junge Frau und liest sich den Text auf den Packungen durch, vergleicht vielleicht die Dosierungen; August mag das Gefühl der stillen Verbundenheit mit anderen Baldriankäufern. An der Kasse gibt es Verwirrung, ein älterer Mann will ein Bettlaken bezahlen. «Das ist doch hier aus dem Kaufhaus», sagt er, und die Verkäuferin erklärt ihm: «Aber nicht von uns, wir sind ein eigenes Geschäft, Sie müssen das an den Kassen draußen bezahlen.» Das bekannte Dilemma, denkt August, das Warenhaus versucht, ein Shoppingcenter zu werden; ein Dinosaurier mit winzigem Kopf und vier säulenartigen Beinen, der plötzlich den aufrechten Gang probiert, oder besser, eine Dronte, die zu fliegen versucht. Er schlendert herum, fährt mit der Rolltreppe in den ersten Stock, *Stoffe & Kurzwaren*, ältere Frauen kaufen Meterware, die es hier noch gibt, vier achtzig den Meter, da kleckert nicht viel zusammen. Ein Mann in Brioni fällt August auf, ein Developer vielleicht, Retail Solutions, der sich schon mal umschaut? August fährt weiter in den zweiten Stock und lässt seinen Blick über die Regale schweifen, das Sortiment ist nicht plausibel, hier Luxus, dort Ramsch, heillos vermischt, noch dazu Lücken in den Regalen, unübersehbare Logistikprobleme: im Frühling keine Blumentöpfe, im Sommer keine Badehosen, im Herbst keine Drachen, im Winter keine Schlitten und keine Handschuhe. Die Filialleitung ist eben kein Center-Management, sie muss sich selbst um die Logistik kümmern, während das Center-Management die Mieter machen lässt, vertikale Anbieter, und sie muss vor der Zentrale kuschen, wo das Center-Management frei entscheidet. Was Warenhäuser einmal gewesen sind! August denkt an den Bildband bei sich zu Hause, Schwarz-Weiß-Fotografien von Überfluss, Glitzern, Staunen; davon nicht einmal mehr eine schattenhafte Ahnung, nur trübes Dämmern. Ob es den Shoppingcentern auch so ergehen wird? Lösungen sprießen, blühen, welken, sagt Xerxes; die ersten Malls sind ja längst im Niedergang, früher waren sie Wunder an Größe und Vielfalt, heute sind sie von gestern. Aber hier … das Preisschild für *Spaghetti-Portionierer Edelstahl* klebt an einem leeren Regalboden, dafür sind zwei rote Lasagne-Formen da und jede Menge Crème-brûlée-Brenner, aber Siebe sind aus, zwei nackte Haken ragen in den Raum. August erschrickt vor der Leere der Haken, der Leere der Regale, der Leere der Gänge, und als wollte er etwas wiedergutmachen, kauft er einen Crème-brûlée-Brenner. Dann fährt er weiter nach oben, um im Panorama-Restaurant eine Tasse Kaffee zu trinken. Doch als er auf der Rolltreppe steht, in der Hand die Tüte mit Margarine, drei Hosen, Baldriandragees und Crème-brûlée-Brenner, schaut er hinunter und sieht sich selbst durchs leere Warenhaus gehen, und nun denkt er, dass er den Crème-brûlée-Brenner gekauft hat, hat zur Verödung der Warenhausregale nur noch beigetragen, die werden ja erst in Monaten wieder aufgefüllt; da wird ihm schwindlig, sein Kopf schwirrt, er ist im Bauch einer riesengroßen Dronte, plumper Dodo, da rumpelt die Dronte los, hebt ab, fliegt vor der Ausrottung davon und trägt als fliegende Dronte den runtergeschluckten August mit sich fort – und August geht in die Knie, lehnt sich an die Plexiglaswand, die Treppe rollt weiter, der Rücken schubbert schräg die Scheibe entlang, August legt die Hand aufs Laufband, das läuft schneller, als die Treppe rollt, zieht die Hand voran und wirft ihn auf die nächste Etage, und wie er da liegt, denkt er, gleich stürze ich, gleich jetzt. Alles in Ordnung, fragt jemand von fern, und August rappelt sich auf: «Danke, geht schon wieder.» Er braucht keinen Kaffee, sondern etwas zu essen; und frische Luft: Es ist diese verbrauchte Warenhausluft gewesen, nach über hundert Jahren haben die Warenhäuser noch immer nicht das Problem der Warenhausluft gelöst. Als er hinaus in den Regen kommt, merkt er, dass er nass ist, er muss schon die ganze Zeit durchnässt gewesen sein. Obwohl der Regen waagrecht und sogar aufwärts zu sprühen scheint, haben sich große Pfützen gebildet.

August geht wieder in die Seitenstraßen. Das Gebiet, in das er hier gerät, ist eine Zone der Sozialberatungen und kostenlosen Mittagstische, Hausaufgabenhilfen, Bürgertreffpunkte, über den Straßen schwebt der Geist des Quartiermanagements. Es sind kaum Fußgänger unterwegs. Ein Müllcontainer steht mitten auf der Fahrbahn, als hätte jemand eine Barrikade errichten wollen, aber gleich den Mut verloren; so drückt der Müllcontainer nicht Aufruhr, sondern Verzagtheit aus. Irgendwo hier muss auch die Wärmestube sein, die von der Mall unterstützt wird, wo genau, weiß August nicht, obwohl er schon mal da war, mit Xerxes, sie sind mit dem Taxi gekommen, denn Xerxes hat gesagt, wir dürfen da nicht mit dem Scharlachroten vorfahren, als *Nemesis in der Suppenküche*. In der Wärmestube haben sie Hände geschüttelt und einen Scheck überreicht, das Bezirksblatt hat fotografiert. Als August denkt, die Gegend ist ihm ganz fremd, kommt er auf einen Platz, den er kennt, eine Kirche auf einer Verkehrsinsel, umgeben von einer Grünfläche mit Spielplatz und Skateboardrampe. Auf dem Platz vor der Kirche werden Stände aufgebaut. Hier ist er neulich gewesen, er coacht den Markt, der dienstags stattfindet, für den Stiftungspreis Deutschlands vitalster Wochenmarkt; in den Kategorien Standgestaltung & Warenpräsentation, Freundlichkeit, Angebotsvielfalt & Qualität ist der Markt jetzt viel besser aufgestellt: August hat einen Öko-Bauernhof akquiriert und dem Trödler die Hardcorefilme ausgeredet. Aber heute ist ja gar nicht Dienstag, und es wird auch schon dunkel. Da fällt August ein, morgen gibt es ein großes Stadtteilfest, auch das gefördert von der Stiftung Vitale Stadt, die sogar einen eigenen Stand haben wird, organisiert von Peggy Fleck. Schade, dass es so nieselt. August umrundet die Kirche. Aus dem Gemeindehaus kommt eine Gruppe junger Mütter, ihre winzigen Kinder sind in Regenanzüge verpackt oder liegen in Kinderwagen unter Kunststoffplanen: die ersten Menschen mit Regenschutz, die August hier sieht; aber er wundert sich, eine Mutter-Kind-Gruppe abends um halb zehn? Im gelben Licht einer Laterne zeigt sich der Sprühregen in schwereloser Anmut. Weiter unten, am Laternenpfahl, entdeckt August ein Bügelschloss, von dem die gleiche graugrüne Farbe abblättert wie vom Pfahl, es muss schon ewig an der Laterne hängen, hat einen Anstrich abbekommen und das allmähliche Altwerden und Abblättern auch dieser Farbschicht mitgemacht; Laterne und Schloss scheinen ineinander verwachsen, eine Metapher, denkt August, er weiß bloß nicht, wofür. In einem Geschäft brennt noch Licht, ein Antiquariat. Als August die Tür öffnet, klingelt ein helles Glöckchen, eine Frau schaut von einem Buch auf und grüßt mit einem Nicken, dann liest sie weiter. August kann sich ungestört umsehen. In einer Kiste liegen Landserheftchen, einige Regale sind mit Theologie und Philosophie gefüllt, Abaelard, Adorno, Albertus Magnus, Althusser, Anselm von Canterbury, Apel, Aristoteles, und August zieht ein Buch seines Namensvetters aus dem Regal, *Bekenntnisse Lateinisch/Deutsch*, der helle Schutzumschlag nachgedunkelt, stellenweise eingerissen, eine dicke Schwarte. Vorwort eines Herrn SJ: was denn nun früher sei, Ihn kennen oder Ihn anrufen; *liber primus*, was ist nun gesagt, mein Gott, mein Leben, mein Köstliches, was sagt denn irgendein Mensch, wenn er von Dir etwas sagt, *et vae tacentibus de te, quoniam loquaces muti sunt*. Als August weiterblättert, findet er zwischen zwei Seiten etwas Kleines, Gelbes, flach und porös, er nimmt es heraus und reibt es vorsichtig zwischen Daumen und Zeigefinger, die Spur einer verwehten Blüte vielleicht, die irgendwann einem Leser ins Buch geflogen ist? August hält den Krümel und überfliegt Seiten, jemand hat Sätze unterstrichen: *Was ist also ‹Zeit›? Wenn mich niemand danach fragt, weiß ich es; will ich es einem Fragenden erklären, weiß ich es nicht*. Ach nein, der Krümel ist doch wohl ein plattgedrückter Popel; August ekelt sich, aber dann schlägt sein Herz schneller, unversehens ist ihm ein vergangener Leser so nahe gerückt, und dann schießt es ihm durch den Kopf: ein Popel von Augustinus.

Wieder im Regen, wird ihm die Tüte mit Margarine, drei Hosen, Baldriandragees, Crème-brûlée-

Brenner und Bekenntnissen allmählich schwer, und er beginnt zu frieren. Eine Erkältung würde ihm noch fehlen, er sollte nach Hause gehen oder wenigstens irgendwo rein (und was essen). Aber hier ist ja nichts. Aus vielen Fenstern dringt Fernsehflackern in die nieselnde Nacht, früh schlafen zu gehen scheint hier niemand, aber auf der Straße ist auch keiner. Schließlich findet er, neben einer geschlossenen Glaserei: *Triste Tropen – Cocktailbar, gepflegte Biere, Whiski*. Als er eintritt, hört er einen Bossanova, *quiet nights of quiet stars*, und sieht einen braunen Hintern in rotem Tanga, Strandfußballer, rote und gelbe Vögel im Regenwald, Karneval in Rio. Hinter dem Tresen steht eine Südländerin mit blondgefärbten Haaren und rosa Fingernägeln (die Bierpflegerin, denkt August) und unterhält sich mit dem einzigen Gast, einem braungebrannten Mann mit Korkenzieherlocken; auch sie zwei Höhlengestalten, denkt August und bestellt ein Bier. An einem Stehtisch in der Ecke nimmt er die Bekenntnisse aus der Tüte und beginnt zu blättern, da kommt schon die Bierpflegerin, August trinkt einen Schluck und liest: *Groß bist Du, Herr, und hoch zu preisen*, denkt noch, man muss das konzentriert lesen, konzentriert, und spinnt schon, Herr, du bist hochpreisig, schaut auf und lässt den Blick durch den leeren Raum schweifen, *quiet thoughts and quiet dreams, quiet walks by quiet streams*. Bierpflegerin und Korkenziehermann schielen zu ihm herüber, ein Mann mit Anzug und Buch kann nichts Gutes bedeuten, Immobilienmakler, Gesundheitsamt, Schutzgeld;

da fällt sein unruhig weiterwandernder Blick auf den Zeitschriftenständer neben den Toiletten: *Was tue ich, wenn ich pleite bin?* Er legt das Buch auf den Tisch und steht auf, um die Zeitung zu holen. Vor dem Ständer wird er ungeduldig und beginnt gleich im Stehen nach dem Artikel zu blättern, was tue ich bloß, da schreckt er auf und denkt, die Blicke der beiden werden immer misstrauischer, steckt die Zeitung zurück, zahlt sein Bier und verlässt die Tristen Tropen.

Der Regen hat fast aufgehört, aber nicht ganz, es ist, als könnte er gar nicht mehr aufhören, als gäbe es eine allgegenwärtige Feuchtigkeit. In hundert kleinen Pfützen glänzt das Licht der Laternen. Egal, wohin er geht, er wird ja auf eine Bushaltestelle oder einen Bahnhof stoßen. Etwas Winziges schwebt zur Erde und fällt auf den nassen Bürgersteig: ein Bonbonpapier. August schaut die Hauswand hoch und sieht menschenleere Balkone. Ob sich hinter einer Brüstung ein Kind duckt und kichert? Es müsste längst im Bett sein. Vor wie vielen Fernsehern, deren Flackern durch die Scheiben dringt, sitzen wohl Kinder, die morgen zur Schule sollten? Nein, es sind ja Sommerferien. *HALLO* steht an einer Häuserwand. Das Wort ist mit Zahnpasta auf den Putz geschrieben, dieses Zahnpasta-HALLO wirkt wie ein Stich in Augusts Herz. Auf der sonst menschenleeren Straße führt ein derangierter Mann in Bademantel und Pantoffeln seinen Hund Gassi. Hat er sich selbst aufgegeben, dass er so rausgeht? Aber er konnte ja nicht damit rechnen, hier draußen noch jemanden zu treffen. August erscheint das Bild wie eine Allegorie der Fürsorge, und er bewundert den Mann: einen Bademantel anziehen – Hausschuhe anziehen – den Hund an die Leine legen – die Tür öffnen, hinuntergehen, hinaus, damit das Tier auf die Straße scheißen kann – jeder einzelne Akt erfordert unendliche Willenskraft. Er sieht Mann und Hund lange nach. Die Pantoffeln des Mannes sind durchnässt. August macht sich Sorgen über das ständige Auf und Ab seiner Gemütslagen, resigniert und heiter, albern und bedrückt, ist ihm denn nichts wichtig?

Die Gegend kommt ihm wieder bekannt vor, hier ist er sicher schon gewesen. Da sieht er über den Dächern ein dunkles, ovales Massiv, es droht sich jeden Augenblick herabzubeugen und die Häuser zu verschlingen. So nah ist die Mall also, oder anders, von so weit weg sieht man sie schon, als wäre sie gleich da; wie geht das, bei einheitlicher Traufhöhe? Durch irgendeine optische Täuschung, eine Spiegelung, die die Mall sich vergrößern lässt, nachts, aus der Ferne? Da ist er also im Zickzack gelaufen und kommt am Ende zur Mall zurück, aus einer anderen Richtung. Aber für wen leuchten diese Laternen? August geht den leeren Weg zur verschlossenen Mall. Ein Ort von vollkommener Stille, scheint ihm. Dabei ist sie auch während der Nacht spärlich belebt. August überlegt, hineinzugehen und zu schauen, ob Xerxes noch arbeitet, oder der Security einen guten Abend zu wünschen, wie er es manchmal in ausufernden Arbeitsnächten tut. Der

Mann, der ab Mitternacht guten Morgen sagt, macht stündlich seinen Kontrollgang, dazwischen sitzt er mit einem Stapel Magazine in seinem Kabuff. August erschrickt bei der Vorstellung, in der Mall eingesperrt zu sein, die ganze Nacht allein mit Magazinen. Wieder vibriert das Handy in seiner Tasche, um diese Zeit, wieder die Londoner Nummer, und auf irgendeine Weise erinnert ihn das Signal daran, dass er seine Einkaufstüte in den Tristen Tropen vergessen hat. Dann meint er zu verstehen, was das mit der Laterne verwachsene Schloss zu bedeuten versucht: dass die Stadt nicht bloß ringsum von unabsehbarer Peripherie umgeben ist, sondern von zahllosen Peripherien durchsprenkelt und dass selbst die innerste Mitte ihre abertausend Peripherien hat – wie schön, eigentlich. Soll er jetzt rangehen? Sein Hunger ist ganz verschwunden. Er müsste nach Hause, um die nassen Sachen auszuziehen. Allerdings hat er das Gefühl, nach dem langen Schlaf letzte Nacht wird er heute kaum einschlafen können.

Ein paar Busstationen vom neuen Hauptbahnhof liegt ein heruntergekommenes Gefängnis. Vor seinen Mauern sagt ein junger Ausländer zu seinem Begleiter: «Da drin ist mein Cousin. Und mein Onkel ist auch da drin. Weißt du, wie viele da drin sind? Ich würd die gern alle umbringen.» August denkt, der Jugendliche hat recht, sich mit so rabiater Moral zu schützen. Noch dichter am Hauptbahnhof, nur einen Steinwurf entfernt, liegen Schrebergärten. Die Parzellen sind bevölkert von Accessoires des Heimischseins: Penaten mit Zipfelmützen, Windmühlen aus dem Gartencenter, Buddelkästen für Enkelkinder, und von vertrauten Signalen der Ferne: Highway-Schildern, Konföderiertenfahnen, Wegweisern nach Down-under. Angesichts dieser Sehnsuchtswinke wirkt das ganze neue Reisen, der spektakuläre und komfortable neue Hauptbahnhof mit integrierter Mall lächerlich und trostlos. An die Schrebergärten grenzen veraltete Wohnblöcke, wie felsige Inseln, die aus dem Meer ragen. Doch am besten gefällt August das Maisfeld, das sich auf zehn mal zehn Metern zwischen einem Wohnhaus und den Bahngleisen verbirgt. Die Büschel auf den Maiskolben erinnern ihn an die Haare auf Schädeln, die Kopfjäger zum Schrumpfen in die Sonne gehängt haben: Dies ist mein Cousin, denkt er, dies mein Onkel, dies Salomes Vater, der Sprachforscher; jetzt, da es ununterbrochen regnet, drohen die Schädel zu faulen.

Das Regierungsviertel ist umlagert von Flecken, die nur durch ihr Dasein das Repräsentative verspotten. Eine Kneipe, in der niemand sitzt, heißt *Hauptstadtklause*. Eine Imbissbude schmückt ihre Rückwand mit dem Gemälde des berühmten Stadttors, des Wahrzeichens der Stadt, nur stehen anstelle seiner dorischen Säulen sechs gekrümmte Würstchen. August betrachtet sie, während er am Stehtisch eine Cola trinkt. Seine Stirn fühlt sich geschwollen an, er hat Schnupfen.

An ein Künstlerviertel grenzend liegt eine grüne Wiese da, wie sie eigentlich an Ausfallstraßen gehört; die Peripherie hat sich in dieser weitläufigen Stadt immer weiter ins Innere geschoben, als Tankstelle, Autohaus, Billig-Areal, es gibt hier Stadtranddiscos in bester Citylage. Der nach innen wachsende Stadtrand und die sich ausdehnende City rücken aufeinander zu, mal sehen, was passieren wird. Auf der grünen Wiese wirbt ein Fliesengroßmarkt fürs *Juhu-biläum*. Ein Möbelladen heißt *DER MEGA-LUTZ*. Vor einem Baumarkt erinnert August sich an eine wütende Männerstimme: Zwanzig Prozent auf alles – außer Tiernahrung! Als der berüchtigte Werbespot einmal im *Ponte dei Sospiri* lief, hat August den Marketingmanager gefragt: Warum wird eigentlich ausgerechnet Tiernahrung ausgenommen? Man hätte irgendwas nehmen können, hat der Marketingmanager geantwortet, nur, zwanzig Prozent auf alles, das würde sich kein Mensch merken, deshalb braucht man ein grelles Appendix, je debiler, desto besser. August schnäuzt sich und überlegt, ob er in den Baumarkt gehen soll, um Tiernahrung zu kaufen. Da sagt ein vorbeigehender Blaumannträger zu ihm: «Taugt nichts!», und trägt eine Styroporplatte zu seinem Transporter, eilig, damit sie nicht nass wird.

Menschen, die sich an den Rändern der großen Zentren herumdrücken: Winkelerscheinungen, vertraute Streuner, abgewetzte Sichtbekanntschaften. Eine ältere Asiatin ist bei Hitze wie Regen auf ihrem Fahrrad unterwegs, immer im selben lila Anorak, eine

Isomatte auf dem Gepäckträger. Diese eigentümlich reizlose Frau fährt an den Ufern des Flusses entlang, auf dem sich Touristenboote entlangschieben, oder sie kurvt zwischen den prachtlosen Palästen der Regierung umher. Das passt gut, denkt August, nur ist die reizlose Frau sehr klein, und die prachtlosen Paläste sind sehr groß. Ihm ist auch aufgefallen, dass die Beamten, die man von einem Büro ins andere eilen sieht, oft der radelnden Asiatin ähneln. Die Asiatin kennt er aber noch von anderswo. Jeden Abend kann man sie vor einem der Konzerthäuser sehen, mit einem abgegriffenen Pappschild, auf dem *Suche Freikarte* steht. August stellt sie sich als wahrhaft Liebende vor: Wohnungslos, lebt sie ganz im Obdach der Musik. Sie ist immer bei der hochkarätigsten Veranstaltung des Abends; Veranstalter, die den Wert ihres Programms prüfen wollen, sollten vor die Tür gehen und nachsehen, ob sie da steht. Wie oft schafft sie es hinein? August hat sie drinnen noch nie gesehen (er hat aber auch nie nach ihr gesucht).

Überhaupt die Figuren in und vor den Konzerthäusern: Der Brezelverkäufer steht immer vor der Tür, nur wenn es keine Pause gibt, bei Oratorien und Mahler oder Bruckner, zieht er zu Konzertbeginn ab. Einmal hat August an der Abendkasse keine Karte mehr für Mahlers Neunte bekommen und wollte stattdessen dem Brezelverkäufer folgen. Doch dann ist sein Blick an den Straßenmusikern hängengeblieben. Sie hatten ihre Instrumente abgestellt und unterhielten sich auf

Russisch, zwei zählten das Geld, einer rauchte, einer aß ein Wurstbrot. Der Brezelverkäufer war, als August sich nach ihm umschaute, verschwunden.

Im Inneren eines Konzerthauses gefällt ihm der Toilettenmann, ein lässiger Inder, der sich an die Heizung lehnt, Stecker im Ohr, und jedem Hereintretenden zunickt. Was für Musik er wohl hört? Indische Schlager? Oder vielleicht immer das, was wenige Meter entfernt, im Saal, auf dem Programm steht? Oder schützt er bloß seine Ohren vor dem Luftzug der Schwingtür? August stellt sich vor, der Mann höre tatsächlich nichts: Eine Stunde lang arbeitet er im Stillen, spült oder bürstet hier einmal nach, erneuert da eine Rolle Papier, und wenn in der Pause ein Schwall Konzertbesucher sich in die Toilettenräume ergießt, sammelt er gesummte Töne, gebrummte Motive, gepfiffene Melodiefetzen, entstellt zwar, aber doch verwandt, und setzt sich so das Stück zusammen, das er nicht gehört hat: Was gäbe August darum, dieses zusammengeklaubte Stück im Kopf des Inders einmal hören zu dürfen!

Denn Klauben und Sammeln ist ja die Hauptbeschäftigung der Leute am Rand, auch die kleine Asiatin ist eine Musiksammlerin. Eine andere Frau prüft im Park Blätter, Blumen, Sträucher, pflückt Schafgarben, Gänseblümchen und manches, das August nicht erkennt, und packt alles in ihren Rucksack; um es zu essen? Sie ist eine Einzelgängerin. Und welche dunklen Gestalten turnen da nachts auf den Containern hinter dem Supermarkt herum? Sie sind maskiert und tragen Höhlenlampen an der Stirn. Neben den Containern stehen Fahrräder mit Anhängern. «Bleiben Sie weg», ruft ihm einer von oben zu, «auf die Müllcontainer nur mit Atemschutzmaske!» «Was machen Sie da?», fragt August neugierig. «Wir containern. Wir sammeln das Weggeworfene ein», sagt der Maskierte, seine Lampe leuchtet August ins Gesicht: «Mögen Sie Paprika? Hat nur eine Delle. Oder Aufschnitt mit einem Fleck auf der Verpackung, oder eine Tafel Schokolade, nur leicht eingerissen, oder gerade abgelaufenes Olivenöl? Ich bitte Sie, Öl mit Verfallsdatum – denken Sie das!» Wie spricht der denn? Das wird doch nicht … «Dahinten kommt ein Wachmann», sagt August. «Ja», sagt der Aktivist, «Abfall entwenden ist per Gesetz Diebstahl.» Der Wachmann grüßt und geht weiter. August nimmt Schokolade und Olivenöl mit. Auf dem Rückweg denkt er, diese Art von Sammeln wäre nichts für ihn, sie erscheint ihm gesundheitsgefährdend. Aber er sammelt ja auch, Bilder und Erlebnisse, oder wenigstens ihre Schatten und Echos. Die Aktivisten sammeln, um sich dem System zu widersetzen, die Frau im Park sammelt, um zu essen, vielleicht um zu überleben; aber er, wozu sammelt er? Er häuft an, er hortet, fürchtet er und denkt mit Schrecken an den Keller seiner Eltern, rappelvoll von Kram, zusammengetragen in zu vielen Jahrzehnten. Sammeln, ohne zu horten, wird er das hinkriegen?

LustschlösschenCenter *Aktuell* – September

Editorial

Bevorraten Sie sich für den Herbst!

Liebe Leserin, lieber Leser,

wie der Septakkord nach Erlösung aus Dissonanz, sehnt sich der September nach Wandel: *Herbstmond* nannten ihn unsere Vorfahren, auch *Scheiding*. Doch allem Ende wohnt ein Zauber inne, die Verheißung neuen Anfangs. Wir vergolden Ihnen den Herbst mit Kreationen, Präsenten, Ideen – getreu unserem Leitspruch: Bequemheit *erleben*.

Homing heißt der aktuelle Herbst-Trend: Wer jetzt kein Heim hat, baut sich keines mehr. Bevorraten Sie sich mit Musik und Genussmitteln. Und was wäre der Herbst ohne Deko-Artikel? In den *Wohnwelten* wird Zuhausebleiben zum Erlebnis.

Wenn kalter Wind weht, sind pfiffige Verschluss-Lösungen gefragt: Ein neuer Wohlfühl-Pullover aus Shetlandwolle dichtet Sie ab – Qualitäts-Auswahl im *Britannia Wool Store*. Küchenprofis sichern sich den hochwertigen Aroma-Dampfgarer *TV-Koch* mit prämiertem Güte-Glasdeckel und Transtherm-Allherdboden, exklusiv vom 1. bis 30. September in den *Französischen Kochkunst-Passagen*.

PreisClou des Monats® in unseren Verbrauchermärkten: herbstliche Blattsalate aus regionalem

Anbau und die letzten pakistanischen Flugmangos – schützen Sie Ihre Schleimhäute mit der Extra-Portion Vitamin A.
Außerdem: 20 Prozent auf Tiernahrung.
Ceterum censeo: Unterhaltungs-Elektronik war noch nie so günstig wie heute.
Herzlichst, Xerxes

So wie er jetzt ums Fußballstadion streicht, hat er sich schon als Kind am Rand von großen Veranstaltungen herumgedrückt: Auf dem Weihnachtsmarkt oder Rummelplatz ist er gern in die schmalen Korridore und Brandgassen hinter den Buden geschlüpft, drei Schritte nur, und schon war er vom Gedränge weit, weit entfernt. Die Eltern meinten, dem Kind seien Massen eben unangenehm, schon seine große Schwester war ja eine Einzelgängerin, und später hat er das auch gedacht; erst vor kurzem ist ihm aufgegangen, dass er schon damals den Zauber der Peripherie empfunden hat. Drinnen läuft die erste Halbzeit, aus den Öffnungen der großen steinernen Schüssel klingen undeutliche Geräusche von vierzigtausend Menschen. Verkäufer sortieren ihre Waren, schneiden Folien auf, legen neue Würste auf den Grill; ab und an kommt ein Zuschauer, der die Warteschlange in der Pause vermeiden will. Auf einer Wiese sitzt eine Frau und hält den Kopf eines Betrunkenen im Schoß. Eine Polizistin hat ein kleines Radio dabei und hört den Bericht vom Spiel, das im

Stadion läuft; einen Atemzug bevor der Radioreporter ruft: Tor! Tor!, ist schon der Jubel der vierzigtausend herausgedrungen.

Er spaziert durch das Viertel, wo er als Student seine erste eigene Wohnung hatte, ein kleines feuchtes Loch im Erdgeschoss, in einer unattraktiven Gegend, schon nach wenigen Monaten ist er umgezogen. Nun wird das Haus also saniert, ein Plakat flattert im nassen Wind, kündigt den Umbau in ein *Energiehaus* an. August erinnert sich an die Trägheit, die ihn damals beherrscht hat, die ihn heute noch in seinem Appartement befällt; das wäre was: in einem Energiehaus leben! Die Erdgeschosswohnung ist entkernt, der frühere Zuschnitt der Zimmer nicht mehr erkennbar, eine Maisonette über zwei Etagen entsteht. Draußen türmt sich ein Müllhaufen aus herausgerissenen Steinen, Brettern, zersplitterten Möbeln, obenauf liegt ein Waschbecken. Ist das seins gewesen? Er stellt sich vor, dass er sich vor fünfzehn Jahren an diesem Becken die Hände gewaschen hat; er sieht dem Raum, den er einmal bewohnt hat, beim Verschwinden zu, und ihm ist, als betrachte er sein eigenes Leben vom Rand aus. Soll er das Waschbecken mitnehmen? Abfall entwenden ist Diebstahl, außerdem ist es zu schwer. Mit dem Handy fotografiert er die Telefonnummer der Verkaufshotline.

Wieder auf der Straße, sieht er ein Kleinkind beim Versuch, mit dem Dreirad eine Rollstuhlrampe hinaufzufahren. Mit rotem Kopf, die Adern auf der Stirn geschwollen, keucht es vor Anstrengung und nimmt um sich herum nichts wahr. August bemerkt, dass er sich nicht nach der alten Wohnung sehnt, sondern nach dem Menschen, der er damals war; obwohl dieser Zwanzigjährige ihm verdruckst und glücklos erscheint, hat er doch ein Leben voller Löcher und Lücken geführt, mehr Zukunft als Gegenwart. Eine Haustür geht auf, eine Frau ruft das Kind zum Abendessen herein. Während die Tür sich hinter Kind und Dreirad schließt, fragt sich August: Was mache ich hier? Er sucht ja immer nur Vergangenheit und Verfall. Wenn man durch Straßen geht, verzerrt sich alles, auf den Straßen ist die Vergänglichkeit übermäßig sichtbar. Aber das Leben in den Wohnzimmern, an den Arbeitsstätten, in Vereinen, Kirchen und Moscheen sieht man nicht, es ist von draußen unsichtbar. Dass er immer nur das Abweichende sucht, kommt ihm jetzt wie eine Anmaßung vor, so, als würde er behaupten, das Normale ohnehin zu verstehen.

Er betrachtet Klingelschilder: Formen, Zustände, Namen. Oft überrascht es ihn, wie viele Klingelschilder ein unscheinbares Mietshaus hat. So groß ist also dieses Haus (oder so klein die Wohnungen). An einer Haustür sind alle Messingschilder blank poliert, nur eins nicht. Wohnt da ein einzelner schlampiger Mensch in einem ordentlichen Haus? Oder hat der Hausmeister absichtlich um dieses eine Schild herumgeputzt? Ein Schild auszulassen scheint umständlicher, als es mitzuputzen. Oder besteht das eine Schild aus minderwertigem Messing, das schneller blind wird? Woanders steht auf einem neu angebrachten Klingelschild *Unbekannt*. Dieser Scherz ist August zu forciert, und er erinnert ihn an einen Wochenendtrip mit Susanne nach Wien, wo auf den Klingelschildern keine Namen, nur Nummern stehen (so weit ist dort die Aufklärung getrieben).

An der Tür eines Sozialbaus stehen nur türkische, an der Tür des gegenüberliegenden Gründerzeithauses nur deutsche Namen; da haben die Türken die schönere Aussicht. Als August zählen will, wie viele Parteien in dem türkischen Haus wohnen, geht die Tür auf, und ein älterer Mann kommt heraus. «Zu wem möchten Sie?», fragt er, ehe August sich abwenden kann, da denkt August sich schnell einen Namen aus: «Gülöglu.» «Sechster Stock links», antwortet der Türke und hält ihm die Tür auf. Nanu? Hat er etwas falsch verstanden? Den Namen gibt es doch wohl gar nicht. Im Hausflur steht ein Fuhrpark von Kinderwagen. Der Fahrstuhl funktioniert nicht, *wegen Vandalismus*, darum steigt August zu Fuß sechs Etagen hoch. An den Treppenhauswänden stehen unbeholfene Tags, Beschimpfungen, Liebeserklärungen, vor Wohnungstüren sind Fahrräder festgekettet an eingelassene Ringe, im vierten Stock hat jemand Topfpflanzen aufgestellt. Vor der Tür mit der Aufschrift (tatsächlich) *Gülöglu* zögert August. Soll er klingeln? Unter welchem Vorwand? Vielleicht ist ohnehin niemand da. Ob hier eine große Familie wohnt? Oder alte Leute, oder ein einzelner junger Mensch? Schließlich will August seine so zarte Verbindung mit dem oder den Güglöglus nicht aufs Spiel setzen, deshalb geht er.

Er schleicht durch Treppenhäuser, guckt sich Briefkastenschlitze, Wohnungstüren, Fußmatten an. In einer ärmlichen Gegend findet er ein unerwartet herausgeputztes Treppenhaus, an den Wänden hängen Drucke von Dalí und Miró, Blümchen und Schleifen, wer hat das alles besorgt? Ein im Haus wohnender Eigentümer, ein engagierter Hausmeister, eine aktive Mieterin? Wenn Tore offen stehen, geht er in Hinterhöfe. Manchmal lassen sich verwinkelte Systeme finden, verborgen vor der Straße, eine Stadt hinter der Stadt; August wäre gern Briefträger oder Müllmann, um die Straßenzüge mit anderen Augen erforschen zu können. Oft ist von der Fassade nicht auf den Charakter der Höfe zu schließen, hinter leuchtenden Fronten verbergen sich trostlose Schächte, bloße Müllstandsflächen, während hinter ranzigen Vorderseiten überraschende Gärten liegen; gerade ist August vor einem Haus auf eine gefrorene Forelle getreten, die jemand eben verloren oder weggeworfen haben muss, und jetzt findet er im Hinterhof einen verfallenen Jugendstilbrunnen, eine Grotte voller Nymphen und Faune, da stellt er sich vor, die Forelle ist übermütig aus dem Brunnenwasser herausgesprungen und gleich, im Sommerregen, tiefgefroren.

Er schielt in Parterrebüros und Handwerksbetriebe, sieht in einer Änderungsschneiderei einen vornehm wirkenden älteren Herrn an einer Nähmaschine, in gebückter Konzentration unter einem Atatürkporträt, betritt eine Schusterei und kauft schwarze Schnürsenkel, schaut sich dabei zwischen Schuhen und Werkzeugen um, betrachtet Risse in der Wand, ein Marienbild über dem Arbeitstisch des Schusters. Er geht durch Flure von Volkshochschulen. In einer Bibliothek sieht er, durch ein Regal, einen Rentner neben einem Jungen sitzen, über Büchern und Heften, bei der Lösung einer Mathematikaufgabe. Der Rentner fragt den Jungen nach seinen Zukunftsträumen, der Junge kommt ins Erzählen, der Mann hört zu und lenkt schließlich behutsam die Aufmerksamkeit des Jungen wieder zur Aufgabe hin, und der Junge sagt ernsthaft: «Ja.» Da kommt sich August wie ein Zeitverschwender vor. Trotzdem setzt er sich halbe oder ganze Stunden, die er der Büroarbeit abgezwackt hat, in Wartezimmer von Behörden, um sich die Leute anzusehen, oder betritt ein Arbeitsamt, das jetzt JobCenter heißt, einen strahlend neuen Klinkerbau, riesengroß, eine Art Mall, in der Kunden mit leeren Stunden zahlen; wenn sie keine BG-Marke vorweisen können, werden sie von Wachleuten in eine Nebenhalle gewiesen, wo sie sich anstellen müssen, während August, ohne BG-Marke und ohne Not, freie Stunden loszuwerden, einfach wieder hinausspazieren kann, in einem Anflug von Scham, als hätte dort, ausgerechnet dort, irgendwer auf ihn aufmerksam werden können. In Ämtern und Behörden fällt niemand auf, verdächtig ist August nur auf Höfen, Treppen, Kelleraufgängen: Wo ein Trinker herumlungern, ein Sammler um Müllcontainer und Gebüsche streichen darf, weist Augusts Aufzug ihn nicht als Verlorenen aus, der das Recht hätte, rumzugehen ohne Ziel. Oder sein Alter macht ihn zur bedenklichen Figur, wie in einem Schulgebäude, das August eines Abends betritt: Die Wegweiser zur Theateraufführung beachtet er nicht, sondern läuft auf Linoleum durch dunkle Gänge, schaut in leere Klassenzimmer, sieht sich die Tafelbilder des vergangenen Tages an, schaut in Vitrinen mit Bastelarbeiten, liest Plakate über Vulkanismus und die Entstehung der Arten – bis er dem Hausmeister über den Weg läuft, der ihm misstrauische Fragen stellt, irgendwo anruft und schließlich zum Ausgang bringt, mit einem argwöhnischen Blick, dessen Berechtigung August einsieht.

Leider kann man nicht durch fremde Wohnungen spazieren. August würde gern einige Tage lang nichts anderes tun, durch eine nach der anderen. Wie ließe sich das anstellen? Ein paarmal geht er zu Besichtigungsterminen, die er in der Zeitung findet, aber das ist nichts. Stattdessen nimmt er verstohlen Einblicke ins Private, späht durch Scheiben in Erdgeschoss- und Hochparterrezimmer. Manchmal stehen Puppen am Fenster, gucken nach draußen, wie eingesperrte Kinder, vielleicht sollen sie, durch gespenstischen Gegenblick, neugierige Glotzer bannen. Auch Balkone sind solche Einfallstore ins Heimische, es gibt Kunstgärtchen und Bonsaiplantagen, Urwälder und Wucherungen; Abstellbalkone unter Taubennetzen, vollgepackt mit Flaschen, Kisten, ausrangierten Möbeln; auf einem Balkon stehen ein Strandkorb und ein Schlitten nebeneinander. Einmal gewährt ein Parterrebalkon August eine, wie ihm scheint, intime Einsicht: Eine Frau gießt die Blumen in den Kästen, doch im Ablauf dieser Tätigkeit zeigt sich ein Bruch, die Frau gießt die Blumen nicht in einer Linie durch, sondern erst von rechts bis kurz vor die Mitte, dann von links bis kurz vor die Mitte, und die Mitte zuletzt; die routinierten, wie tausendmal geübten Bewegungen sprechen gegen einen Zufall, und so ist August, als habe er soeben eine Art von Widerstand gesehen, Widerstand konserviert in ewigem Frost.

Unvorstellbar, dass das gehen soll: etwas zu tun. Er starrt auf Chianti und Bockwurst, im flackernden Kerzenlicht, hört weit entfernt einen krachenden Punksong, ist wie gelähmt, plötzlich bemerkt er, er hält ja Besteck in den Händen, und das ist seltsam, gerade eben hat er noch die Hände frei gehabt, und jetzt sind da zwei Dinge: rechts Messer, links Gabel. Er spürt in der Rechten noch die Bewegung, mit der er das Messer eben aufgenommen hat, er kann ja die Linie der Bewegung im Raum sehen, sie leuchtet, nur wenn er die Augen zusammenkneift, um die Linie scharf zu stellen, löst sie sich auf. Wie ist das möglich, dass sich irgendetwas verändert? Die Bockwurststücke liegen ihm schwer im Magen (er isst doch kein Fleisch, aber er hat solche Lust auf Bockwurst gehabt), die Kerze auf dem Tisch züngelt, als strichen Gespenster durch den Raum. Mittags hat er sich in den Raum der Ruhe gelegt und ist unter Wellnessklängen weggedämmert, da hat er irgendwas geträumt, und dann – wacht er auf, steht in einem Bürohochhaus und guckt zum Fenster hinaus, an der Fassade schwingt ein Außenfahrstuhl hin und her, wie eine Schaukel im Sturm, dann brennt das Gebäude, Qualm im Treppenhaus, man muss aus dem Fenster, unten auf der Straße stehen schon Feuerwehrleute, aber sie haben keine Sprungtücher, daher bitten sie die vorbeigehenden Passanten, ihre Jacken und Mäntel herzugeben. Sieh an, die Passanten kennt er ja, das sind die Kollegen aus dem Center-Management. Aber was fällt ihnen ein, die Jacken nicht herzugeben? Sie gehen vorbei, als stünde das Hochhaus nicht in Flammen, es ist ja schon furchtbar warm, also zieht August selbst sein Jackett aus und wirft es hinunter, hat noch Angst, beim Werfen aus dem Fenster zu plumpsen, aber das passiert nicht, vier Feuerwehrleute spannen das Jackett auf, und August fasst sich ein Herz und springt, aber kaum im Jackett gelandet, hüpft er wie ein Flummi wieder hoch, bis zu dem Fenster, aus dem er eben gesprungen ist, fällt wieder runter, schnellt wieder hoch, wieder runter, wieder hoch, die Höhe verringert sich überhaupt nicht, er hopst immer wieder auf die Höhe, aus der er vor Stunden gesprungen ist

der Stammgast quetscht sich an Augusts Tisch vorbei, den Hut tief ins Gesicht gezogen, Wotan mit der Dreibeinigkeit im Schlepptau. Der Zigarettenrauch macht die Bockwurst nicht besser, aber der saure Chianti spült Leben durch Augusts Adern. Die Musik geht aus, Mitternacht, der Stille Donnerstag hat begonnen. Irgendwo redet jemand sehr laut, und jemand antwortet sehr laut. August schaut durch den Raum, um die Verursacher des sehr lauten Redens zu finden. Es dauert eine Weile, bis er sie entdeckt, sie sitzen am anderen Ende des Raums, direkt vor der Frontscheibe zur Straße, Amerikaner, zwei Männer und zwei Frauen. Im ganzen Raum hört man ja nur diese vier reden, so wirkt es, als bewegten die anderen Gäste ihre Münder stumm. Über den Amerikanern hängt ein Plakat am Fenster, eine Laterne strahlt es von draußen an:

SCHANDFLECK RETTEN
IMMOBILIENHAIEN FLOSSEN ABSCHNEIDEN

Auf der Straße parkt ein leerer Reisebus, bedruckt mit der Werbung einer arabischen Fluggesellschaft, in einem auffälligen Lavendelton. Da kommt ein Moped angefahren und bleibt neben dem Bus stehen, im Laternenlicht hat es die gleiche Lavendelfarbe wie der Bus, sodass es aussieht, als wäre das Moped mit einer hauchdünnen Linie auf den Bus gezeichnet oder soeben aus dem Bus herausgeschnitten worden.

August macht einen Schlenker über den Uferweg, um Haare und Kleider zu lüften und mit der Bockwurst im Magen und dem sauren Chianti im Kopf fertig zu werden. Im Gras feiert keiner mehr, der laternenlose Weg wirkt dunkler als in den heißen Tagen, durchs ewige Geniesel ist alles vollgesogen mit Feuchtigkeit. Aber in der Ordnung des Uferwegs, wie August sie erwartet, zeigt sich eine Lücke: Der Obdachlose am Pfeiler der Bahntrasse ist verschwunden, Tüten, Rucksack, Einkaufswagen sind fort, die Bank mit Flussblick leer. August fröstelt, er kommt sich wie der Letzte vor, der jetzt noch draußen ist. Wo mag der Mann hin sein? In eine Obdachlosenunterkunft gezogen, wegen des Regens, schon im September? Oder hat er schlappgemacht, hat es ihn erwischt? Wie könnte man das erfahren? August wechselt die Richtung, klappert Bänke, Brücken, Unterführungen ab, wirft Blicke in geschützte Ecken und trockene Winkel, aber der Obdachlose bleibt unauffindbar. Allmählich kommt August in belebtere Straßen, doch kein Vergleich mit dem Trubel in den heißen Monaten, Touristen und Passanten haben es eilig, vor den Cafés stehen Heizpilze, die großen Sonnenschirme bieten Schutz vor der Nässe, Wolldecken liegen auf den Stühlen bereit, doch nur ein paar Raucher sitzen noch draußen.

Er betritt die frischgeteerte Hauptallee des wiedereröffneten Parks. Bald biegt er auf einen matschigen Seitenweg ab, er geht langsam, um nicht aus Versehen in eine Pfütze zu treten. Hier und da ziehen sich schon Trampelpfade quer durch den neuen Rasen. In der Zeitung wurde einmal von einem Campus in Amerika berichtet, wo nur Rasen ohne Wege verlegt wurde, weil die Planer abwarten wollten, welche Pfade durch die Fußgänger entstehen würden; August hat den Artikel damals Xerxes gezeigt, und der hat gesagt: Das, Herr Kreutzer, wäre etwas, ein Center als *bloßer leerer Raum*, in dem die Kunden Gänge und Geschäfte erst *schaffen, indem sie sie aufsuchen* – denken Sie das! Plötzlich sieht August seinen Schatten, die Wolken haben den Mond freigegeben, August muss niesen und entdeckt auf einem Baum etwas, was ihn interessiert, doch schon ist das Mondlicht wieder weg. Er geht durchs Gras zu dem Baum und beleuchtet mit dem Handydisplay die Rinde, bis er den Umriss eines Herzens findet, in dem steht:

A+J
2003

Die eingeritzte Liebeserklärung hat die Sanierung des Parks überdauert, ob auch die Liebe gehalten hat? Ohnehin vom Weg abgekommen, stapft er zu einem nahen Tümpel. Er nimmt sich einen Stock und stochert im Ufergebüsch, wonach, weiß er nicht, und zieht zwischen Gräsern eine unverrottete Tüte hervor, zerknittert und dunkel, er entziffert *Medea-Markt*.

Da stellt er sich vor, der kleine schwarze Tümpel verberge eine gigantische, taghell erleuchtete Mall. Als der Mond wieder herauskommt, will er einen Blick auf den Grund des Gewässers werfen, aber es scheint undurchdringlich. Vergebens versucht er, im Tümpel sein Spiegelbild zu erkennen. Stattdessen bemerkt er am anderen Ufer etwas Regloses, ein ertrunkenes Kaninchen; dabei wird die Böschung dort drüben keine zehn Zentimeter hoch sein. Er wirft Plastiktüte und Stock ins Wasser.

Der Weg zwischen Park und Straßenrand ist nass und frei von Pollen. August kommt an der Stelle vorbei, wo er vor einigen Monaten dem Polizeieinsatz zugesehen hat; die Absperrung ist längst aufgehoben, jetzt ist dort ein neuer Grillplatz. Der Ehemann der Toten, stand in der Zeitung, sei unter Mordverdacht festgenommen worden, um die vier Kinder habe er sich nach dem Verschwinden der Mutter liebevoll gekümmert, all die Jahre; August denkt, es wäre besser, der Park wäre geblieben, wie er war. Der Regen hört nicht auf. August schaut auf die Uhr, es ist halb drei. Ihm fällt ein, den Briefkasten mit der drölf zu suchen – der wird doch nicht auch ausgetauscht sein? Nein, da ist er. August geht in die Hocke und wartet. Kauernd, mit krummem Rücken, betrachtet er seine Schuhe, er muss sie putzen, bevor er ins Büro geht, müsste sie auch wieder gegen Nässe imprägnieren, eigentlich bräuchte er in den kommenden Monaten festeres Schuhwerk (in den kommenden Monaten, was heißt das, will er denn ewig weitergehen?). Da nähert sich der weißangezogene Mann. August erwartet, dass er an ihm vorbeilaufen werde, ohne ihn zu beachten; und tatsächlich guckt der Dauerläufer ihn nicht an, aber er scheint seine Augen leicht zu drehen, um aus den Winkeln einen flüchtigen Blick auf den hockenden Mann zu werfen. Als August auf die Uhr guckt, ist er enttäuscht, es ist erst zwei Uhr fünfunddreißig, der Dauerläufer ist drei Minuten zu früh dran. Mag sein, er bewegt sich bei Regen etwas schneller. August friert, er steht auf und geht weiter, ohne dem Dauerläufer nachzuschauen. Aber schon nach wenigen Schritten wird er unsicher. Hat er am richtigen Ort gewartet? Ist vielleicht der Briefkasten nicht ausgetauscht, aber versetzt worden? Und wer weiß, ob seine Uhr heute genau geht, oder ob sie damals genau ging? Vielleicht ist die Gleichmäßigkeit des Dauerläufers doch perfekt, aber unmessbar. Er bekommt Lust auf einen Crêpe, er sieht Manjas Hand, wie sie den Teig mit dem Rechen sachte kreisend auf der heißen Platte verteilt und glatt streicht: Da wäre doch vollkommenes Gleichmaß zu finden; aber ist das Harmonie oder Dressur? Beim Nachdenken ist er in einen leichten Laufschritt verfallen, er könnte ja im Dauerlauf nach Hause, dabei würde ihm warm werden. Er bemüht sich um eine fließende Bewegung. Aber sie gelingt ihm nicht, er wackelt, schwankt, wird nicht zu einer Linie. Er hätte gedacht, das Gehen hätte ihn fit gehalten, aber er hechelt ja schon. Trotzdem ist das Laufen angenehm. Er spürt, wie der Regen ihn durchnässt; nach einer Weile wird ihm warm, er beginnt zu schwitzen, und der Regen, stärker geworden, trifft auf sein heißes Gesicht. Die Brille beschlägt, die Straße verschwindet hinter einem Vorhang, August sieht wie durch Gaze, dahinter ist alles scharf, klar konturiert, und doch nur zu erahnen; da setzt er die Brille ab und steckt sie in die nasse Hosentasche, kein Brillenrand schneidet mehr ins Sichtfeld, Straßennamen kann er nicht mehr lesen, alles unscharf, doch der Schleier ist fort, und obwohl die Dinge verschwommen sind, ist ihm, als zeigten sie sich ihm erst jetzt.

In triefenden Kleidern läuft August durch seine Wohnung. Der Wasserkocher blubbert, in der leeren Tasse hängt ein Beutel Assamtee. August geht ins Wohnzimmer, öffnet den Klavierdeckel und schlägt drei Töne an, er hat ewig nicht gespielt, fängt ein Nocturne an, mit klammen Fingern, vergreift sich, es ist ein Jammer, und die Tasten sind nass, und jetzt ist keine Zeit, zu der man Klavier spielen darf (auch kein Nocturne?). Er zieht sich trockene Sachen an und überlegt, ob er zwei, drei Baldrianpillen nehmen soll; wieder so ein Unsinn, erst Assamtee trinken, dann Baldrian schlucken. Er schaltet den Fernseher ein: Wiederholung einer Diskussionssendung, ein Politiker plädiert für mehr Regulierung, ein anderer für weniger Regulierung, beiden hört August mit zustimmendem Kopfnicken zu. Ein Lokalsender berichtet vom Kongress der Wohnungsunternehmen, ein Vertreter warnt vor einer gigantischen Leerstandswelle, einem Leerstands-Tsunami: Um die Städte zu retten, müssen Tausende Häuser rückgebaut werden. August schaltet ab und setzt den Kopfhörer auf, denkt daran, die Winterreise zu hören, und legt die Hammerklaviersonate ein. Den ersten Satz nimmt er mit halbem Ohr wahr, im Scherzo döst er momentweise, im Adagio erinnert er sich, wie er als Teenager mit seinem Walkman alle Beethovensonaten durchgehört hat: Sommerurlaub in den Bergen, seine Schwester war allein verreist, mit Interrail in die Antike, seine Eltern machten Bekanntenbesuche, er blieb Tag für Tag allein in der Ferienwohnung, und während er sich vorarbeitete von der Pathétique zur Waldstein, von der Appassionata zu den späten Sonaten, schwirrten ständig Fliegen um ihn, setzten sich in seine Haare und auf seine nackten Füße, schrecklich lästig, und so schlug er, wenn eine Fliege in Reichweite war, zu, ohne die Musik zu unterbrechen; sodass, wenn er eine Sonate fertig gehört hatte und den Kopfhörer absetzte, um ihn ein Ring aus toten Fliegen lag. Als er im Finale ankommt, hat er die Bodenschwere noch immer nicht verloren, sondern fühlt sich massig, versinkt bleiern im Sofa, da macht er die Musik aus, nur wenige Takte vor Schluss. Wie ein nasser Sack hängend, erinnert er sich an seine alte Studentenwohnung und denkt, wenn er in der dort entstehenden luftigen Maisonette wohnte, würde ihn die Sehnsucht nach dem alten feuchten Loch erdrücken.

Vielleicht kommt ja die merkwürdige, niederpressende Schwerkraftempfindung aus der unsichtbaren Geschichte seiner Zimmer? Daher, dass da, wo er den Fuß hinsetzt, immer eine unbekannte Vergangenheit ist? Sein Appartement, schick mit Klötzchenparkett, Einbauküche, Fußbodenheizung im Bad: Wie mag das früher gewesen sein? Er vermutet, dass die Wohnungen bei der Sanierung neu zugeschnitten wurden, aber nicht einmal das weiß er sicher. Wer mag hier früher gewohnt haben? Eine vielköpfige Arbeiterfamilie, Väter mit welchen Berufen, was für Mütter, Kinder in welchem Alter (was mag aus ihnen geworden sein), vertrugen sie sich, war es ein sorgenvolles Leben, waren sie glücklich, oft, manchmal, in seltenen Momenten? Der Gedanke an solche gewesenen Momente verzaubert gelegentlich die Zimmer. Und wie mag das Haus vor dem Krieg, während des Kriegs, nach dem Krieg ausgesehen haben? Einmal ist August durch den Keller gestrichen und hat Ausschau nach Spuren gehalten, nach Schildern aus Luftschutzkellern und was er sich so vorstellte. Aber nichts, nur ein Gang, aufgeräumte Abstellkammern, der verschlossene Heizungsraum.

Er macht wieder den Fernseher an, wo sich zwei dicke Frauen ankeifen, angestachelt von einer schönen Moderatorin, dazwischen steht verloren ein töricht wirkender Mann, um den sich der Streit zu drehen scheint. In der Ecke des Bildschirms steht *Aufzeichnung. Bitte nicht mehr anrufen*! August stellt den Ton ab, jetzt zanken die Gestalten stumm. Er schaut zum Bücherregal hinüber, da stehen mit ihrem verdunkelten Rücken die Bekenntnisse, die er aus den Tristen Tropen geholt hat. Er weiß den Popel im Buch sicher geborgen. Was, überlegt er, wenn die ganze Schwerkraftsache gar nichts mit der Wohnung zu tun hätte? Vergangenheit ist überall, man müsste bei jedem Schritt zu Blei erstarren. Vielleicht ist die Schwerkraft in die Wohnung von außen hereingetragen worden; vielleicht trägt August selbst sie Abend für Abend herein, sie könnte aus der Mall stammen, dort, im ewigen Tageslicht, muss sie sich natürlich verstecken, aber sie krallt sich heimlich in August fest, und erst bei ihm zu Hause, wenn er dämmerig wird, kriecht sie hervor und macht sich breit.

Draußen wird es hell. August schaut zum Fenster hinaus, am Himmel sind schon lang keine Mauersegler mehr, auf dem Dach gegenüber sitzt eine Nebelkrähe. Statt Baldrian zu nehmen, wirft er Ritalin ein und fährt den Rechner hoch, um ein paar Mails abzuarbeiten (wer weiß, was Xerxes ihm wieder geschickt hat, zur Geisterstunde hat er immer die heftigsten Inspirationen). Noch einmal macht er die Hammerklaviersonate an, diesmal ohne Kopfhörer, aus den Boxen klingt das Fanfarenmotiv, da huscht er schnell zur Suchmaschine, und während es sich zum Fugato wandelt, stellt er fassungslos fest, dass es august kreutzer jetzt über tausendmal gibt: Er wettert gegen Türken, Zigeuner, Juden; in den Leserforen der Zeitungen ist die Hälfte seiner Kommentare gelöscht, er verflucht auf dunklen Seiten Muselmänner, Terroristen, Bonzen, nennt eine Ministerin Blut-Vampir und einen Fußballspieler, der ins Ausland wechselt, Volksverräter. Aber die Hetzereien sind nur Ausflüge, meist tummelt er sich auf Sexseiten. August schaltet alle Filter aus, um auch die ausgeblendeten Seiten anzusehen. Er muss jetzt Xerxes' Angebot wahrnehmen und sich bei Mißfelder melden, denkt er, während er sich auf www.spannernetz.com umsieht, wo heimlich aufgenommene Fotos von Frauen stehen (unter der Dusche, beim Sex, beim Pinkeln am Strand), mit hämischen Betrachterkommentaren; august kreutzer gehört zu den Fleißigsten, über eine knapp bekleidete Radfahrerin schreibt er: *da wird die Pflaume von der süssen Blondine aber ganz schön schwitzen und stinken*, über eine barbusige Volleyballspielerin: *Titten Fick nicht möglich – zu klein die Aprikosen*, er gibt knappe Kommentare wie *geht so* und *na ja*, schreibt im Connaisseursjargon *stramme Dinger* oder *Arsch zu fett* oder *Hänge Schläuche*, gibt Anerkennendes von sich: *geile maus, hübsche Nippel, Ganz was Feines*, oder wird ausfällig angesichts einer älteren Nackten: *Sumpf Kuh, Ne fresse zum reinhauen*, und immer so weiter:

Presswurst – zu fette Oberschenkel
bumsen würde ich die auch mal
von hinten
Blasen könnte sie mir schon einen
wenn sie meinen Dampfhammer ins Maul gesteckt
bekommt ......

der ist fast 30 cm lang und dick wie eine Schlangengurke
Besser nicht – höchstens mit ner Plastik Tüte über der Birne würde ich da rangehen
Wer möchte die geile Sau nicht mal gerne lecken?
was für ein schöner popo, knallenge Jeans, vermutlich kein Höschen drunter. die würde ich gerne mal von hinten rannehmen!
Nicht schlecht, der Stute mal den BH öffnen …
und von hinten ihre strammen Titten anfassen!
Der würde ich mal gerne meinen Steifen zeigen und mir vor ihren Augen einen runter wichsen!
Der mal auf die Titten spritzen!
Ob die beiden schon angestochen sind?

Zwar, manche der Bilder gefallen August, aber er schüttelt den Kopf und denkt, er sollte die Hammerklaviersonate ausmachen, die Fuge droht ja ins Atonale zu kippen, und liest immer weiter; doch dann beginnt august kreutzer, statt Fotos zu kommentieren, den Leser anzusprechen: *Wenn die Weiber so freizügig rumlaufen und ihre geilen Titten zeigen, dann wollen sie doch auffallen und gesehen werden. Dann sollen die sich auch nicht wundern, wenn sie im Netz landen !!! Hab ich recht oder nicht ???* Tja, hast du da recht, denkt August, oder nicht? Du zeigst ja eine Spur Unrechtsbewusstsein, übst schon Verteidigungshaltung – wunder *du* dich mal nicht, dummer august.

LustschlösschenCenter *Aktuell* – Oktober

Editorial

Lassen Sie sich nicht nassmachen!

Liebe Leserin, lieber Leser,

gibt es den vollkommenen Monat? Was unserer Dezimal-Welt der zehnte, früher *Weinmonat* oder *Gilbhart* genannt, war den Alten der achte Monat: Wie sich die Harmonie des Kosmos in der Oktave vollendet, so läuft der Himmel in 8 Richtungen, teilt sich die Welt in 8 Sphären, kennt der Daoismus 8 Unsterbliche und ist der 8. Schöpfungstag, die Auferstehung, in Karls oktogonaler Pfalzkapelle Stein für die Ewigkeit geworden. Habet acht! Im Oktober erhalten Sie im LustschlösschenCenter jedes 8. Produkt gratis.*

Sind Sie auch durchnässt? Bekämpfen Sie Flüssiges mit Flüssigem: Wärmen Sie sich mit Eichenfass-Barolo aus der *Vinothek Bacher*. Oder besuchen Sie unser neues *Tee-Boudoir*: Als Eröffnungs-Special bieten wir Ihnen Hochland-Darjeeling First Flush aus Sanjukta Vikas, gelbblumig-spritzige Spitzenqualität, mit neuem Pack-Patent aromafrisch verschließbar.

PreisClou des Monats® in unseren Verbrauchermärkten: Purpurschwarze Açaí-Beeren aus dem Amazonasregenwald (höchster je gemessener ORAC-Wert, entspricht dem Wellness-Wert einer Frucht – auch als Superfruit Smoothie) und

das Gesamtwerk von J. S. Bach, flüssig eingespielt auf 155 CDs im Box-Set – Gehirnjogging für lange, nasse Herbstabende.
Ceterum censeo: Unterhaltungs-Elektronik war noch nie so günstig wie heute.
Herzlichst, Xerxes

* (max. bis Durchschnittspreis der ersten 7 Produkte)

Durch regenverhangene Scheiben betrachtet August die vertraute Einkaufsstraße. Zwischen die Geschäfte, die schon immer hier gewesen sind, haben sich Filialen einer Drogeriekette, einer Papierwarenkette, einer Bäckereikette geschoben. Vor August sitzen zwei Schüler, die diese Straße natürlich ganz anders wahrnehmen, ihnen wird sie nicht vorkommen wie ihm: unzulässig verändert. Die beiden sind so alt, wie er war, als er hier lebte und jeden Tag diesen Bus nahm (Fahrzeuge der alten Flotte noch); er versucht, sich das Kind, das er war, in den modernen Bus hineinzudenken, und sofort kommt es ihm ganz verloren vor, bemitleidenswert. Wie alt würden die beiden Schüler ihn wohl schätzen? Wahrscheinlich registrieren sie ihn gar nicht, er wird jenseits ihres Zeithorizonts liegen. Schwer zu glauben, dass nicht er es ist, der da mit dem Bus von der Schule heimfährt. Es ist lange her; nein, andersrum, gerade eben ist es gewesen, sein Leben ist ja grotesk kurz. Was denn nun, ist das Leben lang oder kurz? Und die Häuser dort draußen, sind die groß oder klein? Damals waren sie ihm selbstverständliches

Wohnmaß, heute sieht er, dass sie klein sind, wenn man aus der eigentlichen Stadt kommt, Häuser eines unscheinbaren Vororts, eines Randbezirks, der weder Villenviertel noch Reihenhaussiedlung ist. In so ein Haus, freilich in einer ganz anderen Ecke der Stadt, ist er gestern mit Xerxes gegangen, der ihn eingeladen hatte zur Teilnahme am Arbeitskreis Seelenführung. Die Manager waren den ganzen Tag in Bewegung, liefen auf Socken im Kreis, im Slalom um Seneca- und Buddhafiguren und Pflanzen mit besonderen Eigenschaften, während der Coach in der Mitte des Kreisens stand, sich ungeheuer langsam in die entgegengesetzte Richtung drehte und dabei mit fester Stimme den Teilnehmern erkenntniskitzelnde Fragen zurief: Wie raubst du Atem? Wie ziehst du die zentrale Stellschraube? Führst du zum Erlebnis? Xerxes hatte ein Loch in der Socke, erinnert sich August. Nach dem ayurvedischen Mittagessen gingen sie in einer Grünanlage spazieren und sahen einen großen Vogel in einer Baumkrone sitzen, da murmelte Xerxes: So viel größer als eine Taube – *wunderbar gewalttätige Liebe zur Ordnung*! Wenn man einmal so sehen könnte: mit der Schärfe von Raubvogelaugen, noch die geringste Bewegung in Laub und Unterholz erspüren – Wespenbussard – Ameisenbussard – *Mikrobenbussard* … August dachte im Stillen, es ist ein Habicht, kein Bussard. Die beiden Schüler sind ausgestiegen. August zieht den Reader *Anthroposophie der Führungskraft* aus der Tasche. Kaum hat er zu lesen begonnen, biegt der Bus überraschend ab, durch diese kleine Wohnstraße ist er nie gefahren, geänderte Linienführung, vielleicht wegen Bauarbeiten. August ist tausendmal zu Fuß durch diese Straße gegangen, und nun sieht er sie aus drei Metern Höhe, vom Oberdeck des umgeleiteten Busses: Da ist sie verwandelt, er kann über die Gartenzäune schauen, die er immer nur von außen gesehen hat.

Vor dem Haus seiner Eltern fragt er sich, was ihn so bedrückt: dass sein Besuch für die Eltern ein herausragendes Ereignis ist, für ihn dagegen eine Pflichtübung, keine schlimme, aber etwas, was man einschiebt (selten genug, er ist wieder monatelang nicht hier gewesen). Oder dass, wenn er vor dem Haus steht, vergangene Mittage in ihm aufsteigen, bedrücktes Schlurfen vom Gartentor zur Haustür? Warum ist er damals immer so traurig gewesen? Weil mit jedem Heimkommen das endlose Nachhausebummeln zu Ende war? In der Wohnung ist es sehr warm, wie immer. Augusts Vater schaut vom Fernsehsessel auf und sagt grußlos: «Die Regierung ist scheiße.» Die Schwester, schon am Vormittag aus der Universitätsstadt gekommen, umarmt August und flüstert ihm, statt einer Begrüßung, ins Ohr: «Ich habe die Heizungen schon runtergedreht.» Die Mutter sagt nichts, sie steht auf einer Leiter und tauscht eine Glühbirne aus. (Solang August denken kann, hat immer seine Mutter solche Arbeiten erledigt, nie der Vater, der hat, wenn er abends aus der Praxis kam, immer alle Tätigkeit eingestellt und Nachrichten gesehen oder historische Sachbücher gelesen.) August tritt zur Mutter und hält die Leiter fest. Später, als der Gong im Fernsehen eine weitere Nachrichtensendung ankündigt, begleitet er seine Schwester zum Rauchen auf den Balkon. Kaum ist die Tür zu, sagt sie: «Nachrichten sind das Nichts, die Wiederkehr des Immergleichen. Nichts ist so zermürbend wie die ewig sich erneuernden Parteikrisen.» August schwant ein Lamento. Er guckt durch die Balkontür nach drinnen, auf Geschirrstapel und kalte Platten unter Frischhaltefolie, und da denkt er, Fernsehnachrichten sind ein Abbild seines Lebens: tausend zusammenhanglose Informationen, die sich abschotten gegen die Welt; nein, vielleicht ist es genau andersherum, gerade die gezielte Zusammenhanglosigkeit, rumgehen, gibt ihm momentweise das Gefühl, ein ganzer Mensch zu sein. Er antwortet: «Schlimm sind auch die Reformdebatten», und fürchtet schon, die Schwester angestachelt zu haben zu endlosem Gejammer über die Universitätsreform. Aber sie nimmt die Vorlage nicht auf, sondern sagt: «Weißt du was, Junge? Ich habe neulich einen Laden gesehen, der hieß Agape … verkauft Designerbäder … Marmorbadewannen und Brausen mit Perlen und so was … *Agape*», und sie scheint aufschreien zu wollen, und tut es nicht: «Es nützt ja nichts, ich mache mir nur das Leben schwer, mir und meinen Mitmenschen, wenn ich so was beachte, ich sollte das alles ignorieren … *das alles* … Aber, es fällt mir so schwer.» August versucht, seinen Schrecken zu verbergen, die Schwester wirkt angegriffener denn je, sie raucht hektisch, schaut beim Sprechen um sich, unruhig, als sähe sie wilde Tiere. Er erinnert sich, wie er als Kind zu ihr aufgesehen hat, nie hatte er Zweifel an ihr. Plötzlich denkt er, sie müsste mit Xerxes verkuppelt werden. Bei dieser Vorstellung lächelt er. Die Schwester sagt: «*Du* bist immer sorglos und unbeschwert, Junge.» In ihrem Ton ist kein Vorwurf. August fragt sich, ob Xerxes überhaupt verheiratet oder liiert ist, seltsam, dass er das nicht weiß. «Es geht dir wohl nicht gut?», fragt er. Sie guckt ihn an: «Alle Eltern tun, was unsere auch getan haben: Sie vermitteln ihren Kindern die Illusion, nicht überflüssig zu sein. Das ist eine Hypothek fürs ganze Leben», sagt sie und geht wieder hinein.

Mit trockener Kehle im Bett, hört er draußen den Regen; obwohl das Fenster offen steht, ist die Luft entwässert durchs ständige Heizen, durch all die staubigen Dinge, mit denen die Eltern sein früheres Kinderzimmer zugerümpelt haben. Die Gäste haben über Großtanten geredet, über Abwesende und längst Gestorbene, von vielen kannte August, wenn überhaupt, nur die Namen; Erinnerungen und Anekdoten wurden ausgetauscht, und August dachte, in kleine Geschichten verwandelt, schwingen diese vergangenen Leben noch eine Weile nach, bis niemand mehr weiß, wer das war, und die Geschichten unerzählbar werden. In der Zukunft werden er und seine Schwester und die Kusinen über Eltern, Tanten, Onkel reden, und es werden Jüngere dabeisitzen, die nicht genau wissen, über wen da gesprochen wird. Da fällt ihm das Kind ein, das in diesem Zimmer gelebt hat. Es entsetzt ihn, dass dieses Kind sterben wird; er hat Mitleid, nicht mit sich selbst, sondern mit diesem Kind, das es nicht mehr gibt. Er steht auf und, statt in *Anthroposophie der Führungskraft* zu lesen, stellt sich ans Fenster. Regen in der Nacht hat er immer gemocht. Die Fassade des gegenüberliegenden Hauses wirkt fremd auf ihn, ist sie schon immer nachts angestrahlt worden, von seltsam nutzlosen Scheinwerfern? Er hat das Haus nie genau angeguckt; hätte man ihm den Erker mit seinen täppischen Verzierungen, aus dem Gesamtbild herausgerissen, gezeigt und ihn gefragt, wo er den schon gesehen habe, er hätte keine Ahnung gehabt. Dabei war das achtzehn Jahre lang seine Aussicht.

Er verlässt sein Zimmer. Wie früher sind alle Türen abgeschlossen, wegen der Katze, die an die Klinken springt (eine Wohnung voll verschlossener Türen). Die Schlafzimmer sind von innen versperrt, die anderen Zimmer vom Flur aus, die Schlüssel stecken. Nur die Wohnzimmertür steht offen, Licht brennt: Da sitzt Augusts Schwester auf dem Sofa, mit einem Buch und einer Flasche Barolo bei geöffnetem Fenster. Alle Spuren der Feier sind schon beseitigt, der ausziehbare Esstisch abgewischt und eingeschoben, es ist aufgeräumt und gefegt. «Was liest du?», fragt August, und die Schwester zeigt ihm wortlos den Buchdeckel: *‹Drei Sechser warf mir dieser Feuerschein›. Zur Semantik des Würfelspiels bei Aischylos und Euripides.* «Kommst du mit auf einen sentimentalen Spaziergang?», fragt er, sie schüttelt den Kopf, nimmt ihr Glas und liest weiter. Im Hinausgehen denkt August, sie sollte nicht so viel trinken. Als er die Haustür hinter sich zugezogen hat, steigt er die Kellertreppe hinab. Sofort fühlt er sich heimisch im vertraut modrigen Geruch. Früher war der Keller für ihn, natürlich, eine Wunderkammer, heute scheint er ihm ein Raum, in dem ein Unmaß von Zeit gespeichert ist, denn all die Dinge, die hier lagern, Küchenschränke, Stühle, Schuhe, abgelegte Kleidung, Gebrauchsanweisungen, Konzertprogramme, haben keinen anderen Zweck, als Vergangenheit zu beglaubigen; doch statt die Zeit unter Verschluss zu halten, hat die Sammelei die Vergangenheit anschwellen lassen, bis die Gegenwart unter ihr verschwunden ist. August würde gern in den Dingen stöbern, aber er sieht die verheerende Wirkung auf seine Stimmung voraus und geht

mit aufgespanntem Regenschirm quer über die Straße. In der feuchten, kühlen Luft fühlt er die Lähmung, die ihn in der Wohnung befallen hat, von sich abfallen. Wenn er zu Besuch kommt, ist es jedes Mal dasselbe (wahrscheinlich kommt er deshalb so selten), er ist antriebslos, entscheidungsschwach, neigt, die Brust wie eingeschnürt, zum fortwährenden Rumsitzen. Jetzt, draußen, denkt er darüber nach: Die Lähmung kommt also nicht aus seinem Schwerkraftappartement, auch nicht aus der Mall, sondern er schleppt sie seit seiner Kindheit mit, oder es ist eine Beklemmung gegenüber jeder Art von Zuhause. Erst nach einer Weile fällt ihm ein, dass er im Keller die Kisten mit der Holzeisenbahn hätte suchen können, Kilometer von Gleisen in seiner Erinnerung, das wäre doch was für Pit. In einiger Entfernung sieht er jemanden auf sich zukommen; gleich biegt die Gestalt in eine Querstraße ab, wie um August zu meiden. So haben beide weiter die Nacht für sich, eine besondere Nacht, die wahrhaft längste Nacht des Jahres, denn die Stunde zwischen zwei und drei wird verdoppelt; wer in der Zeitumstellung schläft, schläft tief und aus, und wer jetzt wach ist, wird es lange bleiben.

Nicht nur das Kind, das er war, auch die Plätze seiner Kindheit tun August leid, wenn er sie jetzt sieht: Sie kommen ihm verraten und vergessen vor, ungeheuerlich, dass ein Spielplatz so verlassen daliegen kann. Es ist natürlich zwei Uhr nachts; aber das Flugzeug ist ja weg, das Flugzeug! Auf dem Spielplatz stand immer ein buntes Gestänge, etwas verrostet, ein Klettergerüst in Form eines Flugzeugs. Der Spielplatz ist vollständig erneuert, bebaut mit neuen skandinavischen Holzgeräten, winkelreichen Burgen und Spitztürmen, spektakulären Hängebrücken, Mehrfachwippen, Spiralrutschen und langen Seilbahnen, Wasserfällen und Pumpen; was für eine tüchtige Bezirksverwaltung, denkt August, was für ein Unglück. Er kommt an lauter Orten vorbei, die ihre Verzauberung verloren haben, ein Hauch von Magie liegt höchstens noch im

Verlust dieses Zaubers: Das sollen einmal Wunderorte gewesen sein? Am S-Bahnhof liegt ein mit Brettern beschlagener Pavillon mit Butzenscheiben: die Blaue Stute. Er ist oft an der Blauen Stute vorbeigegangen, immer hat er sich gegruselt. Es brennt noch Licht, er könnte hineingehen und ein Bier trinken, aber die Enttäuschung ist vorhersehbar. Und so biegt er auch jetzt nicht ein in die Seitenstraßen, in die er nie gegangen ist, Straßen ohne Besonderheit, außer dem Geheimnis, dass es in der Gegend, die er so genau kannte, nie betretene Wege gab.

Er kommt auf den vertrautesten. Das Kernstück des Schulwegs war die gerade Straße, die, schätzt er jetzt, zweihundert Meter lang sein mag; als er klein war, ist sie ihm endlos erschienen, unabsehbar; in bösen Träumen kam oft diese Straße vor, er geht zur Schule, setzt Fuß vor Fuß, und kommt doch nicht vom Fleck, kein Stück vom Fleck, geht nur auf der Stelle – August klappt den Regenschirm zusammen. Da ist die Schule. Er klettert über den Zaun, den er höher in Erinnerung hat. Auf dem leeren Schulhof steht noch die Kastanie (ihre Blätter sind braun geworden), steinerne Tischtennisplatten, das Volleyballfeld mit dem Tartanboden, Treppenaufgänge, Türen, Fenster. Neu sind eine Cafeteria, eine große Turnhalle. Er erinnert sich an die alte Halle mit dem schadhaften Boden und, als wäre dieser Typ ihr Ureinwohner gewesen, an einen unmöglichen Sportlehrer, einen Mann, der keine Lust mehr hatte und am Anfang jeder Stunde Matten auf den Boden warf und zu den Kindern sagte: Und jetzt – kämpft! Die Eltern beschwerten sich, und im nächsten Jahr bekam die Klasse einen neuen Sportlehrer. August denkt, mit der alten Turnhalle ist sicher auch dieses Relikt ausgemerzt worden; aber bestimmt sind in neuen Lehrern neue Verkorkstheiten nachgewachsen. Fast beruhigt ihn das. Und er freut sich über die Spuren des jetzigen Lebens, Tuschbilder und Zettel an Pinnwänden, die sich durch verschlossene Glastüren erkennen lassen, ein einzelnes Fahrrad im Fahrradständer, ein Bonbonpapier im Gebüsch. Er wundert sich, dass nicht die Elternwohnung, sondern die Schule in der Mitte seiner Kindheitserinnerungen ist. Die Schulzeit erscheint ihm als natürliche Gegenwart, es kommt ihm falsch vor, dass er nicht mehr zur Schule geht und es die Klasse nicht mehr gibt; vielleicht ist ja alles ein Irrtum, und eben jetzt sehen es auch die anderen ein, in fünf, sechs Stunden werden alle wieder hier eintrudeln; er rechnet nach … Klasse 29 (waren sie a oder b?), Gesichter und Figuren tauchen auf, aber nicht von damals, sondern von den letzten Klassentreffen, die Jungen mit beginnendem Haarausfall, einige schon aus dem Leim gegangen, die Mädchen mit Vorzeichen des Verblühens, und dazwischen ein paar sehr alt gewordene Lehrer: Punkt acht werden sie das Klassenzimmer betreten und ihre Plätze einnehmen.

Ein paar Schüler sind nie bei den Klassentreffen aufgetaucht. Diese Verschwundenen sind aber nicht die früheren Außenseiter, die haben sich oft freigestrampelt und kommen, vielleicht um sich und den anderen zu beweisen, dass nichts zurückgeblieben sei; dabei können sie aufs schlechte Gewissen der einstigen Peiniger rechnen, im Rückblick sind die ausgeuferten Gemeinheiten allen unangenehm, und so begrüßen sich die früheren Täter und die früheren Opfer zwanghaft unbefangen, in stillschweigender Übereinkunft, es sei nie etwas gewesen. Grundlos und unerklärlich abgetaucht sind andere, wie aus einer Sehnsucht, vergessen zu werden; ohne ihre Gründe zu kennen, hat August sie immer gut verstanden, diese Untergetauchten. Beim letzten Klassentreffen hatte er plötzlich das Gefühl, in diesem Raum seien alle, ausnahmslos, ganz und gar gescheitert. Dabei sind sie Finanzleute, Juristen, Mediziner geworden, auch eine Abgeordnete ist unter ihnen. Und dann fiel ihm ein, ach nein, er lässt sich ja reinlegen. Hat er denn nicht gemerkt, dass hier nur ein Maskenfest stattfindet? Gleich werden sie alle, auch August, die Masken abnehmen, und dann stehen da wieder lauter Zwölfjährige.

Panflöten spielen *Ave Maria*, überschminkte Mädchen schrauben Parfümfläschchen auf. «Nur die Tester aufmachen!», ruft die Verkäuferin von der Kasse aus, immer wieder, bis sie schließlich einschreitet und die Mädchen des Ladens verweist. Erst vor ein paar Tagen ist August von einem Polizeibeamten angerufen worden, der ihm vom Projekt zur Vermeidung unentschuldigter Abwesenheit erzählt hat. Den Künstlichen

Paradiesen ist die Durchsetzung der Schulpflicht natürlich Herzenssache, aber was den Einsatz von Polizeikommandos im Center angeht, hegt man Zweifel (nicht August, er weiß ja, dass die Beamten nicht in Kampfmontur loslegen werden, nur in der Zentrale halten sich abwegige Vorstellungen, kein Wunder, die Künstlichen Paradiese sitzen in einem kleinen Mittelmeerstaat, in dem jahrzehntelang Militärdiktatur geherrscht hat). Während er dem Beamten versicherte, sich für das Projekt starkzumachen, war August unkonzentriert, er dachte, eben das ist es: Sein Leben ist eine andauernde Vermeidung unentschuldigter Abwesenheit. Die Panflöten spielen *Eleanor Rigby*. August geht in die Babyabteilung. Die Unruhe der Angestellten schwirrt in ihm nach, der übliche Büroklatsch nimmt schon seit Wochen zu; dass die Firma eine größere Expansion in den Osten plane, wurde schon immer gemunkelt, doch jetzt ist das Raunen zu einem beharrlichen Rumoren angeschwollen, das Fundament des Betriebs scheint nervös zu zittern, überall ist ein unsichtbares leichtes Zucken, Pumpernickelspiralen geraten unregelmäßig, Wasserflaschen werden zu heftig geschüttelt, Teebeutel zerfetzen im Spülbecken; statt von einer größeren Expansion ist neuerdings von einer massiven Expansion die Rede, und eine allgemeine Furcht ist zu spüren, Sorge, etwas zu verpassen oder abgehängt zu werden. Und dann ist auch die Kaufsüchtige, die in krankhafter Unregelmäßigkeit durch die teuren Boutiquen rauscht, verhaftet worden; es heißt, sie habe in der ganzen Stadt auf ungedeckte Kreditkarte gekauft, schon seit Monaten, nach dem Tod ihres Mannes, will jemand wissen, sei sie der Kaufsucht verfallen. August sucht die Windeln, die er für Pit mitbringen soll. Statt babylove liest er *babylon*.

Als er die Asiatin im lila Anorak sieht, mit dem Schild *Suche Freikarte* vor der flachen Brust, sagt er: «Die Aufführung wird gut werden.» «Bestimmt», sagt Manja. August würde seine Karte gern der Asiatin schenken und kommt sich bei diesem Einfall gehässig vor, denn Manjas Freude ist deutlich zu spüren. Sie hätte fast vergessen, zu Hause anzurufen. Alles in Ordnung, hat ihre Freundin Serap gesagt, Salome und Fatma lägen gemeinsam im Bett, Pit baue hustend eine kilometerlange Gerade mit der neuen Holzeisenbahn. «Weißt du», sagt Manja zu August, «was ich in der Zeitung gelesen habe? Eine Untersuchung hat gezeigt, dass schlaflose Männer überdurchschnittlich intelligent sind, während dumme Männer gut schlafen. Bei den Frauen ist es umgekehrt, die intelligenten schlafen gut, die dummen bleiben wach. Wie findest du das?» «Dann wär ich klug und du dumm. Also unglaubwürdig. Wollen wir Sekt trinken?» «Gern. Eins ist jedenfalls sicher, Schlafmangel schadet der Intelligenz und den Abwehrkräften. Übrigens sind deine Schuhe etwas staubig, oder?»

Als sie sich ihre Plätze gesucht haben, strahlt Manja: «So nah», sagt sie, «hab ich noch nie an der

Bühne gesessen. Wenn ich schon mal in die Oper geh, sitz ich im zweiten Rang ganz hinten. Da hört man die Lüftung brummen und die Scheinwerfer rattern. Und die Beleuchter unterhalten sich über Fußball.» August überlegt, wie er Manja ein Kompliment machen kann, noch nie ist sie ihm so verlockend vorgekommen wie heute. Ist die Frage, ob sie ihr leuchtend gelbes Kleid selbst genäht habe, verfänglich? Stars and Stripes klingen an, die Yankees tragen Aktentaschen und Revolver, die Bühne ist voller Kirschblüten und Paravents, Spielkonsolen und Tamagotchis. Begleitet von Freundinnen in Schulmädchenuniform, erscheint der junge Starsopran aus der Ukraine, auf ihrem weißen Kimono steht in großen blutroten Buchstaben *FOR SALE*. Als sie endlich, vor der falschen Umarmung, leise ansetzt, *vogliatemi bene*, angstvoll fragend, *un bene piccolino*, da beobachtet er von der Seite Manja: Er sieht sie zum ersten Mal eine Brille tragen, in ihrem Gesicht ist weder Lächeln noch Rührung, nur Aufmerksamkeit.

In der Pause gehen sie schweigend herum. Im Publikum sind viele Schwule und Touristen. August hört eine Sprache, die er nicht erkennt, er tippt auf Rumänisch. Ein Englisch sprechendes Mädchen trinkt mit ihren Eltern Sekt, ihr Hintern ist schon weiter entwickelt als der Busen; August muss an einen Entenbürzel denken. Ein älterer Schwuler sagt zu seinem Begleiter: «Nicht immer nur Wagner!», worauf beide wie Eingeweihte kichern. «Guck mal, ein Japaner trägt Mundschutz», lacht Manja. August hört nicht hin, er hat die Asiatin im lila Anorak entdeckt, die mit einer Programmverkäuferin redet, wie mit einer guten Bekannten. Natürlich, denkt August, bestimmt kennen die Opernangestellten sie und winken sie kurz vor Beginn rein, wenn niemand ihr eine Karte geschenkt hat. Dann findet er noch ein Bild, das ihm gefällt: Auf einer Bank sitzt ein altes Paar und isst mitgebrachte belegte Brote, sie kauen in schweigender Eintracht. Er bemerkt, dass auch Manja (ohne Brille, mit zusammengekniffenen Augen) das Paar anschaut; da sieht sie ihn an und lächelt kurz.

Am Beginn des zweiten Aktes, vor der großen Arie, ist Rascheln zu hören, jemand packt einen Hustenbonbon aus, von irgendwo zischt es. Dann beginnt die Ukrainerin, auf Knien, den Blick zum Horizont: *un bel dì vedremo*, sucht nach Rauch in der Ferne; und als sie innehält, *chi sarà? chi sarà?*, hört August etwas ganz Leises, er schaut nach links und sieht, wie Manja sich die Nase putzt, und als die Arie in der Coda ankommt, hat Manja die Brille abgenommen und weint, tatsächlich laufen ihr Tränen übers Gesicht, tatsächlich weint sie

und lacht, als sie das Om betreten: Gerade hat sie zu Hause angerufen, aber nicht Serap ist ans Telefon gegangen, sondern Pit, und erst nachdem er umständlich-unbegreiflich auf Manja eingeredet hat, ist Serap rangekommen und hat erklärt, Salome und Fatma schliefen, aber Pit bleibe partout nicht im Bett liegen, es gehe drunter und drüber: Jetzt brutzeln wir Mitternachtsfischstäbchen, du kannst beruhigt ausbleiben. Während sie aufs nepalesische Essen warten, deutet Manja mit dem Finger nach oben, als wollte sie auf das Klavierkonzert zeigen, das gerade läuft: «Es ist so schummrig hier, sie sollten mehr Licht machen, etwas mehr Licht, Mozart gehört nicht ins Halbdunkel.» Sie holt aus ihrer Handtasche eine weinrote Tablette und sagt: «Oktober, die Johanniskrautsaison hat begonnen.» August überlegt, ob er eine Baldriankapsel nehmen soll (eine erste im Verlauf des Abends erhöht später die Wirkung der zweiten), und staunt, dass Manja Mozart ebenso mag wie Puccini, er denkt, bei ihr ist alles möglich, sie ist ja auch gleichzeitig die fröhlichste und die traurigste Frau, die er je kennengelernt hat. Da kommt ein junger Mann ins Om, mit einer Kapuze, unter der ein struppiger Bart und ein feuriger Blick ungesund hervorleuchten, er erinnert August an Rasputin. Er geht zwischen den Tischen umher, unbefangen, doch so, als suche er jemanden, bis er plötzlich bei einer größeren Gesellschaft stehen bleibt, ein Glas Rotwein greift und es in einem Zug leert. Der nepalesische Kellner hat ihn schon bemerkt, er nimmt ihn an der Schulter und bringt ihn mit sanftem Druck zur Tür, der Mann wehrt sich nicht, lässt sich gehorsam führen, geht mit federndem Schritt hinaus und verschwindet im dunklen Regen. August fesselt das Mönchische dieser Erscheinung, seine Hingabe (an den Alkohol), und zugleich wirkt der Mann ja wie ein Tier. Er ist, denkt August, eine Mischung aus Mönch und Tier. Manja sagt: «Er sah aus wie Rasputin. Fürchterlich. Kennst du Rasputin?» Der Kellner bringt der Gesellschaft unter Entschuldigungen neuen Wein.

Beim Essen redet Manja über die Reise nach Russland, sie werden sechs Wochen (Salomes Klassenlehrerin drückt beide Augen zu) im Dorf von Manjas Eltern verbringen. Vor einiger Zeit sei ihr letzter Großvater gestorben; Salome habe ihn immerhin noch kennengelernt, als er sie hier besuchte, aber Pit, das sei schade, werde keinen Urgroßvater und keine Urgroßmutter mehr kennen, und natürlich erst recht keine Ururgroßeltern, obwohl es doch sechzehn gegeben habe, und so fort: «Man ist ja grenzenlos in die Vergangenheit verzweigt, wundert dich das nicht? Dass man all diese Menschen, von denen man herkommt, nie kennen wird, das ist doch unvorstellbar; fast meine ich, es verstößt gegen den Menschenverstand, so etwas zu glauben. Man kommt, wenn man geboren wird, in eine Welt, die schon von Gespenstern bevölkert ist, von Gespenstern, die zu uns gehören; und das ist doch andererseits nicht schaurig, sondern schön.» August stochert mit der Gabel in den gelben Linsen und denkt, das Leben besteht im Grunde aus nichts als Essen, kaum hat man etwas gegessen, steht schon das nächste Essen da. Dieses Gefühl hat er öfter; manchmal, wenn er im Bett liegt, das zu späte Abendessen schwer im Bauch, denkt er, jetzt also gleich wieder aufstehen, wieder essen. Obwohl er, bis auf Fisch, vegetarisch isst, kommt ihm sein Leben wie eine Kette dicker Würste vor, und ihm ist, als seien im Lauf der Jahre die Abstände zwischen den Essen immer kürzer geworden und jetzt völlig im Verschwinden. Er betrachtet Manja, wie sie isst: als wäre das etwas ganz Normales. So kommt sie ihm wieder sehr fremd vor; aber ebendiese Fremdheit rührt ihn, und ihn rührt auch die Tatsache, dass sie einfach so dasitzt und einfach so isst, da möchte er sie vor Mitleid umarmen.

«Verrate mir mal eins», sagt Manja und legt ihr Besteck zur Seite, «was hat es eigentlich mit diesem sagenumwobenen Tag auf sich, dem Pestilenziösen Donnerstag?» «Der», sagt August, «war, bevor du am Crêpe-Stand angefangen hast. Was genau los war, wissen aber auch die nicht, die dabei gewesen sind. Es war ein Donnerstag, ein paar Monate nach der Eröffnung: Da ist kein einziger Kunde ins Center gekommen. Sonst haben wir täglich sechzigtausend, in den Peaks neunzig-, aber an diesem Donnerstag sind alle ausgeblieben, von morgens bis abends ist nicht eine Menschenseele gekommen. Dabei hatte der Tag ganz normal begonnen, wie jeder Werktag; nur dass vor den Eingängen noch nicht die Handvoll Leute standen, die normalerweise schon warten, wenn geöffnet wird. Als es nach einer halben Stunde immer noch leer war, sind die Verkäufer auf die Gänge getreten und haben sich angeguckt. Dann kamen auch die Angestellten aus dem Management runter. Alle sind rumgestanden, einer ratloser als der andere. Währenddessen haben Xerxes und ich Erkundigungen eingeholt, ob es vielleicht irgendwo eine Großveranstaltung gab, von der niemand wusste, oder Verkehrsstaus; Terroranschläge, Brandkatastrophen, Streiks. Aber nichts. Die Angestellten sind den ganzen Tag auf und ab gegangen, haben in den leeren Cafés und Restaurants gesessen und in den leeren Geschäften eingekauft. Die Stunden haben sich qualvoll hingezogen, es war ein unendlich langer Tag.» «Das ist ja schrecklich. Und dann?» «Nichts weiter. Am nächsten Tag waren die Kunden wieder da. Sie sind einfach einen Tag ausgeblieben und danach wieder gekommen, wie gewohnt. Niemand kennt die Erklärung. Xerxes hat eine Weile versucht, die Sache zu ergründen, hat Rat bei einem Wirtschaftsinstitut und bei Ökonomen eingeholt, aber die konnten alle nichts anderes sagen, als dass es auch für ein florierendes Einkaufszentrum in einem von soundsovielen, ins Unendliche gehenden Fällen einen solchen rabenschwarzen Tag geben könne. Es ist wie ein Lottogewinn, unwahrscheinlich, aber möglich.» «Und könnte wieder passieren.» «Aber wahrscheinlich ist es nicht. Alle haben das Geschehen allmählich verdrängt. Der Begriff Pestilenziöser Donnerstag hat sich eingebürgert, und schon bald hat niemand mehr genau gewusst, was er bezeichnet. Frag doch mal rum, frag die Kellner im Divertimento und die Kassiererinnen in den Supermärkten und die Verkäuferinnen in den Boutiquen: Was hat es mit dem

Pestilenziösen Donnerstag auf sich? – Ich wette, alle werden sagen, es war schrecklich, aber was es war, weiß ich nicht mehr. Nur Xerxes! Der hat am Abend zwar zu mir gesagt: Man badet nicht zweimal im selben Fluss. Aber er ist immer noch ganz bleich gewesen. Ich glaube, er hat bis heute keine Sekunde dieses Tages vergessen.» «Und du auch nicht», sagt Manja; August klappert leise mit seinem Messer auf dem leeren Teller, und sie fügt hinzu: «Du hast mir eben etwas Seltsames erzählt. Dabei ist mir eingefallen, dass wir uns heute noch unsere Geschichten schulden. Oder genauer gesagt, jetzt bin nur noch ich dir eine schuldig.

Hör zu!

Ich habe mal jemanden getroffen, der schon tot gewesen war. Den hättest du sehen sollen! Eine Schlaftablette sondergleichen war das, träge, die wandelnde Apathie. Das war der Regionalleiter, der mich eingestellt hat. Vielleicht hat er deshalb den Namen Manon Lescaut akzeptiert, ohne mit der Wimper zu zucken. Denn mit der Wimper zu zucken, was wäre das für eine Anstrengung gewesen! Eine grundlose! Wie er da vor mir gesessen ist, in seinen Papieren blätternd, dachte ich, gleich schläft er mir ein, mitten im Sprechen. Und als zwischendurch das Telefon geklingelt hat, ist er zusammengefahren, als würde man von ihm verlangen, einen Ozean mit dem Teelöffel auszuschöpfen … Ein paar Monate später habe ich ihn wiedergetroffen, bei einem Coaching zum Thema Öko-Crêpes.

Er war kräftig angetütert, hatte schon einige Suzettes gegessen, wahrscheinlich sich den Bio-Cointreau auch pur reingekippt. In der Pause hat er sich mir an den Hals geworfen, er ist ganz nah an mich rangerückt und hat mir ins Ohr geflüstert: Wissen Sie was? Ich war schon einmal tot – war klinisch tot, und bin zurückgekommen. Sein Atem hat furchtbar nach Orangenlikör gestunken, und er konnte seine Finger nicht bei sich behalten. Ich habe ihn abgewehrt, so gut es ging, aber irgendwie hat es mich auch gefreut, ihn so aktiv zu erleben, deshalb bin ich bei ihm sitzen geblieben. Und dann hat er mir erzählt, wie das war, als er tot war.» August hält die Grünteetasse in der Hand. Im Hintergrund läuft die Wut über den verlorenen Groschen. Welche Erzählung wird jetzt kommen, Todesankündigung, dunkler Tunnel, Verlassen des Leibes, Lichtwesen, Rückschau, Schranke? Aber auf einmal guckt Manja nicht mehr August an, sondern starrt ins Leere und sagt:

«Was rede ich da? Es ist alles unwahr, was ich dir erzählt habe. In Wahrheit hätte ich dir von einer Frau erzählen sollen. Diese Frau wundert sich, dass alle so ruhig bleiben beim Dahinleben. Sie wundert sich, dass nicht alles zusammenbricht, weil alle den Dienst quittieren. Sie wundert sich, dass nicht alle aufhören damit: Aufstehen, Anziehen, Essen. Und Arbeiten! Ihre Arbeit ist so grotesk überflüssig. – Und sie leidet unter dem Stumpfsinn, Mutter zu sein, sie leidet unter der Langeweile, tausendmal dasselbe Bilderbuch anschauen, tausendmal dasselbe Spiel spielen, tausendmal Kaufladen und tausendmal Sand in Förmchen füllen. Und bald ist wieder Winter, und weißt du, diese Frau hat Angst vor dem Winter, nicht bloß Unbehagen, sondern echte Angst, und das, obwohl sie aus Russland kommt, denn es ist ja schon im Sommer eine Prüfung, Buddeln, Kaufladen, Bilderbuch, eine einzige Abstumpfung. Früher hat sie viel Geige gespielt, Sonaten und Partiten von Bach, sie hat gut gespielt. Wozu hat sie das gekonnt? Puck und seine Tiere, immer wieder Puck und seine Tiere! Du kennst es sicher nicht, ein altes Bilderbuch, ganz hübsch, auf jeder Seite kommt ein neues Tier dazu; ihr erstes Kind hat es geliebt, ihr zweites Kind liebt es jetzt. Die Frau hat sich Tricks ausgedacht, sie übt sich darin, immer neue Nuancen zu entdecken, Details, die dem abgestumpften Blick zuvor tausendmal entgangen sind. Sie sagt zu sich: Zeige zum tausendsten Mal auf die Eule im Baum, lass dir zum tausendsten Mal den Fuchs hinter dem Busch zeigen, aber versenk dich dabei, versenk dich in die Form der Bärenohren, in den Umriss des Fuchskörpers, betrachte die Dachziegel, die Wolken hinter den Versen, das Muster der Turmfenster in der Ferne, die Bergketten am Horizont, schau auch die Knicke und Risse im Papier an, schau sie dir genau an; und dann denke, tausendmal schon wolltest du das Buch nachts entsorgen, dabei hattest du noch gar nicht alles gesehen, was in dem Buch ist. Und wenn du erst weitergehst, über die Grenzen hinaus: Wer verbirgt sich hinter den Fenstern von Pucks Schloss, was liegt hinter den fernen Bergen, wie geht das Bild nach den Rändern weiter? Da hast du gedacht, du kennst diese Bilder auswendig, dabei sind sie unendlich, und in erleuchteten Augenblicken kannst du der Leere etwas entreißen, sogar einen kleinen Wundermoment. – Aber dann ist sie wieder stumpf und trüb. Sie hat immer Kinder haben wollen, ich glaube, sie hat das gewollt, um nicht so viel ans Sterben zu denken. Nur, seit sie Mutter ist, denkt sie mehr an den Tod als vorher. Jetzt ist sie wirklich in die Zeit geraten, hat sie gedacht, als ihr erstes Kind geboren war, und immer wieder hat sie gedacht, dass selbst dieses kleine Kind, das sie gerade ins Leben gebracht hat, das sie da im Arm hält, dass das eines Tages wird sterben müssen, und vorher wird sein Körper alt geworden sein und sein Geist müde; erst wird alles aufwachsen, dann wird alles einfallen und zerbrechen. Wenn das Kind schlief, hat sie diese Ratgeberbücher gelesen, und da war diese schreckliche Fröhlichkeit, diese ganzen glücklichen Mütter, die Fotos von lachenden Müttern, sie hat bloß immerzu gedacht, die lachen sie aus. Aber am schlimmsten war es, wenn sie Mitleid mit ihrem Baby bekam, Mitleid, weil es leben muss, Mitleid, weil es noch ein langes Leben, weil es das alles noch vor sich hat. Wenn sie so gedacht hat, ist sie vor sich selbst erschrocken. In den ersten Monaten mit ihrem Baby, allein mit dem Baby (der Vater hatte sich längst davongemacht), da ist sie oft verzweifelt gewesen. Einmal ist sie mit dem Kinderwagen am Kanal entlanggegangen, man konnte den Frühling schon spüren, aber sie hat den Abhang zum Wasser hinuntergeguckt und gedacht: Was, wenn der Kinderwagen da runterrollen würde? Und dann hat sie das Baby gesehen, wie es da im Wagen lag, eingemummelt, hilflos, und jedes Mal, wenn sie an das kleine Gesicht denkt, wie es herausschaut, voll Vertrauen, weil es doch keine Wahl hat, muss sie wieder weinen: Dass sie so etwas gedacht hat! Wenn sie nur in die Nähe dieser Erinnerung kommt, weint sie. Schau, sogar ich muss fast weinen. – Und als das zweite Kind kam, alles von vorn. Aber nun war sie schon geübt, nun ging es schon besser. Und heute geht ihr erstes Kind zur Schule und würde sich schämen, so zu jammern, und sie reißt sich am Riemen. Damals, als sie so oft in schwarzen Gedanken war, immer wieder in schwarzen Gedanken, hat sie oft ihr Kind angesehen, es immer wieder angesehen, wie es dagelegen ist und Grimassen geschnitten hat und in die Luft gegriffen und gesabbert und gebrabbelt; später, hat sie gedacht, wird es lachen und gehen und reden, und ich, ich bin seine Mutter. Und dann hat sie gedacht und denkt es immer wieder, jeden Tag: *Ach*, es ist alles schön – und dass es schlimm ist, sein Leben gering zu schätzen. Wenn sie alt sein wird, wird sie sagen, das sind die glücklichsten Tage ihres Lebens gewesen; und sie wird recht haben damit.»

Ein Mann geht durch die Halle und guckt in Mülleimer, wühlt, zieht hier und da eine leere Flasche heraus und steckt sie in eine Plastiktüte. August gefällt dieses sammelnde Streunen, aber als der Mann sich dem Papierkorb neben seiner Bank nähert, fürchtet er, der Mann könnte stinken, und ist froh, als er weitergeht. In der Regionalbahn sind Pit und Salome krakeelend durch den Wagen getobt; eine ältere Frau schaute mehrmals kopfschüttelnd zu ihnen herüber, und nach einer Weile sagte Manja zu August: Beim nächsten Mal sprech ich sie an. Auf dem Weg zum Ausgang kamen sie an der Frau vorbei, die aus dem Fenster guckte und auch beim Hinausgucken den Kopf schüttelte, da begriffen sie, dass die Frau eine Krankheit hatte. Ich schäme mich, sagte Manja auf dem Bahnsteig. August zog den großen Koffer, Pit saß samt Rucksack mit Löwengesicht auf seinen Schultern und schniefte, Salome hatte einen zartrosa Trolley und Manja eine Sporttasche und den Geigenkasten. Auf der Bank gegenüber sitzt eine junge Araberin im roten Trainingsanzug und wirkt unabgeholt; immer wieder nimmt sie ihr Handy aus der Tasche und schaut nach, ob ihr jemand geschrieben hat. Während August sie beobachtet, kommt der Flaschensammler zurück und macht die gleiche Runde wie zuvor. August denkt, die Mühe lohnt doch kaum, es ist doch unwahrscheinlich, dass in den paar Minuten eine Pfandflasche weggeschmissen worden ist. Und wirklich findet der Mann nichts, er wühlt auch nicht mehr, schaut nur sehr nachlässig in die Abfallkörbe, es ist, als sähe er vor Hoffnungslosigkeit gar nicht richtig hin; der Mann ginge also rum, nicht um zu sammeln, sondern weil er nichts anderes zu tun hat, es würde sich um ein doppeltes Streunen handeln, ein Streunen im Streunen, der Mann wäre, denkt August, ein streunender Streuner. Oder ist es ganz anders: Ist es bloß seine Gewohnheit, den Rundgang mit einer Kontrolle abzuschließen, ob er eine offensichtliche Flasche übersehen hat? Das wäre umsichtig. Das Flugzeug muss jetzt in der Luft sein. Als sie im Café gewartet haben, hat Salome in einem Buch gelesen, Pit unter dem Tisch gehockt und mit Klötzen aus dem Löwenrucksack einen Turm gebaut, und Manja sagte zu August: Sechs Wochen sind übrigens nur zweiundvierzig Tage.

Als August das Flughafengebäude verlässt, entdeckt er eine märchenhaft nahe Peripherie, eine Art Nicht-Ort: eine Piniengruppe, nur zwanzig Meter vom Weg. Trotz der Herbsttrübnis stehen die Pinien in voller Klarheit (aber hier? Sind die denn winterhart?). Es ist wunderbar, sich ins Straßenbegleitgrün zu stellen. Eingekesselt von parkenden Autos befindet er sich an einer unbetretbaren Stätte, in ihrer bloßen Sichtbarkeit allen Augen entzogen. Er bildet sich ein, keines Menschen Fuß habe je diese Grünfläche berührt (Grünpfleger ausgenommen, natürlich; im nächsten Leben wäre er gern Arbeiter im Begleitgrün). Als er um die Pinien herumgeht, auf nadelbedecktem, weichem Boden, bemerkt er in der Deckung eines Baumstamms ein Loch in der Erde. Hat sich hier ein Fuchs seinen Bau gebuddelt, auf fünfzig Quadratmetern Grün inmitten einer Betonwüste? Das Loch ist geräumiger als gedacht, mehrere Tüten voll leerer Flaschen stehen darin; der streunende Streuner scheint hier seinen Speicher zu haben.

Wieder im Bahnhof, beschließt August, noch nicht auf den Bahnsteig zu gehen und in die Stadt zurückzufahren, sondern den Ausgang auf der anderen Seite zu nehmen, die dem Flughafen abgewandt ist. Dort hat er noch nie jemanden durchgehen sehen. Am Ausgang hängt ein nagelneues Schild, auf dem *Zum Rathaus* steht. Draußen führt ein eingezäunter Weg durch eine Graslandschaft mit kleinen Ruinen, verfallenen Werkstätten, einem winzigen verrosteten Kran, Containern. Eine Tafel warnt: *Eingeschränkter Winterdienst*. Der Weg führt hoch auf eine Straße ohne Fahrbahnmarkierungen. Am Rand stehen Autos geparkt, etwas Müll liegt herum. Links führt die Straße zu ein paar Plattenbauten, das muss der Ort mit dem Rathaus sein; rechts führt sie, in einiger Entfernung, unter der Autobahn durch; und auf der anderen Straßenseite: kilometerweit Steppe, am dunstigen Horizont einzelne Hochhäuser und Strommasten mit ausgebreiteten Armen. August geht geradeaus ins Feld. Das kniehohe Gras ist, trotz Nässe, gelb und vertrocknet, Sträucher mit roten Beeren stehen darin, an Rosmarin oder Lavendel erinnernde Büsche, und in der Luft die Stimmen unsichtbarer Vögel, ein gläserner Klang. Die hoffnungslos spärliche Landschaft, ihre völlige Abgeschiedenheit zieht August an, seine Schuhe und sein

Hosensaum sind schon feucht. Doch er kehrt um, er muss zurück in die Stadt.

Aber noch einmal durchquert er den Bahnhof. Diesmal geht er wieder auf der Flughafenseite hinaus. Vor dem Ausgang bleibt er stehen und schaut zum Terminal hinüber. Manja hat gesagt: Immer wenn ich zu diesem Flughafen komme, befallen mich Heimatgefühle, er erinnert mich an Kasan oder Mineralnyje Wody, wo noch immer eine riesengroße Landkarte der Sowjetunion hängt und fliegende Händler Dolche und Schwerter verkaufen. August mag den verschlissenen Futurismus dieses Murkelairports, von dem er schon oft zu Geschäftsreisen abgeflogen ist oder, früher, zu Wochenendtrips mit Susanne. Seit Jahren wird der Flughafen groß ausgebaut, und irgendwann wird es so weit sein.

LustschlösschenCenter *Aktuell* – November

Editorial

Werden Sie Genuss-Entdecker!

Liebe Leserin, lieber Leser,

alles neu macht der – November! *Windmonat*, hieß er altdeutsch, denn er bläst allen Ärger weg, umhüllt das Vergangene: ergo *Nebelung*. Rauben Sie sich den Atem, führen Sie Ihre Seele zum Erlebnis: *Genuss-Entdecker-Wochen* im LustschlösschenCenter!

Zentrale Stellschraube fürs Wohlbefinden ist bewusstes Einkaufen. Im November ist das Un-

tendrunter wichtiger denn je: Gönnen Sie sich Genießerinnen-Dessous, exklusiv von Richard Vickers für die neue Linie von *Z&R*. Beim neueröffneten Bäder-Spezialisten *Agape* erwarten Sie kalifornische Whirlpools und italienische Luxuswannen: Marmor und Blattgold satt!
Sind Sie schon winterfit? Das *SportSchlösschen* bietet Ihnen eine 30-Tage-Mitgliedschaft zum Schnupper-Preis. Wenn Sie frieren, besuchen Sie die vergrößerten Saunalandschaften im Erlebnis-Bad *WasserSchlösschen*. Und haben Sie schon die neue Gratis-Autowaschanlage* in unserer Tiefgarage ausprobiert?
Bequemheit *erleben*, das bedeutet für uns auch: effizient beleuchten, Wärmeabstrahlung vermeiden. Die Auszeichnung mit dem internationalen BREEAM-Siegel für Energieeffizienz und Nachhaltigkeit bestätigt unsere Philosophie.
PreisClou des Monats® in unseren Verbrauchermärkten: Genießer-Früchte des Winters, fruchtiges Bio-Olivenöl aus Sizilien und würzig marinierte Schweine-Medaillons.
Ceterum censeo: Unterhaltungs-Elektronik war noch nie so günstig wie heute.
Herzlichst, Xerxes

* (ab Einkaufswert von € 49,90)

Draußen blinkt es orange, ohrenbetäubender Lärm dringt ins Zimmer. Einmal im Monat müssen die Mieter in den Appartements wachen, dann fährt mitten in der Nacht die eierförmige Riesenmaschine mit rotierenden Bürsten die Tramgleise entlang. Kurz darauf ist der Krach verebbt; aber schon früher, als August das Schlafproblem noch im Griff hatte, konnte er, so aufgeweckt, nicht wieder einschlafen. Er stellt sich neben den Anrufbeantworter und wählt mit dem Handy seine Festnetznummer. Es klingelt, dann meldet sich seine Stimme, und während er eine Nachricht aufs Band spricht, kann er sich selbst zuhören. Dann hört er sich die Aufnahme an: Das Gerät hat nicht nur seine Stimme aufgezeichnet, sondern auch die eigene Aufzeichnung, die durchs Handy im Hintergrund zu hören war, und wiederum die Aufzeichnung der Aufzeichnung und so fort, wie ein Bild im Bild im Bild. August freut sich, doch dann hört er aus einer tiefer liegenden Klangschicht die Stimme von Xerxes: *Was – ist – das?* Sehen Sie das Foto in meiner Hand. Antworten Sie ... nicht! Ich weiß ja, was Sie wissen. *Orthodoxie*, Herr Kreutzer! Der Mittelpunkt einer Stadt und Region. Des ganzen Ostens – wo die Zivilisation endet, beginnen wir erst. Moskau und die Metropolen sind gesättigt, aber die mittelgroßen Städte ... endlose Weite, Myriaden mittelgroßer Städte ... warten auf faszinierende Einkaufswelten, warten auf Erlebnis-Center und Multifunktions-Arenen, auf Kultur, Freizeit, Einzelhandel ... und – *und* auf ganzheitliches, kreatives Center-Management. Ein gigantischer Völkerattentismus, Herr Kreutzer, eine unermessliche Genuss-Entdeckung – denken Sie das! Ich will nicht lavieren; direkt gesagt und kurzum: *Operation Anabasis.* Das Marktfenster ist weit offen, die Künstlichen Paradiese expandieren, allein in Russland machen wir zwei Millionen Quadratmeter, und ich übernehme den Osten – den kompletten Osten. Da werden Sie Augen machen. Der Osten ist ja größer, was sage ich, um ein *Vielfaches* größer als der Westen. Was *hier* Mall ist, ist *dort* Klitsche. Was hier *groß* ist, ist dort *klein*. Natürlich, wenden Sie ein: Retail-Hype, keiner will zu spät kommen; die Spreu trennt sich bereits vom Weizen, auf den ersten Grundstücken, die millionenschwer schienen, werden schon Tankstellen gebaut. Und dann hat es ja auch diese kleine Krise gegeben, Sie wissen schon ... Einzelhandel zwar kaum betroffen, aber doch kleine Verzögerungen ... Kreditklemmen und Investmentstaus ... vorübergehende Leerstände ... minimale Umbauten ... Umso besser, sage ich Ihnen! Die Goldgräber gehen, die Wissenden kommen. Seien wir also schnell *und* langsam zugleich. Denken Sie das: Ihr Sprungbrett – zielgruppengerechte Architektur Kante an Kante mit dem Weltkulturerbe, den Blick auf die Chrysostomos-Kathedrale: Herr Kreutzer, *Ihre* Mega-Mall.

August setzt sich aufs Sofa. Neben dem Bildband liegt die aufgeschlagene Zeitung auf dem Teetisch, die Werbeanzeige für eine Vierzigtausend-Euro-Uhr, mit dem Zitat:

Zeit ist, und sie tickt gleichmäßig
von Moment zu Moment.
(Isaac Newton)

August nimmt eine Modafinil und schiebt die Rückertlieder in den CD-Spieler. *Sie hat so lange nichts von mir vernommen, sie mag wohl glauben, ich sei gestorben!* Xerxes hat gesagt: Sie müssen sich nicht sofort entscheiden. *Es ist mir auch gar nichts daran gelegen, ob sie mich für gestorben hält.* August legt das Violinkonzert von Berg ein, *dem Andenken eines Engels*. Andante – Allegretto. Praesens autem nullum habet spatium, steht in den Bekenntnissen: Gegenwart hat keine Ausdehnung, wir nehmen Zeiträume wahr, messen und vergleichen, aber wir messen Zeiten nur, indem wir ihr Vorübergehen wahrnehmen. Allegro – ins Adagio, pauz, mitten in den Bach-Choral, klingelt das Telefon. Zögernd setzt August den Kopfhörer ab und nimmt die Frauenstimme wahr, als steckte sein Kopf in einer großen Blase oder leeren Kirche, die Worte dringen hallend, bruchstückhaft herein; während sie aufs Band spricht, ist ihm Susannes Stimme unbekannt, es kommt ihm unwirklich vor, dass diese Stimme so oft zu ihm gesprochen haben soll. Was redet sie bloß? Vielleicht: Ich hätte gern mit dir gesprochen, aber offenbar willst du das nicht. Nicht mal nachts gehst du ran, mag sein, du hörst mir gerade zu. Kann man sich von zehn Jahren seines Lebens nicht anders verabschieden? Es ist nicht fair. Aber meinetwegen. Es scheint nichts mehr zu sagen zu sein zwischen uns. – August schämt sich, dass er, auf den Knien den Kopfhörer, aus dem noch leise das Konzert zu hören ist, reglos dagesessen und der Stimme zugehört hat. Er ist wie erstarrt gewesen. Doch er kann es nicht anders empfinden, alles, was sie angeht, geht ihn nichts an; und trotzdem ist ihm, als ginge etwas in ihm kaputt, eben jetzt, und er geht, wieder

hinaus in die Nacht. Überrascht stellt er fest, dass auf der Straße eine Litfaßsäule steht, nur wenige Meter von seiner Haustür entfernt. Seit er hier wohnt, ist sie ihm nicht aufgefallen. Er geht um die Litfaßsäule herum, liest die Werbeplakate für Bolschoi-Ballett, Prager Puppentheater, Spanische Hofreitschule und erinnert sich an einen Schwarz-Weiß-Film, in dem eine Litfaßsäule in den Hades führt. Diese hier scheint ihm plötzlich ein Schornstein zu sein, und der Schornstein ein Vulkan, aber es hat so viel in ihn hineingeregnet, dass er erloschen ist; und die frisch gereinigten Straßenbahngleise sind leere Flussbetten. Wie konnten die Flüsse im Dauerregen austrocknen? Er geht ans Ufer, um zu sehen, ob der Regen auch den Fluss leer geschwemmt hat: Zum Glück ist er noch voll. Aber die Bank mit Flussblick ist noch immer verwaist. Er schließt die Augen: Ist die Welt jetzt verschwunden? Sorgen macht ihm das nicht mehr.

Und, wo ist er? Ist er überhaupt noch in der Stadt? Schwer zu sagen. Er hat die U-Bahn genommen, bis zur letzten Station, deren Name immer nur eine Richtung bezeichnet hat, nie einen wirklichen Ort. Aber kann man an den Stadtrand fahren? Was ist das für ein Rand, an den man durchs Schwarze unter der Stadt gelangt ist, kann man am Rand sein, wenn man, was er umgibt, nicht gesehen hat? Er erinnert sich an einen Wochenendtrip nach Paris, da sind sie mit der U-Bahn zur gelben Station *Tuileries* gefahren und von der Seite in den Garten geplumpst, einen Park ohne Stadt, unbegreiflich. Das Nahen des Stadtrands spürt man wenigstens an unterirdischen Vorzeichen, den immer längeren Abständen zwischen den Bahnhöfen, dem allmählichen Leerwerden der Waggons.

Die dicken Türme und langen Wohnscheiben stehen da wie Findlinge, aber in fröhlichen, hellen Farben, und nicht in trostlosem Ödland, sondern umgeben von gepflegten Grünanlagen: erratische Blöcke hoher Wohnzufriedenheit. Am Rand der Stadt gibt es viel mehr Menschen als in ihrer Mitte. Ohne Kummer leben in massenhafter Verlassenheit, in dichtgedrängter Abkapselung, denkt August, das wäre was. Hier draußen fügen sich Einkaufszentren und Multiplexe harmonisch ins weitläufige Bild. Zwischen die mächtigen Blöcke haben sich hier und da flache Pavillons geschoben, gebrechliche Buden, kleine Verschläge; und manchmal werden Stände errichtet und Zeltplanen aufgespannt, zu Schwundmärkten, auf denen Vietnamesen billige Textilien anbieten, während Trinker ihre Tage an Imbissbuden verdämmern. Einmal findet August sich auf einem kleinen Ökomarkt wieder, wenige Verkäufer, wenige Kunden, ein Mann mit Kinderwagen kauft Steckrüben und Rapunzelsalat, die Planen der Marktstände flattern laut, und über den Platz fegt scharfer, nasser Wind.

Erst spät ist ihm aufgefallen, dass in der Trabantenstadt keine Kirchen stehen. Dafür findet er Wahrsagekabäuschen und spirituelle Kioske, die nicht geplant waren. Ein wackliger Pavillon trägt das Schild *Erweckung und Zungenreden*. Vor einem großen Supermarkt steht ein Bauwagen mit der Aufschrift *Geisterzauber und Zeichendeutung*. An den Eingängen der Wohnblöcke finden sich, zwischen Müller und Blaschke, Nguyen und Weinstein, Klingelschilder wie *Zukunftsschau* oder *Licht-Lose und Hellsehen* oder *Geheimkünste* oder *Bannungen*. August drückt auf den Knopf *Totenbeschwörung und Yogisches Hüpfen*. Eine Frauenstimme meldet sich aus der Gegensprechanlage: «Hallo?» August fragt, ob er ohne Termin kommen könne. «Neunter Stock, dritte Tür links», sagt die Stimme, und der Summer ertönt. August fährt im Fahrstuhl hoch.

Die dritte Tür steht schon offen, die Stimme fordert ihn auf, einzutreten. Er drückt die Tür auf und geht über Auslegware ins schummrige Wohnzimmer. Schön warm ist es hier, es riecht nach Räucherkerzen und Rosenwasser, an der Wand hängen *Las Meninas*. In einem Kissenhaufen sitzt eine magere Frau mit einem um den Kopf gewickelten Schal. August bleibt stehen; als die Frau ihn weder begrüßt noch auffordert, sich zu setzen, sagt er: «Sie wahrsagen? Sie beschwören Geister von Toten?» «Ich hole Ihnen herauf, wen Sie mir nennen», antwortet die Frau, und als August zögert, fragt sie: «Wen soll ich Ihnen denn heraufholen?» «August Kreutzer», sagt August. Die Frau, immer im Sitzen, kramt ein blaues Stoffsäckchen aus der Tasche und schiebt es unter ihr Hemd. Dann nimmt sie zwei Glöckchen, schließt die Augen und bimmelt leise, eine ganze Weile, räuspert sich, sagt: «Ja?», hebt ein wenig die zitternde Hand und bimmelt kräftiger, als fordere sie einen Weggehenden auf, stehen zu bleiben; das Bimmeln wird wieder sanfter, die Frau räuspert sich noch einmal und beginnt dann zu nicken, nickt ausdauernd, dabei sinkt ihr der Kopf langsam auf die Brust. Schläft sie etwa ein?, fragt sich August. Da bemerkt er, dass die Frau sich, im Schneidersitz, einige Zentimeter über die Kissen erhoben hat und in der Luft schwebt. Die Situation wird ihm unangenehm. Doch ehe er darüber nachdenken kann, wie die Sitzung abzubrechen wäre, lässt die Frau die Glöckchen fallen, springt im Schneidersitz zur Wand und knipst, die Beine in der Luft verschränkt, das Licht an, helles Halogenlicht; erst jetzt landen ihre Füße auf dem Boden. Verärgert sagt sie: «Warum haben Sie mich betrogen? *Sie* sind August Kreutzer. Sie sind nicht tot.» August ist bis über beide Ohren rot geworden. «Ein dummer Scherz», murmelt er, «selbstverständlich bezahle ich. Nehmen Sie Karte?» «Ich berechne den vollen Satz», sagt die Frau.

Nachts um zwei scheint ihm, die Trabantenstadt finde erst um diese Zeit ganz zu sich selbst: der Bahnhof verlassen, die Straßen leer, nur wenige Autos, durch Motorengeräusch und Scheinwerfer lange sich ankündigend, tauchen auf und verschwinden. Auf einem breiten Gehweg hebt sich plötzlich ein Gitter, und August sieht eine Gestalt aus dem Schacht klettern. Der Mann lässt das Gitter hochgeklappt stehen und geht unter einen Baum, der noch Laub hat und ihn vor dem Nieselregen schützt, dort faltet er einen Schemel auseinander und setzt sich. Die sanften Bewegungen, mit denen er sein Brot auswickelt und zu essen beginnt, flößen August Vertrauen ein, er würde gern ein Gespräch anfangen. Schon während er auf ihn zugeht, nickt der Mann freundlich, sodass August sich gleich zu fragen traut: «Arbeiten Sie da unten?» «Möchten Sie ein Leberwurstbrot?», fragt der Mann kauend. «Danke, ich bin Vegetarier. Aber Hunger habe ich schon, hätten Sie auch eins mit Käse?» «Nur Radieschen.» August dankt und geht zum Essen in die Hocke. «Ja, ich bin Streckenläufer», sagt der Mann, als er hinuntergeschluckt hat: «Ich gehe nach Betriebsschluss die U-Bahn-Gleise ab, zehntausend Meter, jede Nacht. Ich räume Müll weg und tote Ratten und die Kadaver von Vögeln, die sich verflogen haben, manchmal Elstern und Krähen, aber meistens Tauben. Kennen Sie

Ringeltauben? Haben Ringel am Hals, als hätte jemand aufgezeichnet, wo abgeschnitten werden soll. Manchmal rette ich auch Betrunkenen das Leben, die sich am gefährlichen Ort schlafen gelegt haben.» August malt sich die Arbeit des Mannes aus, das nächtliche Gehen: «Es muss schön sein, unterirdisch zu arbeiten und oberirdisch Pause zu machen», sagt er. «Je nachdem», antwortet der Mann, «an den Geruch gewöhnt man sich.» Und wie gut das Radieschenbrot schmeckt, denkt August. «Und Sie», fragt der Mann, «was treiben Sie hier? Anzugträger, trotzdem arbeitslos? Kann jeden treffen. Haben Sie alles, was Sie brauchen im Leben: Einkommen, Papiere, Krankenversicherung?» «Ich bin bloß krankgeschrieben, wegen Insomnie und Gehzwang. Seit fünf Wochen habe ich kein Auge zugetan. Ich kann mir schon gar nicht mehr vorstellen, wie es ist zu schlafen.» «Sie Armer», sagt der Mann, «gute Besserung. Möchten Sie noch ein Brot mit Kresse? Ich muss zurück auf die Gleise.»

Einzelne Anlagen, Pavillons, gelegentlich ein Möbelhaus oder Warenlager, spärliche Gewerbevegetation, passend zu den Kiefern im Sand: der Stadtrand kein Wuchern, nur Krummholz kurz über der Baumgrenze. Auf einem Gelände steht eine große Baracke, eine ehemalige Lagerhalle. Am Dach ist ein Schild befestigt, *Minnesota*, alle neun Buchstaben in verschiedenen Farben: Die alte Lagerhalle ist eine Diskothek, jetzt, bei Tageslicht, menschenleer und verschlossen.

August stellt sich vor, was hier früher einmal für ein Arbeitsleben gewesen sein mag. Da bemerkt er, dass die Diskothek auch in der Nacht nicht mehr zum Leben erwachen wird, die Kette am Tor ist schon verrostet.

Verrammelte Buden, geschmückt mit Lebkuchen und Tannenkränzen, hinter einem Baużaun, es ist, als wären in dem zwischengelagerten Weihnachtsmarkt die Spuren des Sommers gespeichert, die Stände haben heiße Monate hinter sich, in der Julisonne geschwitzt; jetzt sind sie eingestaubt und scheinen vergessen, dabei werden sie nur noch wenige Wochen dämmern müssen.

Eine Unterführung, ein lichtscheuer Ort unter der Straße, mitten im Wald: eine eigentümliche Idee, dort, wo ohnehin viel zu viel Fläche ist, die Menschen unter die Erde zu verbannen. An der Wand der Unterführung prangt eine mannshohe Kalligraphie, *hodenfürst*, der Deckname des Sprayers?

Jetzt schlafen, denkt August, schlafen; aber er ist ja dreißig, vierzig Kilometer von seiner Wohnung entfernt. Im Gehen ist nichts Befreiendes mehr, nur noch der Antrieb, weiterzugehen, mit klammen Fingern und verfrorenen Füßen, bis ans Ende der Stadt. Wo ist die Stadt nun zu Ende? Ihr Rand ist endlos, endloses Ausfransen; also bleibt August nichts anderes übrig, als immer weiterzugehen. Er verpasst nichts mehr, er ist ja immer wach; aber auch immer müde, benommen, nie richtig wach, immer wach, aber falsch, immer falsch wach, bekommt das meiste nur halb oder kaum mit, übersieht mehr, als er sieht, kann, so viel er wahrnimmt, so wenig festhalten, alles ist immer gleich wieder weg, er unterscheidet und begreift nichts, steht nur daneben, neben allem, neben sich, und guckt daran vorbei. Erschöpft, kann er nicht einschlafen, er läuft ja. Schleppt ein Bündel Empfindungen herum, Kopfweh, Nervosität, Kribbeln in Armen und Händen, und ständig die Gewissheit, gerade hier, gerade jetzt schuppt fleckenweise die Haut vom Körper.

Eine Siedlung aus Einfamilienhäusern, popplige Bastionen, an den Laternenpfählen kleben Zettel: *Nachhilfe Mathematik und Physik, Englisch ab 3, Grundkurs Chinesisch*, die Telefonnummern alle schon abgerissen: bloß nicht den Anschluss verlieren, lernt das dreijährige Kind kein Englisch, ist es verloren, lernen die Eltern kein Chinesisch, sind sie verloren, August meint, die Angst zwischen den Reihenhäusern schwirren zu sehen. Dann stockt er: wessen Angst? Nur er ist hier unterwegs.

Am Rand der Siedlung kommt aus einem Haus wütende Schrammelmusik. Schwarzgekleidete Teenager stehen auf dem Gehweg im Geniesel, sie rauchen und trinken mitgebrachte Getränke. August beäugen sie ohne Interesse, auch ohne Misstrauen, trotz Anzug und Krawatte. August zahlt beim Kassenmädchen und geht hinein. Drinnen, zwischen den Teenagerkörpern, ist es schwülwarm. Enigmatic Death Trash stehen auf der Bühne und kreisen im Vierviertelstakt mit den Köpfen, ein junger Mann mit schwarzgefärbten Haaren, in deren Scheitel das Aschblond schon nachwächst, singt mit aufgerissenen Augen:

Dornröschen was a pretty girl
Her destiny she faced when young:
Fleischwolf!

Fleischwolf!, echoen die Teenager. August geht an die Bar und bestellt ein Bier. «Hast du einen Ausweis?», schreit das Barmädchen, bevor sie die Flasche rausrückt.

She stepped into a dark dark house
Beyond the door awaited her:
Fleischwolf!

Fleischwolf!

A young girl far away from home
Her path to gallows sadly led:
Fleischwolf!

Fleischwolf! August denkt, er macht ja dasselbe wie Enigmatic Death Trash: Wenn er rumgeht, um Zauberbilder und Zauberorte zu finden wie in der

Kindheit, müssen die Bilder und Orte immer extremer werden; und auf einmal erscheint es ihm sinnvoll, mit drei schon Englisch zu lernen.

Am nächsten Morgen liegt der erste Schnee, eine dünne, aber dichte Decke. August geht durch einen kleinen Park. Warum ist hier ein Park, in der Vorstadt, nur einen Steinwurf vom großen Wald? August kommt sich vor wie eingeschlossen in einer Schneekugel, die jemand in freier Natur verloren hat. Er holt seinen Taschenkalender hervor, um das Datum des ersten Schneefalls einzutragen; seit fünf Wochen und vier Tagen hat er nicht geschlafen. Der Schnee riecht nach Schnee, der Schnee klingt nach Schnee, er polstert den Raum, legt sich über alle Geräusche. Da entdeckt August auf der weißen Decke leuchtend orangefarbene Krümel. Als er sich bückt, erkennt er Paprika-Chips. Kurz darauf sieht er einen älteren Mann, der sich im Gehen Chips in den Mund steckt. Das scheint August das herzzerreißendste Bild der Welt zu sein. Der Mann wirkt, als streue er eine Spur in den Schnee, um später seinen Weg zurück zu finden, *verliefen sich im Wald*, summt August, *o Hänsel, welche Not, sie will dich braten im Ofen braun wie Brot.*

Der Nieselregen lässt den Schnee im Handumdrehen schmelzen. August geht in den Wald hinein, der hier dünn und lichtdurchlässig ist und trotzdem dunkel. Er geht von der Stadt weg, mehrere Stunden. Dabei verlieren sich Nervosität, Kribbeln, Kopfweh, die Haut strafft sich. Einmal hält er an, um in eine verlassene Kaserne einzusteigen. Auf dem Gelände entdeckt er Spuren von Trinkgelagen und heimlichen Partys, auf einer feuchten Wiese stehen Hürden und Tunnel, vielleicht ein Hundeparcours, aus der Ferne hört man das Knattern von Motocross. August klettert durch ein zerschlagenes Fenster, geht leere Flure entlang, eine Treppe hoch und gelangt in einen Kinosaal. Vorn hängt eine große Leinwand, an den Sitzen sind Aschenbecher befestigt, in denen noch Asche klebt, unter einer Schicht von Staub. August versucht, in sich Interesse an dem toten Filmsaal und der toten Kaserne zu wecken, aber es gelingt ihm nicht, der magische Ort lässt ihn kalt, und als er meint, draußen Motorenlärm zu hören, verlässt er Haus und Gelände, völlig gleichgültig. Später gelangt er in ein Dorf. Es hat keine Form, entlang einer neuasphaltierten Straße stehen dunkle Wohnhäuser nebeneinander, aber kein Bahnhof, keine Geschäfte, kein Gasthaus. Doch am Ende der aufgefädelten Häuser steht eine Backsteinkirche mit warm erleuchteten Fenstern. August klettert auf einen Mauervorsprung und guckt hinein, die Kirche ist gefüllt mit rauchenden und trinkenden Menschen an langen Tischen, es gibt einen Tresen und eine Bühne, auf der eine Band spielt: *It's raining men*, klingt es leise durch die Scheibe; ein Dorffest in einer aufgegebenen Kirche, nichts Besonderes. Er geht wieder in den Wald. Die kahlen Bäume halten den Nieselregen etwas ab, die Ruhe ist angenehm, es wird schon dunkel, es ist doch erst vier. Fliegt dahinten schon eine Eule? Aus der Ferne ist ein Geräusch zu hören, ein gleichmäßiges leises Rauschen, wie Sphärenklang: Dem folgt August. Dann geht er neben der Autobahn, er weiß nicht, wie lange, immer in der Deckung des Waldes, kommt an einem Rastplatz vorbei, auf dem ein paar LKWs stehen, und schließlich zu einer Abfahrt, die auf einen großen Parkplatz führt. Direkt dahinter beginnt ein Dorf, und das ist nun mal ein gelungenes Dorf: Die gepflasterte Dorfstraße den Fußgängern vorbehalten, pulsierendes Leben in Laubengängen und unter antiken Gaslaternen, gleichmäßig ausgeleuchtet der Anger, ein romanisches Kirchlein, urige Gasthäuser, lila angestrahlte Mauern und Wehrtürmchen, spitzgiebelige Fachwerkhöfe, auf deren Schornsteinen leere Storchennester aufs nächste Frühjahr warten: ein Dorf wie aus dem Bilderbuch. Aber aus was für einem? Die Fußgänger tragen pralle Tüten. Hinter allen Fenstern sind Geschäfte, Herrenausstatter in den Gasthäusern, Damenbekleidung in den Bauernhäusern, italienische Schuhe in der Kirche, Businesstextilien im Wehrtürmchen. August weiß Bescheid, Manager kaufen hier Oberhemden und Anzüge im Dutzend, für Berufsanfänger lohnt eine mehrstündige Anfahrt schon bei zwei Garnituren, damit begnügen sich Russinnen nicht, Araberinnen packen sich schon mal den Privatjet voll, Kunden im Designer Outlet Village haben ein hohes Einkommen und Markenbewusstsein, was früher Fabrikverkauf war, ist heute Smart-Shopping, hochwertige Markenartikel aus Drittländern in ebenerdigen Geschäften, Restposten und Mode aus dem letzten Jahr mit bis zu minus siebzig Prozent (last but not least ein Katalysator fürs lokale Wirtschaftsumfeld). Da er schon mal hier ist, könnte er sich ein paar Anzüge kaufen, er wird ja nicht ewig krankgeschrieben bleiben. Gerade will er den Wehrturm betreten, als sein Telefon klingelt: unbekannter Anrufer.

«Mißfelder, Internetfahnder. Wir haben vor einer Weile ein Gespräch geführt, Herr Kreutzer, Sie erinnern sich? … Die Recherche hat sich schlussendlich als relativ unproblematisch herausgestellt. Der Absender der betreffenden Äußerungen hat scheinbar keine Vorkehrungen zur Verschleierung seiner Identität getroffen. Erstaunlich, nicht wahr?» «Ja, erstaunlich», sagt August, und nichts weiter. «Und? Möchten Sie nicht erfahren, wer der Absender ist?» «Doch», antwortet August langsam, «doch, wer ist der Absender?» «Die betreffenden Beiträge sind alle aus einem Internetcafé in der Innenstadt abgesendet worden. Der Urheber scheint sich häufig dort aufzuhalten. Tragen Sie Schreibzeug bei sich?» «Ja», sagt August und schreibt nicht auf, was Mißfelder diktiert. «Und», fragt Mißfelder schließlich, «möchten Sie Anzeige erstatten?» August zögert. Die Adresse hat er noch gehört. Er würde sich gern die ganze Angelegenheit vom Hals schaffen, aber irgendetwas hindert ihn, und so bedankt er sich bei Mißfelder für die Mühe, er wolle eine Nacht darüber schlafen. Kaum ist das Gespräch beendet, geht August zum Taxistand, und schon ist er auf dem Rückweg in die Stadt. Der Taxifahrer, ein Inder oder Pakistaner, ist muffelig, vielleicht hat er auf eine reiche Russin oder Araberin gehofft. August schaut vom Rücksitz zur Windschutzscheibe, aufs Steigen und Sinken der Scheibenwischer; wie schön wäre diese gleichmäßige Bewegung, wenn die Wischer nur nicht so übers Glas schubbern würden, der Taxifahrer hat für das bisschen Geniesel eine zu hohe Wischstufe eingestellt, und trotzdem wird die Scheibe immer wieder nass.

Die Fahrt führt in ein heruntergekommenes Innenstadtviertel. Während das Taxi an einer Ampel wartet, betrachtet August einen Mann, der vor einem Shisha-Lokal sitzt und aus einer schmalen Dose trinkt. Der Energy-Drink ist ein Kontrast zur Trägheit, die der Mann ausstrahlt, aber vielleicht geht es gerade darum, vielleicht will der Mann sich mit letzter Anstrengung aufputschen gegen seine endgültige Versteinerung. Hinter einer Kreuzung fährt der Inder oder Pakistaner auf einen Behindertenparkplatz, unterbricht das Taxameter und holt einen Stadtplan aus dem Handschuhfach. August denkt, wie anders muss einem Taxifahrer die Stadt erscheinen: als ein Stadtplan, der Gestalt angenommen hat; auf unendlicher Fahrt zu sein durch eine Stadt ohne Hinterhöfe und Treppenhäuser. Wortlos packt der Fahrer den Plan weg, stellt das Taxameter wieder an und fährt weiter.

Das Internetcafé liegt im Souterrain eines Altbaus. Auf einer Tafel neben dem Eingang stehen die

Preise für Auslandstelefonate von Albanien bis Zimbabwe, für Wassereis, Bier und Fotokopien. August steigt die Stufen ins Café hinab. Am Empfangstresen kauft er von einem Araber eine halbe Stunde und betritt den stickigen Computerraum. Die Bildschirme sind durch Sichtschutzwände voneinander getrennt. August geht langsam durch die Reihen, schaut sich die Rücken der Gäste an, fast nur Männer, und schielt auf die Bildschirme: Onlinespiele, arabische und asiatische Nachrichtenseiten, E-Shopping, Musikbörsen, Foren und Netzwerke, ein Langhaariger spielt Online-Schach. August setzt sich in die hinterste Ecke, von wo er jeden Neuankömmling sehen kann, und lässt den Blick durch den Raum schweifen, ob er etwas übersehen haben könnte. Gelegentlich aufschauend, liest er Nachrichten, es wird über die Rücknahme einer Reform diskutiert, eine Leiche wurde gefunden. Seine E-Mails: ein nigerianischer Geschäftsmann schreibt ihm, eine einsame Russin, ein Potenzmittelversand, ein Studienfreund hat eine Konzertkarte übrig (Kurtág und Schumann), jemand hat einen lustigen Link geschickt; Xerxes erkundigt sich nach seinem Befinden, er solle sich, natürlich, nicht bedrängt fühlen, sich in Ruhe auskurieren, aber: Wenn er wieder da sei, seien Treffen – *täglichste Treffen* erforderlich, anbei ellenlanges Konzeptpapier, highly confidential, *Anabasis III-5*, mit der Bitte um Feedback. Die Suchmaschine findet *august kreutzer* jetzt über fünftausendmal. Als die halbe Stunde um ist, geht August langsam zum Ausgang, lässt seinen Blick dabei noch einmal durch die Reihen wandern und verlässt das Internetcafé.

Auf der gegenüberliegenden Straßenseite hat ein Bäcker noch offen, August kauft einen Pott Kaffee und stellt sich an einen Stehtisch, von dem aus er durchs Fenster zum Internetcafé hinübersehen kann. Er verbrüht sich die Zunge und überlegt, mit welcher Geschichte er Manja begrüßen soll, wenn sie in drei Tagen aus Russland zurückkommt; vielleicht mit der, die ihm vor Jahren ein Gaststudent aus Frankreich erzählt hat: Ein junger Pole namens Pawel hatte sich nach dem Ende des Kommunismus in den Kopf gesetzt, das Fach *Architekturen der Welt* zu studieren, ein Fach, in dem es gleichermaßen um Kathedralen wie Lehmhütten gehen sollte, um Wohnsilos und Luxusappartements, Bambushütten und Iglus. Er fand heraus, dass man dieses Fach nur in Toronto und in Grenoble studieren kann, also fuhr er per Autostopp von Krakau nach Grenoble. Im Gepäck hatte er ein Schild, das jemand für ihn geschrieben hatte: *Je ne parle pas français, mais polonais et allemand et je cherche travail, égal quoi*. Mit diesem Schild lief er durch Grenoble, setzte sich in Buswartehäuschen und auf Parkbänke. Nach einer Weile sprach ihn ein älterer Mann an und bedeutete ihm mit Händen und Füßen und Brocken von Deutsch, er solle auf seinen Hof kommen und ihm bei der Apfelernte helfen, dafür bekomme er Kost, Logis und Französischunterricht. Pawel ging mit und blieb auch nach der Apfelernte, ein Jahr lang. Danach studierte er Architekturen der Welt. Als er fertig war, wusste er nicht, was er nun anfangen sollte, und ging nach Paris, wo er schließlich in der Wohnung eines alten Mannes im Bastille-Viertel landete. Dieser Mann, der Großvater des französischen Gaststudenten, hatte als Paläontologe gearbeitet und war, schon im Rentenalter, nach dem Tod seiner Frau katholischer Priester geworden. Jetzt ließ er junge Leute bei sich unterkommen, als Gegenleistung mussten sie einmal am Tag Essen kochen. Pawel und der Priester verstanden sich gut, Pawel blieb auch hier ein Jahr, sie gingen jeden Tag gemeinsam zur Frühmesse. Das Hobby des Priesters waren historische Redewendungen und Etymologien, davon brachte er Pawel viel bei, und er vermittelte ihm den Sinn für gehobenes Französisch. Schließlich sah Pawel ein, dass er einen Beruf ergreifen musste. Er kehrte nach Polen zurück, wo er bis heute als Vertreter einer französischen Firma für Gewächshäuser arbeitet. Ist das eine vernünftige Geschichte, fragt sich August, während er noch mehr Zucker in den sauren Kaffee rührt, ist es überhaupt eine Geschichte? Soll er aus den Gewächshäusern Shoppingcenter machen, damit es eine Geschichte wird?

Da bemerkt er auf der anderen Straßenseite jemanden, den er kennt. Wegen des Regens ist die Gestalt schnell die Treppe hinunter- und zur Tür hineingehuscht, aber kein Zweifel, das war Gabor Auer. Jetzt ist August doch befremdet. Da geht die Tür des Internetcafés schon wieder auf, Gabor Auer kommt heraus, geht hoch, läuft hektisch auf und ab, zieht das Portemonnaie aus dem Mantel, der ziemlich abgerissen aussieht, zählt Geld, steckt es wieder ein, wendet sich noch einmal zur Tür, will dann nach rechts gehen, dreht sich um und geht nach links. August verlässt hastig die Bäckerei, überquert im Laufschritt die Straße und folgt Gabor, der jetzt schnell geradeaus geht. Gabor Auer, das ist ja ein Ding, an den hatte er nie mehr gedacht, aber jetzt hat er ihn sofort erkannt. Drängendes Tempo legt Gabor vor, so schnell war er doch früher nicht, aber das ist ja ewig her. Die Straße ist voll, junge Männer in Gruppen, verschleierte Frauen mit Kinderwagen, doch Gabor weicht allen Blicken aus, schaut nichts und niemanden an, hält im Gehen den Kopf gesenkt. Plötzlich bleibt er abrupt stehen und starrt sekundenlang ins Schaufenster eines Billigladens; dann eilt er wieder los, an einer roten Ampel macht er nervös zwei Schritte nach links, zwei nach rechts, als müsse er dringend aufs Klo, oder er friert bloß, in dem dünnen Mantel. Vor einem Geschäft zögert er kurz, scheint hineinzuwollen, geht dann weiter, biegt ein paarmal ab, läuft blockweise fast zickzack, bis er durch eine Haustür verschwindet.

August bleibt draußen stehen. Dieses Haus kennt er. Von der farblosen Fassade bröckelt der Putz ab, die Ladenflächen sind verrammelt, die Fenster der dritten Etage zugenagelt; es erinnert August an das Haus, in dem er zu Beginn seines Studiums gewohnt hat, das feuchte Loch, das jetzt zur Maisonette umgebaut wird. Aber er muss sich gar nicht so um die Ecke erinnern: Die abgeschabte Bude hier hat er vor ein paar Wochen gesehen, als er in dieser Gegend rumgelaufen ist, auch die Klingelschilder hat er schon gelesen. Er liest sie wieder, aber auf keinem steht Auer. Die Tür ist nicht abgeschlossen, August geht hinein, den Hausflur kennt er nicht, drinnen ist er noch nicht gewesen. Nur an wenigen Briefkästen stehen Namen, doch nicht Auer. August steigt, ohne Licht zu machen, die Treppe hoch, auf dem Boden liegen Zigarettenkippen und Asche, es riecht nach Braunkohle. Die meisten Wohnungen scheinen leer zu stehen, nur durch wenige Türritzen dringt Licht ins Treppenhaus. Auch vor den Wohnungstüren findet August kaum Namen und keinen Auer. Er schleicht hoch bis zum Dachboden, der von einer schweren, verrosteten Feuerschutztür versperrt ist, dann kehrt er um.

Unten, neben der Treppe, führt ein schmaler Flur zu einer klapprigen Tür ohne Schloss. Der Hinterhof ist eng, fast ein Schacht, hier riecht es noch stärker nach Braunkohle, die Wände werfen das Gurren von unsichtbaren Tauben umher, Laute aus unbestimmbarer Richtung, als fielen sie von oben in den Schacht. Neben der klapprigen Tür stehen zwei überquellende Mülltonnen, der Hof ist vollgerümpelt mit Abfalltüten und dunklem Sperrmüll; auf drei Seiten umschließen ihn kahle Wände, nur rechts fünf Etagen Fensterreihen, aber nirgends brennt Licht. Dieses Quergebäude wirkt noch baufälliger als das Vorderhaus, darin kann niemand wohnen. Trotzdem geht August hinein und horcht ins Treppenhaus: kein Ton. Mit dem Handydisplay leuchtet er sich den Weg, sucht die Wände neben den Türen ab, aber es gibt keine Klingeln und keine Namensschilder. Als seine Augen sich an die Finsternis gewöhnt haben, erkennt er, dass in den Treppenhauslampen die Glühbirnen fehlen, aus ihnen ragen nur nackte Gewinde. Da kommt ihm der Gedanke, dass Gabor vielleicht heimlich auf dem Dachboden haust, und er geht bis ganz nach oben; und tatsächlich gibt es hier keine Feuertür. August betritt den Boden, der voll Staub und Dreck und herausgebrochener Bretter ist und zu Augusts Schrecken an einer Seite offen: Eine komplette Wand fehlt, nur dicke verkohlte Balken ragen aus der Mauer, irgendwann muss es einen Brand gegeben haben, jetzt laufen die Wände auf ein großes Loch zu. Da ist er in etwas getreten: Taubenfedern, Hautfetzen mit Haaren, Knöchelchen, Fleischklümpchen, das Gewölle klebt ihm an den Schuhen, hier scheint irgendein Greifvogel zu hausen, aber von einem Menschen keine Spur. Als er wieder hinuntergeht, stellt August sich vor, Gabor habe sich dort oben in einen Uhu verwandelt und sei fortgeflogen. Da, im Erdgeschoss, leuchtet ihm der Name *Auer* entgegen, in hellem Weiß, mit Kreide auf die Wohnungstür geschrieben; und jetzt bemerkt August auch, hinter der Hoftür, einen verbeulten Briefkasten, das Türchen halb hochgebogen, vollgestopft mit Post, vor allem Werbung, obenauf steht, an die Wand gelehnt, ein

Brief an Gabor Auer, aus grobem Recylingpapier, offiziell aussehend. Was denken sich die Postboten nur, amtliche Briefe einfach im Hausflur abzustellen? Und warum leert Gabor seinen Briefkasten nicht? August tritt in den Hof und schaut sich die Parterrefenster an; alles ist dunkel, drinnen nichts zu erkennen. Auf einmal geht hinter dem Fenster, in das August gerade späht, Licht an, und Gabors Gestalt erscheint. August duckt sich sofort. Wo war er denn, während August das Treppenhaus hochgestiegen ist? Hat er im Dunkeln gestanden, am Eingang der Wohnung? Hat er ihn, seinen Verfolger, etwa beobachtet? August krabbelt in die Deckung eines aufgequollenen Sofas. Als er wieder ins Zimmer lugt, ist er beruhigt: Gabor benimmt sich nicht, als hätte er ihn bemerkt. Er geht umständlich, die Füße über einen Kleiderhaufen setzend, zu einem elektrischen Heizkörper, der in der Mitte des Zimmers steht, und knipst ihn an. Warum heizt er bloß so teuer, statt den Kachelofen dort in der Ecke zu benutzen? Die Ofenklappe ist nicht zu sehen hinter Papierstapeln und Aktenordnern, grüne Studienbuchseiten sind im Zimmer verstreut, in einer Ecke liegt eine Matratze auf dem Boden, daneben steht eine Hantelbank, Bücher liegen herum, Bakunin, Jüngers *Pariser Tagebuch*, ein Pornoheft, eine Broschüre über vegane Ernährung. Gabor setzt sich, mit dem Rücken zum Fenster, an ein Tischchen und schaltet einen alten Computer an, der schleppend hochfährt. Reglos wartet Gabor, dann wählt er sich mit einem Programm, das August nicht kennt, ins Internet ein, und äußerst langsam, Linie für Linie, baut sich ein Bild auf, ein Schwarz-Weiß-Bild, mühsam (kein Wunder, hier wird es kein Breitband geben, Gabor hat sich übers Telefon eingewählt, fast verwunderlich, dass es überhaupt einen Anschluss gibt), nach einer Ewigkeit ist noch immer nicht mehr zu sehen als ein Streifen Himmel. Gabor wird wütend, er versetzt dem Rechner einen Tritt, dann steht er auf und verlässt das Zimmer. August guckt zu, wie die Fotografie sich weiter zusammensetzt: Der Himmel wird breiter, volle Baumkronen erscheinen darin, dann Köpfe von Menschen, Männern und Frauen. Sie stehen auf Lastwagenflächen, die Männer halten die Frauen fest, die Frauen tragen Uniformen, sie haben Stricke um den Hals, und rund um die Lastwagen steht eine große Menschenmenge. Da kommt Gabor wieder herein, er reißt eine Plastikfolie auf und nimmt ein Salatherz heraus, das er sich hastig in den Mund stopft. Ohne Salz!, denkt August, ohne Öl! Gabor setzt sich an den Rechner und zieht aus der Manteltasche eine Tafel Schokolade, öffnet sie (dunkle Schokolade) und beißt hinein. Kauend schaut er sich das Hinrichtungsfoto an, dann öffnet er weitere Bilder, Großaufnahmen von gehängten Frauen, einige tragen Uniformen; später die Aufnahme eines Asiaten mit freiem Oberkörper, der Mann schaut mit feindseligem Blick in die Kamera, sein Hals ist mit Eisen umschlossen, eine Garrotte. Daneben posieren drei ernst blickende Männer mit Anzügen und runden Hüten; gleich werden die Anzugträger den Halbnackten erwürgen. Gabor legt den zerschlissenen Mantel ab und zieht Pullover und T-Shirt aus. Sieben Jahre ist August mit ihm, dem Unscheinbaren, zur Schule gegangen. Haben sie je ein Wort gewechselt? Gabor hat zu den Stillen gehört, aber er war kein Ausgestoßener, er hat Freunde gehabt, wenn auch keine aus der Mitte der Klasse, sondern unscheinbare, wie er selbst einer war. Sogar um ihn auszustoßen oder zu piesacken, war er zu unscheinbar, er war wie ein Phantom, denkt August und misstraut diesem Gedanken sofort: So wie Gabor ihm jetzt den nackten Rücken zeigt (war er schon immer so muskulös?), mit der rechten Hand die Maus bedient und die linke, für August nicht zu sehen, vor sich hält, da hat sich in der Erinnerung Gabors Unscheinbarkeit längst verwandelt, aus einer belanglosen Unscheinbarkeit ist eine bedeutungsvolle Unscheinbarkeit geworden, eine unheimliche Unscheinbarkeit, aus dem Langweiler ein Geheimnis. Aber womit habe ich, ausgerechnet ich, fragt sich August, die Ehre verdient, dass er mich so nachhaltig im Gedächtnis behalten hat? Hab ich es mir selbst eingebrockt, trägt er mir etwas nach? August versucht, sich irgendeines Vorfalls zu entsinnen, eines Anlasses, der Gabors Hass geweckt haben könnte. Aber ihm fällt nichts ein. Was hat Gabor gemacht in den siebzehn Jahren, bald achtzehn, seit dem Abitur? Studiert offenbar, und sonst? Zu Klassentreffen ist er nie gekommen, sicher ist er eingeladen worden, er wird schon auf irgendwelchen Kontaktlisten stehen.

Gabors Arm ruckelt gleichmäßig, im Angesicht einer strangulierten Uniformträgerin. Da packt August die Wut, er hebt Steinchen auf und wirft sie gegen das Fenster, es prasselt. Gabor schrickt auf und dreht sich, ohne aufzustehen, zum Fenster, wirft einen kurzen Blick über die Schulter in die Nacht, zeigt sein unverändertes Gesicht. August kauert hinter dem Sofa, und Gabor onaniert weiter. Warum zieht er nicht mal die Vorhänge zu? Aber er hat ja keine; aber er könnte ja welche anbringen; aber wer soll ihn in diesem Hof schon sehen? Gabor befriedigt sich mehrmals, hängt dazwischen je ein paar Minuten im Stuhl. Er scheint ja in Hochform zu sein, körperlich topfit. Dann, plötzlich, wie angeekelt, schaltet Gabor den Bildschirm aus, das Foto der Gehängten verschwindet, er reißt den Stecker raus, zieht sich die Hose aus, springt auf, sinkt rücklings auf den Boden. Da liegt er, völlig nackt, zwischen Papieren und Kleidern. Ihm muss heiß sein, er atmet schnell, schwitzt, er ist wirklich sehr muskulös geworden, scheint viel trainiert zu haben in den Jahren. August friert, er beneidet ihn um den Radiator, obwohl es drin auch nicht sehr warm sein kann; fröstelnd empört er sich, was fällt dem ein, meinen Namen für so ein Spiel zu missbrauchen? Bibbernd, durchgeweicht vom Nieselregen, zerschlagen und müde, geht August neben dem Sofa in die Hocke, auf eine Ebene mit Spanplatten und Müllbeuteln; also was soll der Mist, denkt er noch und wird dämmrig. Ein Flugzeug landet neben ihm, aber die Passagiere steigen auf der anderen Seite aus, er sieht sie nicht, hört zwar ihre Stimmen, kann sie aber nicht zuordnen, sich ihre Gesichter nur vorstellen; eine Tanzcombo vielleicht, gelandet, um ein Gastspiel zu geben. Oder steigen sie ein, um davonzufliegen, auf Welttournee? Über ihm schüttelt jemand die Betten aus und seufzt dabei, das Flugzeug verschwindet unter einem Berg von Federn, und jemand ist an ihn herangetreten. Gestalten, Geräusche, Berührungen, ihm ist kalt, sehr kalt ist ihm, jemand macht sich an seinen Füßen zu schaffen, er hört wen kichern, sind es Kinder? Vielleicht decken sie ihn zu, decken ihm die kalten Füße zu, das ist ja nett.

Als er aufwacht, ist Tag. Abfalltonnen, Sofa, Sperrmüll sind mit einer dicken weißen Schicht überzogen. Er kauert noch immer in der Hocke, seine Knie tun weh, sein Nacken ist verspannt, ein Ziehen in allen Muskeln und Sehnen; und er hat nur Socken an, durchnässte Socken. Ratlos lässt er sich auf den Hintern plumpsen und schaut hoch. Der Himmel ist leuchtend blau, aber die Sonnenstrahlen gelangen nicht in den Lichtschacht, der Boden ist kalt. Die Luft allerdings ist trocken, die Feuchtigkeit fort, im Schnee gebunden. Er zieht die nassen Socken aus und legt sie neben sich. Unfassbar, ihm sind im Schlaf die Schuhe ausgezogen worden, die guten Lederschuhe; und das, obwohl er im Hocken geschlafen hat. Er fasst in die Innentasche seines Jacketts, das Portemonnaie ist noch da. Er steht auf und geht ans Fenster. Da liegt Gabor, noch immer auf dem Rücken, nackt, genau wie er sich gestern Nacht hingelegt hat. Das Knöpfchen am Radiator leuchtet orange, auf der Innenseite des Fensters hat sich Kondenswasser gebildet. Die Stromrechnung muss horrend sein. Vielleicht waren die Kinder hier, um sich über Gabors Anblick zu amüsieren? Bestimmt kennen sie ihn, bestimmt ist er der Narr des Viertels. August geht.

Richtung Osten schlendernd, hat er die Sonne im Gesicht. Barfuß achtet er mehr auf den Weg als auf die Umgebung, er will nicht in Hundehaufen oder Glasscherben treten, wer weiß, was sich unter dem Schnee verbirgt. Auf der anderen Straßenseite sieht er ein Schuhgeschäft, er geht hinüber. Es wird erst um zehn öffnen, darüber freut er sich, denn es ist schön, barfuß rumzugehen; so viele Kilometer ist er jetzt gelaufen, einen ganzen Sommer lang und den Herbst, er hat einfach nicht aufhören können, aber erst jetzt geht er barfuß durch die Stadt. So kommt er auf einen weiten Platz, der in hellem Licht liegt, ein riesiger Spiegelkasten verdoppelt den morgendlichen Sonnenschein: ein stillgelegtes Multiplex. August erinnert sich, dass es vor zehn, fünfzehn Jahren hieß, der Markt sei überhitzt, die Großkinos sind trotzdem weiter wie Pilze aus dem Boden geschossen; aber das Massensterben ist ausgeblieben, nur ein paar wurden geschlossen und liegen jetzt wie vertrocknete Fettflecken im Stadtbild. Im ersten Stock, wo einmal Popcorn verkauft wurde, geht ein Fuchs. August fühlt sich beschwert, erschöpft, krank vom langen Dämmern in Gabors Hof, aber es ist eine angenehme Erschöpfung, so, als habe er sich dem Schlafen wieder angenähert. Seine Füße sind im Schnee ganz warm; und der Schnee, noch gar nicht schmutzig geworden, schmilzt bereits, die Uferböschung liegt schon frei, der angetaute Schnee ist wahrscheinlich gleich ins Wasser gerutscht. Tauben und Spatzen suchen nach Futter, Krähen zerren Abfall aus Mülleimern, eine alte Frau hängt einen Meisenknödel ins Gebüsch. August merkt, dass er Hunger hat, und mehr noch Durst, er stellt sich vor, mitten im Schneematsch zu verdursten. Seine Wohnung ist ja schon nah, er freut sich auf Tee, ein heißes Bad, trockene Kleidung. Da sieht er, dass die Bank mit Flussblick wieder belegt ist. Tüten, Rucksack, Einkaufswagen stehen ums Lager, der Obdachlose schläft, wer weiß, wovon er sich erholen muss. August beneidet ihn um seine Ruhe. Aber der Schlafsack ist bis zu den Knien offen, die Wolldecke liegt auf dem Boden, wahrscheinlich ist sie nachts heruntergefallen. Trotz der Sonne muss dem Mann kalt sein. Der Reißverschluss des Schlafsacks ist kaputt. August hebt die Decke vom Boden auf und breitet sie über den Schlafenden, vorsichtig, um ihn nicht zu wecken.

In Augusts Straße ist schon geräumt und gestreut, hier geht das immer schnell. Der Splitt piekst unter seinen Fußsohlen. Aus der Ferne hört er die Geräusche der Räumfahrzeuge, laut, aber beruhigend, wie von einer großen schnurrenden Maschine, die die Stadt sicher behütet. Ein Rollstuhlfahrer kommt August entgegen, er hebelt sich mit den Armen vorwärts; sein Handy steckt unter der Mütze, direkt am Ohr, und während er vorsichtig den Bordstein hinunterrollt, setzt er sein Gespräch fort.

Als August auf der anderen Straßenseite sein Haus sieht, kann er nicht schnell genug hinüberkommen. Aber mitten auf der Fahrbahn schaut er hoch übers Dach, weil ihm etwas komisch vorkommt, und tatsächlich, die Sonne scheint stehengeblieben zu sein. Er schiebt den Ärmel zurück, um auf seine Armbanduhr zu schauen, der Sekundenzeiger zittert am Zwölferstrich, ohne sich weiterzubewegen. Da macht es rumms, und August denkt klar und deutlich: Ich bin überfahren. Sofort hat sich eine Menschenmenge um ihn versammelt, einige greifen nach seinen Händen, als wollten sie mit ihm tanzen, und vom Ende der Straße, aus der Richtung der großen Verkehrsader, nähert sich eine Frau mit einer Maske. Jetzt müsste doch eigentlich sein Leben an ihm vorüberziehen, sein ganzes Leben in einem rasend schnellen Bilderstreifen. Stattdessen erscheint nur ein einziges Bild, jämmerlich und unpassend: Er steht auf einer Wiese, die er nicht kennt, hier ist er noch nie gewesen. Was hat er in der Hand? Einen großen Bogen, größer als er selbst. Er spannt und schießt und trifft genau ins Schwarze. Aber es ist das Schwarze auf der falschen Zielscheibe, zuerst hat er es gar nicht bemerkt. Also schießt er noch einmal, und wieder, wie von einer magischen Kraft gezogen, nimmt der Pfeil dieselbe schiefe Bahn und trifft ins falsche Schwarze. All das ist nicht hintereinander passiert, sondern im selben Moment, alles Geschehen liegt in einem einzigen eingefrorenen Bild. Die maskierte Frau ist vor ihm stehen geblieben. Wer ist sie, was will sie? Aber nein, er weiß es ja. Er sagt: Muss das sein? Jetzt? Und so? Die maskierte Frau sagt: Stell dich nicht an. Überfahrenwerden ist nichts Ungewöhnliches, vor allem für Fußgänger, die nicht aufpassen. August sagt: Sonst habe ich immer aufgepasst. Ich bin erst sechsunddreißig, ich habe noch einiges vor. Die Frau sagt: Es kommt nicht darauf an, was du noch vorhast. Es sterben noch viel Jüngere bei Unfällen, sogar Kinder. Wusstest du das etwa nicht? August sagt: Doch, doch. Die Frau sagt: Außerdem, was hast du denn vor? August weiß gar nicht, wo er beginnen soll; so viel, sagt er, so viel! Aber plötzlich ist er sich nicht mehr sicher. Die Frau erscheint ihm resolut, aber freundlich, genau sein Typ. Warum sollte er nicht mitgehen? Es wird angenehm sein, nichts zu tun, als auszuruhen; nur ausruhen und ausruhen vom Ausruhen. Da hat ihn schon jemand bei der Hand genommen, und jemand anders bei der anderen Hand, und August sagt: Gut, gehen wir!, und geht los, und es geht ganz leicht, die maskierte Frau geht auf schwerelose, schwebende Weise voran oder nebenher. Aber August hat ein unstimmiges Gefühl, darum geht er zwar mit luftigen Schritten, aber so, als ob er bloß wen nachmachen würde, wie unter Vorbehalt. Ihn beschleicht ein schlechtes Gewissen; wenn nur keiner mitkriegt, dass er nicht richtig bei der Sache ist, bei so einer ernsten Sache! Aber die maskierte Frau merkt es, sie sagt: Und jetzt hast du es auf einmal so eilig, warum? August sagt: Wieso eilig, es ist doch abgemacht. Der ganze Zug ist stehen geblieben. Die Frau sagt: Langsam. Manchmal passieren Fehler. August sagt: Ach so? Aber hier doch wohl nicht. Wenn ich darüber nachdenke, passt eins zum andern. Das sagst du!, sagt die Frau. Lass uns jetzt gehen!, sagt August, macht sich los und reicht der Frau seine Hand. Die Frau scheint verärgert zu sein, sie schüttelt den maskierten Kopf, aber sie streckt August ihre Hand entgegen, und mit was für einer fließenden, harmonischen Bewegung, und so eine wohlgeformte Hand. Gerade als August sie ergreifen will, reißt es ihn am Kragen und zieht ihn fort, schleudert ihn im Kreis, auf und ab, er fliegt, bis er eine Richtung ahnt, aber er will woandershin, er wehrt sich, zappelt, doch es zieht ihn weiter, und da, wo er hinfliegt, ist so ein furchtbar lautes Geräusch, ein niemals aufhörender Schrei, wie eine endlose Linie, und es zieht, zieht ihn, gegen seinen Willen, immer weiter, er erkennt nichts um sich, weiß nur die Richtung und weiß unbedingt, dass es nicht die ist, in die er will

«Stehen Sie bloß nicht auf», sagt der Autofahrer, «bleiben Sie bloß liegen.» Aber August steht auf. Wieso ist da noch immer dieses laute Schreien? «Warum gehen Sie nur einfach so auf die Straße», jammert der Autofahrer, «Sie müssen doch gucken, Mensch.» August sieht sein Haus. Davor zieht ein Mädchen seinen kleinen Bruder auf dem Schlitten über den fast schneefreien Gehweg. Sie ruiniert ja die Kufen. Aber die Kinder setzen ihren Weg fort; anders als die Schaulustigen, die August erst jetzt bemerkt, beachten sie die Unfallszenerie nicht, sie sind ganz damit beschäftigt, den kreischenden Schlitten voranzuzerren. August geht zur Haustür, es ist ein Torkeln. Er schaut übers Dach, die Sonne steht noch immer still. Sein eigenes Haus sieht er jetzt in großer Schärfe und Klarheit, so, als sähe er es zum ersten Mal. Er sieht, wie es war, bevor er hierherkam, und wie es nach ihm sein wird: Alles sieht er zugleich, ein unbestimmbares, umfassendes Bild. Er schaut auf die Uhr, der Sekundenzeiger zittert am selben Strich. Da pocht August mit dem Knöchel aufs Gehäuse, der Zeiger setzt sich, mit einer leichten Verzögerung, in Bewegung, er muss sich in seinen Takt erst wieder hineinfedern. Um August ist überall ein Ruckeln, Stottern, Stocken, ein Stehenbleiben und Vorwärtsspringen. Als er seinen Fuß auf den Gehweg setzt und die Steinchen unter der Sohle spürt, ist er ganz sicher, alles läuft wieder. Die Zeit ist nicht stehengeblieben, sie hat nur kurz geklemmt. Der Autofahrer ruft ihm etwas nach. Aber August ist schon in den Hausflur getreten. Erst oben, vor seiner Wohnungstür, die Hand schon am Türknauf, denkt er: Ach, es ist alles schön.

MIX
Papier aus verantwortungsvollen Quellen
FSC® C019821
FSC
www.fsc.org

Das für dieses Buch verwendete FSC®-zertifizierte Papier *Lux Cream* liefert Stora Enso, Finnland.